Nané Lénard
SchattenGift

Im Verlag CW Niemeyer sind bereits folgende Bücher der Autorin erschienen:

SchattenHaut
SchattenWolf

Bibliografische Information der Deutschen Nationalbibliothek
Die Deutsche Nationalbibliothek verzeichnet diese Publikation in der Deutschen Nationalbibliografie; detaillierte bibliografische Daten sind im Internet abrufbar über http://dnb.ddb.de

www.niemeyer-buch.de

Umschlaggestaltung: Carsten Riethmüller
Druck und Bindung: AALEXX Buchproduktion GmbH, Großburgwedel
Printed in Germany
ISBN 978-3-8271-9412-1

Nané Lénard

SchattenGift

CW Niemeyer

Der Roman spielt hauptsächlich in einer allseits bekannten Stadt des Weserberglands, doch bleiben die Geschehnisse reine Fiktion. Sämtliche Handlungen und Charaktere sind frei erfunden.

Über die Autorin:
Nané Lénard alias Nicolé-Annette Leonhard wurde 1965 in Bückeburg geboren und ist Mutter zweier erwachsener Kinder. Nach dem Abitur und einer Ausbildung im medizinischen Bereich studierte sie später Rechts- und Sozialwissenschaften sowie Neue Deutsche Literaturwissenschaften.
Von 1998 an war sie als freie Journalistin für die regionale Presse tätig. Seit 2009 an arbeitet sie im Bereich Marketing und Redaktion bei einem Dienstleistungsunternehmen.

Von ihr wurden bereits mehrere Gedichte und Kurzgeschichten sowie gemeinsam mit Claudio di Facere im Ensemble „Zweins" die Hörbücher „Gleisgesänge", „Erotic Art", die „Fürstenblut"-Reihe und zwei Kurzfilme auf YouTube veröffentlicht.
Beim Literaturwettbewerb von Niedersachsen und Bremen 2010 belegte sie mit „Helmut" den zweiten Platz. Platz drei und zehn erlangte sie beim Wettbewerb „Bückeburg mordet". Gemeinsam mit Claudio di Facere als Zweins wurde dem Duo mit „Gesicht zeigen" ein Hörspiel-Preis auf der Leipziger Buchmesse verliehen.

Mehr über Nané Lénard und ihre Aktivitäten erfahren Sie unter www.prosa-lyrik.de

Aus schleichender Angst
rinnt ein starkes Gift,
in Nerven, ins Fleisch und ins Blut.

Es quält seinen Träger, es peinigt ihn wach
und nichts, was je schön war, bleibt gut.

Zur Nacht schenkt es Grübeln,
denn das mehrt die Angst,
um tags drauf sein Opfer zu plagen,
das so mit dem Feind um sein Leben ringt,
und doch sich nie traut, es zu sagen.

So hat - was er war – auch kein Feind je gewusst,
nun ragt ihm die Spitze des Dolchs aus der Brust.

Ein Schuss, aus nächster Nähe. Noch während sie das Pfeifen hörte, spürte sie schon den Schmerz an ihrem Knöchel. Panik überschwemmte sie, ein inneres Wissen. Es würden weitere folgen, bis sie getroffen war. Der zweite Schuss schlug durch ihren Fuß. Sie schrie auf, warf sich hin und zitterte. Dann war Ruhe.

Auf fremdem Terrain

Auch unter der Frankenburg konnte der Sommer nicht halten, was der Frühling versprochen hatte. In strömendem Regen fuhr Kommissar Wolf Hetzer die Kirschenallee hinab und ärgerte sich immer noch.

Es machte ihm keinen Spaß, schon morgens mit dem Hund nass zu werden. Heute hatte es ihn eine komplette Montur gekostet, einschließlich Jacke. Warum musste seine Schäferhündin Lady Gaga auch genau in dem Moment in eine Pfütze springen, als er gerade in Reichweite war?

Den Fluch hörten die Bäume nicht, und Gaga war es egal, sie lief schwanzwedelnd neben ihm her. Von oben bis unten war alles versaut, auch der Hund. Mit dem Gartenschlauch entfernte er den gröbsten Morast aus dem Fell und rubbelte es trocken. Der Rest würde später als feiner Staub auf dem Boden liegen. Seine Klamotten schmiss er mit einem Seufzen in die Waschmaschine und zog sich um.

Auf der Fahrt zur Dienststelle ließ sein Grummeln langsam nach. Er freute sich nach drei freien Tagen auf Peter und stellte das Radio an.

„…durch Schüsse in die Füße verletzt. Vom Täter fehlt bisher jede Spur. Und nun der Wetterbericht…"

Hetzer stellte ab. Er wusste schon, dass es regnete und wollte nicht auch noch hören, dass das so weitergehen würde. Die Meldung mit den Füßen war allerdings interessant. Er hatte nur nicht mitbekommen, wo es passiert war. Vielleicht wusste Peter schon mehr, dachte er bei sich und bog mit einem eleganten Schlenker auf den Parkplatz im Hasphurtweg ein.

Peter stand schon am Fenster und winkte hektisch, aber Wolf ließ sich nicht aus der Ruhe bringen. Er war schließlich rund zehn Jahre älter und ging auf die fünfzig zu. Außerdem war er froh, dass der Rücken ihn derzeit nicht plagte. Also immer schön bedächtig und keine falschen Drehungen. Gemächlich stieg er aus dem Wagen und winkte zurück. Dabei grinste er frech, und Peter zog oben hinter der Scheibe eine Grimasse. Wie hatte er das vermisst.

Mit einem zufriedenen Lächeln auf den Lippen grüßte er den Schichtführer am Eingang und sprang zwei Stufen auf einmal nehmend die Treppe hinauf. Doch bis oben kam er gar nicht. Auf halbem Weg fing ihn Peter ab und schüttelte den Kopf.

„Und wo haben wir wieder unser Handy, Herr Hauptkommissar?“

Wolf stutzte, dachte nach und fluchte dann zum zweiten Mal an diesem Tag.

„Willst du es genau wissen?“

„Ich bitte darum!“

„In der Waschmaschine!“

„Kein guter Ort für ein Mobiltelefon der modernen Generation. Hattest du das nicht erst neu?“, legte Peter den Finger in die Wunde.

„Ach was, uralter Schinken, das hab ich schon mindestens drei Wochen, vielleicht auch vier.“

„Vielleicht geht wenigstens die SIM-Karte noch. Sollen wir eben zu dir hoch fahren?“ Peter konnte sich das Lachen kaum verkneifen.

„Nee, ich nehme das aus dem Büro. Warum hast du eigentlich so unruhig gewinkt und fängst mich schon hier auf der Treppe ab?“

„Ich hab dich schon versucht auf dem Handy anzurufen. Du hättest dir den Weg sparen können.“

„Wieso?“

„Das ist eine lange Geschichte. Ich erkläre dir alles unterwegs. Komm einfach mit.“

Hetzer runzelte die Stirn, folgte seinem Kollegen aber zum Dienstwagen und stieg ein.

„So, nun aber. Du machst mich ja neugierig.“

Peter startete den Wagen und fuhr los.

„Also das war so: Unser Bückeburger Kollege Bernhard Dickmann ist am Wochenende mit seiner Familie samt Hund in den Urlaub nach Schweden, Norwegen oder sonst wohin gefahren. Auf jeden Fall hat er keinen Handyempfang. Sein Partner Ulf Hofmann ist beim Pflücken vom Baum gefallen. Er liegt jetzt mit einem Beckenbruch im Krankenhaus und wird mindestens sechs Wochen keinen Dienst wahrnehmen können. Das war die Kurzform.“

„Mist!“

„Ja, Mist, und vor allem auch deswegen, weil wir die beiden vertreten werden. Doppeltes Jagdrevier also, Herr Wolf.“

„Na super!“

„Ist von Nienburg so bestimmt worden. Du hast doch in Bückeburg jahrelang Dienst geschoben. Bist du nicht sogar dort geboren worden?“

„Das ist lange her…“

Wolf Hetzer starrte nach vorn. Die Vergangenheit hatte ihn eingeholt. Es war wie ein Flashback. Kruse konnte nichts dafür. Die Worte fehlten ihm. Er dachte an sie. Sah sie mit ihrem wehenden Haar gegen die

Sonne und hatte ihren Duft in der Nase. Trauer schwappte wie ein Tsunami über ihm zusammen.

„Wolf?"

„Ja."

„Was ist los?"

„Nichts."

„Ist es wegen damals?" Peter kannte die Geschichte nur von Erzählungen oder aus der Zeitung. Wolf hatte nie mit ihm darüber gesprochen und er hatte nicht gefragt. Über manche Wunden wuchs nur eine dünne Haut.

„Ich ärgere mich nur wegen des Handys."

„Okay, dann ist ja gut." Peter wusste genau, dass das nicht die Wahrheit war, denn Wolf waren solche banalen Dinge egal. Er sagte nichts, nahm sich aber vor, dies zu einem anderen Zeitpunkt zu tun. „So, und jetzt zum eigentlichen Grund unserer Reise. Heute Morgen ist einer Frau in die Füße geschossen worden."

„Hab ich im Radio gehört und wo?"

„An der Parkpalette in Bückeburg. Kennst du die?"

„Sicher, ich kenne jeden Winkel, die ist in der Nähe des Schlosses. Wir kommen stadteinwärts direkt darauf zu."

„Gut, ich nehme an, die SpuSi aus Stadthagen ist auch schon da."

„Wird wohl nicht viel zu finden sein, bei dem Regen!"

„Wer weiß…"

Der Rest der Fahrt in die ehemalige Residenzstadt verlief schweigend. Wolf wirkte, als ob er nicht da war. Es saß nur seine Hülle auf dem Sitz. Peter machte sich ernsthaft Sorgen, ob ihn diese alte Geschichte immer noch so mitnahm.

„So, jetzt den Kreisel auf neun Uhr verlassen", sagte Wolf und war aus seiner Trance erwacht. Mit einem Mal schien er wieder der Alte zu sein. „Nächste gleich rechts, dann sind wir da."

Als Kruse in die Kestner-Straße einbog, sah er schon die Wagen der Spurensicherung. Er parkte dicht neben den Streifenwagen und seufzte:

„Leider nix für Nadja dabei heute!"

Wolf Hetzer schüttelte den Kopf. „Kruse, Kruse, die Hormone scheinen deine Hirnwindungen aber ganz schön zu beeinträchtigen."

„Ich meinte damit nicht, dass einer tot sein sollte!", schmollte Peter.

„Vielleicht könntet ihr euch mal außerhalb des Dienstes treffen?"

„Tolle Idee und wie?"

„Lad sie einfach ein!"

„Zu mir nach Hause?"

„Wohin auch immer…"

„Ich weiß nicht."

„Was weißt du nicht? Ob du das willst?"

„Nein. Ich will schon, aber sie könnte Nein sagen."

Sie hatten jetzt Mimi und Seppi von der Spurensicherung erreicht und ließen das Gespräch im Raum stehen. Hetzer nahm sich vor, es später wieder aufzunehmen. Peter war ein fähiger Kollege und guter Freund. In Liebesdingen schien er allerdings ein wenig vertrottelt zu sein.

Als Mimi ihn frech angrinste, fiel ihm die Osternacht wieder ein. Die hatte er völlig verdrängt. Er hoffte, dass sie keine anzüglichen Bemerkungen machen würde.

„Na, Wolf, bist du im fremden Jagdrevier unterwegs?“ Eine eindeutig zweideutige Begrüßung, die Hetzer nonchalant mit einem: „Küss die Hand, gnädige Frau!“ überspielte und sofort „Habt ihr schon was gefunden?“ anfügte, um das Gespräch auf eine neutrale Ebene zu ziehen.

„Zwei Hülsen dort hinten im Untergeschoss der Parkpalette bei den Stellplätzen der Landeszeitung und ein Projektil auf dem Parkplatz der Commerzbank, just hinter der Schranke.“ Seppi streckte sich, er hatte zu lange gebückt gesessen. „Ansonsten wird es hier nicht viel zu entdecken geben. Fußspuren gibt es keine auf den gepflasterten Steinen. Ein bisschen Blut klebte an dem Projektil - na ja, eher eine magere Ausbeute.“

Hetzer rieb sich das Kinn und fragte: „Und das andere Projektil? Habt ihr schon nachgesehen, ob das irgendwo steckengeblieben ist?“

Mimi und Seppi sahen Wolf fragend an.

„Wieso? Wo soll das schon sein? Ich nehme doch an, im Labor.“

Seppi schlug sich vor die Stirn.

„Ach, ihr seid zuerst hierhergekommen. Jetzt verstehe ich. Der andere Schuss ging doch direkt in den linken Fuß. Glatter Durchschuss. Sie hat Glück gehabt, es ist wahrscheinlich nicht mal ein Knochen getroffen worden - eigentlich ein Wunder.“

„Ja, aber dann muss doch das Ding irgendwo liegen!“, wandte Peter ein.

„Nein, es blieb in der Specksohle ihres Spangenschuhs stecken. Sie trug diese Entenschuhe, kennt ihr die noch? Die gab es mal in den 80er-Jahren. Robustes Leder und eine richtig dicke Kreppsohle aus Leder und Rohgummi. Unverwüstlich und erst richtig gut, wenn sie eingelatscht waren. Vor allem absolut durchschusssicher!", lachte Seppi, der bei dem Gedanken an seine Jugendzeit ins Schwärmen gekommen war.

„Sag nicht, dass du diese komischen Dinger auch getragen hast?", stichelte Mimi. „Ich weiß, welche du meinst. Na ja, zu deinem Ökobart würden sie ja passen."

Seppi zupfte an seinem roten Vollbart. „Eigentlich eine gute Idee! Ich könnte mir mal wieder welche zulegen. Und du strickst mir dann eine Mütze für meinen kahlen Schädel."

„Ich denke überhaupt nicht daran. Ich kann auch nicht stricken." Mimi fixierte ihn mit einem bösen Blick und sagte: „Bleib mir mit diesem Hausfrauenmüll vom Hals. Falls du eine Rundumversorgerin suchst, in mir findest du die nicht."

„Klare Ansage!", schmunzelte Peter. Und Wolf Hetzer dachte daran, dass sie durchaus ihre Qualitäten hatte, wenn er sich auch darüber hinaus kein Urteil erlauben konnte.

„Na fein, wisst ihr, ob die Frau noch im Krankenhaus ist? Wie heißt sie überhaupt?"

„Marie-Sophie Schulze aus Bergdorf. Ich denke nicht, dass sie überhaupt noch ins Krankenhaus gegangen ist. Ihr Chef, Dr. Wiebking, war kurz hier und hat draufgeschaut. Er hat seine Praxis in der Schulstraße. Frau Schulze ist seine Angestellte. Sie war vor dem Vorfall ganz kurz in der Apotheke, sagte sie und wirkte ziemlich unruhig."

„Das ist ja wohl kein Wunder, wenn auf sie geschossen wurde." Peter lehnte sich an die Hauswand.

„Nicht nur", antwortete Seppi, „sie war auch in Sorge um die Frau ihres Nachbarn, die sie betreut."

„Wieso?“

„Die Frau ist schwer krank und brauchte dringend ein Medikament, sollte aber wohl nicht zu lange allein gelassen werden. Frau Schulze hat für ein paar Tage die Pflege übernommen. Sie wollte dringend nach Hause zurück, um nach ihr zu sehen.“

„Die ist ja hartgesotten. Will mit ihrem durchschossenen Fuß gleich wieder Hilfe leisten. Den sollte sie doch besser erst mal hochlegen.“ Peter schüttelte den Kopf.

„Denkst du, wir Frauen seien Memmen?“, fragte Mimi angriffslustig und blickte über vierzig Zentimenter zu Peter nach oben. Sie selbst war nur 1,55 Meter groß, während Peter Kruse nur ein einziger Zentimeter an zwei Metern fehlte, aber dafür hatte sie entschieden mehr Energie. „Ich bin mal mit einer Schnittwunde noch fast zwanzig Kilometer weitergeradelt. Das musste dann genäht werden.“

„Schon gut, Mimi“, sagte Hetzer süffisant, „ich weiß, dass du hart im Nehmen bist.“ Mimis Augen funkelten ihn mit einer Mischung aus Neugier und Wut an.

„Frau Schulze hat sich, nachdem ihr Chef sie untersucht hatte, nur im Krankenwagen versorgen und dann nach Hause bringen lassen, soweit ich weiß“, entschärfte Seppi die Diskussion. „Der Schuh samt Projektil ist schon nach Stadthagen gegangen.“

„Alles klar, dann werden wir jetzt mal nach Bergdorf fahren. Schreib mir mal bitte die genaue Adresse auf“, bat Hetzer.

„Hier ist der Zettel, hab ich extra für dich abgeschrieben, damit ihr nicht erst auf dem Bückeburger Revier nachfragen müsst.“

„Super, danke Seppi!“

Wolf Hetzer und Peter Kruse gingen zum Wagen zurück und Peter wedelte mit dem Schlüssel.

„Ist es nicht besser, wenn du fährst? Du kennst doch die Stadt wie deine Westentasche. Dann musst du nicht dauernd rechts, links oder so sagen."

„Nee, mach du mal, ist fast immer nur geradeaus."

Peter zuckte mit den Schultern und stieg ein.

„Den Kreisel dann also auf zwölf Uhr verlassen?"

„Richtig!"

Peter ließ das Amtsgericht rechts und das Krankenhaus links liegen.

„Über die abknickende Vorfahrt geradeaus", sagte Wolf und träumte an den Villen in der Herminenstraße vorbei.

„Tolle Ecke hier!", sagte Peter bewundernd.

„Ja, hier hab ich auch mal gewohnt, bis mir die Wohnung unter dem Hintern wegschimmelte."

„Ihh, das ist ja ekelig!"

„Das kannst du laut sagen. Und der Vermieter hat nichts anderes getan, als uns auch noch zu schikanieren. Der Prozess läuft immer noch, inzwischen seit fünf Jahren. Jetzt hat das Schwein auch noch Berufung eingelegt. Ich hoffe, sie wird nicht vom Gericht angenommen."

„Wie, du prozessierst deswegen schon fünf Jahre lang?"

Hetzer nickte.

„Da gehen sie hin, unsere armen Steuergelder!"

„Und meine Nerven… Jetzt hier links in die Hermannstraße."

„Das nächste Mal kannst du etwas eher Bescheid sagen."

„Stell dich nicht so an, das war doch noch rechtzeitig. Jetzt immer geradeaus, bis es nicht mehr weitergeht und dann rechts. Dann sind wir fast da."

Peter knurrte und fand, dass es in diesem „Bergdorf" ein ziemlich verwirrendes Wirrwarr aus kleinen, verkehrsberuhigten Straßen gab.

Er war froh, als der Weg plötzlich einfach in einem Wendehammer vor einem Haus endete, das sehr ungewöhnlich war.

„Irre Hütte!", sagte er bewundernd und schlug die Autotür zu.

„Sieht irgendwie aus wie ein japanisches Teehaus mit diesen zwei Dächern übereinander."

Hetzer lachte. „Gleich öffnet eine Dame im Kimono."

„Wenn das der Fall ist, muss ich mich arg zusammenreißen, aber dieses grüne Zeug trinke ich nicht, nicht ums Verrecken!"

„Vielleicht gibt es Sushi!"

„Willst du mich vergiften? Ist das nicht toter Fisch in totem Algenblatt mit Reis oder so?"

„So ähnlich. Du kochst Reis, lässt ihn erkalten, ebenso Zucker mit Reisessig…"

„Spar dir die ausführliche Beschreibung. Mir ist schon schlecht. So einer wie du isst den Fisch bestimmt auch noch roh."

„Ja, aber das muss auch so sein."

Kruse verzog das Gesicht zu einer angewiderten Grimasse.

„Mein Herr, es muss gar nichts so sein. Es geht nichts über ein ordentliches Stück Fleisch!"

Hetzer sparte sich den Kommentar. Er schüttelte nur belustigt den Kopf und ging zur Haustür.

„Nun lass uns mal sehen, ob Frau Schulze zu Hause ist." Sie klingelten.

„Ja, bitte", tönte es aus der Sprechanlage. „Sie wünschen?"

„Hetzer mein Name, Kripo Rinteln. Ich bin mit meinem Kollegen Kruse hier. Wir möchten Ihnen ein paar Fragen wegen heute Morgen stellen."

„Können Sie sich ausweisen? Sie müssen verstehen, dass ich ängstlich bin. Man hat auf mich geschossen!"

„Das wissen wir. Deswegen sind wir ja hier. Wir zeigen Ihnen gerne unsere Ausweise."

„Gut, dann komme ich zur Tür."

Es dauerte eine Weile, bis ein schleppendes Geräusch immer lauter wurde. Durch die Glasscheibe konnten sie eine kleine Frau erkennen, die ihr linkes Bein durch eine Gehstütze entlastete.

Sie hielten ihre Ausweise an die Scheibe. Frau Schulze nickte und öffnete die Tür.

„Bitte entschuldigen Sie, dass ich so vorsichtig bin, aber ich habe Angst." Sie wirkte fahrig.

„Das verstehen wir doch! Es ist auch vollkommen richtig, dass Sie sich vergewissern, wen Sie in Ihr Haus lassen. Ein schönes Haus übrigens."

„Vielen Dank, Herr … wie war noch Ihr Name?"

„Hetzer, Kriminalhauptkommissar Hetzer, und das ist mein Kollege Oberkommissar Kruse."

„Ah ja, bitte folgen Sie mir. Ich muss das Bein unbedingt hochlegen, sonst bringen die Schmerzen mich um."

Während sie zum Esstisch gingen, sah Hetzer sich um. Auch innen war das Haus sehr geschmackvoll gestaltet. Die melierten Fliesen changierten von blaugrau über beige zu terracotta, wobei sich letztere Farbe in den Wänden widerspiegelte. Die offene Küche wirkte freundlich in ihrem Vanilleton, ein Specksteinkaminofen, die vielen bodenlangen Fenster und der großzügige Wohnraum sagten ihm, dass hier am Bau nicht gespart worden war.

Sie setzten sich.

Frau Schulze legte ihr Bein auf einen der Stühle und sagte: „Oh Verzeihung, jetzt habe ich Sie gar nicht gefragt. Möchten Sie Tee oder Kaffee?"

Bei dem Wort „Tee" zuckten Hetzer und Kruse zusammen. Sie sahen sich an und schmunzelten unbemerkt.

„Machen Sie sich keine Mühe. Sie können doch kaum laufen. Wir haben nur ein paar Fragen. Vielen Dank."

„Was möchten Sie denn wissen?"

Mit den Fingern nestelte sie an der Tischdecke herum und versuchte, sie noch glatter zu streichen.

„Um wie viel Uhr waren Sie heute Morgen in der Stadt?"

„Ziemlich früh, so gegen acht Uhr. Ich wollte nur schnell Medikamente aus der Neuen Apotheke für meine Nachbarin holen."

„Sind Sie oft um diese Uhrzeit zur Apotheke gefahren? Haben Sie immer am selben Platz geparkt?"

„Das muss ich beides verneinen. Normalerweise arbeite ich in einer Arztpraxis in der Schulstraße. Von dort gehe ich höchstens zu Fuß zur Apotheke. Wir haben dort eigene Parkplätze auf dem Hof. Sie liegen gegenüber der Parkpalette."

Kruse stutzte.

„Und wieso haben Sie dann heute nicht auch dort geparkt? Ich meine auf den praxiseigenen Parkplätzen?"

„Dort war nichts frei. Morgens kommen immer etliche Patienten zum Blutabnehmen. Da musste ich ausweichen und fand erst weiter unten eine Parkbucht."

„Wir überlegen, ob Sie ein Zufallsopfer gewesen sind oder ob Sie jemand gezielt verfolgt hat.“ Hetzer machte ein nachdenkliches Gesicht.

„Wieso sollte mich jemand beobachten? Das ergibt doch keinen Sinn. Ich habe keine Feinde.“

Ihr Blick wirkte unruhig. Sie schien wirklich Angst zu haben.

„Augenscheinlich keinen, von dem Sie wissen“, warf Peter ein. „Das heißt aber noch nicht, dass es keinen gibt.“

„Da muss ich meinem Kollegen recht geben. Wir müssen diese Möglichkeit auf jeden Fall mit ins Auge fassen.“

„Wie Sie meinen. Ich verstehe das alles nicht. Das kann nur ein Irrer gewesen sein. Schießt mir in den Fuß, und das auch noch zweimal!“ Der Schmerz oder die Erinnerung ließ sie zusammenzucken. Kruse sah aus, als litt er mit.

„Wäre es nicht besser gewesen, Sie hätten sich richtig im Krankenhaus versorgen lassen?“

„Ach was, ich arbeite selbst beim Arzt und kann die Wunde dort jeden Tag vorzeigen.“

„Hatten Sie denn heute frei?“

„Ja, ich habe mir Urlaub genommen, weil mein Nachbar verreisen wollte. Seine Frau ist krank und kann nicht alleine bleiben - wenigstens nicht lange. Wir haben ein gutes Miteinander, und ich helfe gerne.“

„Wer wusste denn, dass Sie heute frei haben?“, wollte Hetzer wissen.

„Na ja, mein Mann, meine Kollegen, die Nachbarn hier. Kann sein, dass ich es die Tage schon in der Apotheke erzählt hatte und bestimmt auch einigen Patienten. Aber wem, das kann ich nicht mehr genau sagen.“

Wolf Hetzer überlegte. So kamen sie erst mal nicht wirklich weiter. Alles war zu vage, nichts ließ sich eingrenzen. Jede Idee löste sich in Luft auf.

„Kommen Sie denn hier zurecht?“

Marie-Sophie Schulze lächelte. „Vielen Dank, dass Sie sich Sorgen machen, aber ich gehe sowieso gleich wieder nach nebenan zu meiner Nachbarin. Falls es also jemand auf mich abgesehen hat, wird er mich dort nicht unbedingt vermuten.“

„Es sei denn“, wandt Peter ein, „er kennt sich gut aus und weiß, was Sie heute vorhaben. Aber es ist eher unwahrscheinlich, dass derjenige einen weiteren Versuch wagt, wenn Sie nicht allein sind.“

„Denken Sie wirklich, dass es jemand auf mich abgesehen hat? Vielleicht hat nur irgendwer herumgeballert.“

Sie schauderte leicht.

Hetzer schüttelte den Kopf.

„Das glaube ich nicht. Denn wenn das so wäre, dann wäre nicht zweimal genau auf Ihren linken Fuß geschossen worden. Ein Spinner hätte mal hier und mal dorthin geballert. Dann wären Sie höchstens durch Zufall oder einen Querschläger getroffen worden.“

„Es könnte auch sein“, wandte Peter ein, „dass es jemand gezielt auf den Fuß angelegt hat. Die Person, der der Fuß gehörte, könnte ihm aber egal gewesen sein. Also so eine Art Störenfried, der provozieren wollte.“

„Das halte ich für zu weit hergeholt, Peter, dann könntest du auch vermuten, der Kerl hasste Füße oder so – eine Art Antifußfetischist.“

Marie-Sophie Schulze guckte zuerst verdattert, musste dann aber lachen. „Sie sind mir ja ein spaßiges Gespann. Was wollen Sie denn jetzt unternehmen?“

„Da es keine konkreten Hinweise gibt, dass Sie wirklich als Person direkt betroffen sind, müssen wir erst mal die ballistischen Untersuchungen abwarten und hören, was die Spurensicherung noch herausfindet. Fühlen Sie sich denn unsicher oder bedroht nach diesem Vorfall?"

„Wie soll ich es sagen, ich bin jetzt schon vorsichtig, vielleicht habe ich auch ein bisschen Angst, aber in Panik gerate ich nicht. Außerdem habe ich noch Aisha."

„Wer ist Aisha?" Kruse hatte nicht bemerkt, dass noch jemand im Haus war.

„Aisha ist meine Hovawarthündin. Sie ist ein sehr zuverlässiger Wachhund. Ich hatte sie eben mit zu meiner Nachbarin genommen. Sie schläft dort neben deren Bett. Eigentlich schlafen beide. Ich wollte mir nur schnell ein Buch holen. Da haben Sie geklingelt. Sie hatten also Glück, mich hier zu erwischen."

„Wir hätten auch nebenan nachgefragt", sagte Kruse.

„Ach so?"

„Ja, wir wussten schon, dass Sie hier Nachbarschaftshilfe leisten. Das haben wir am Tatort erfahren."

Hetzer rieb sich das Kinn. „Wann kommt denn Ihr Mann nach Hause? Sie haben ihn doch sicher schon angerufen."

„Das hätte wenig Sinn. Er arbeitet bei Siemens in München und kommt nur am Wochenende hierher. Ich will ihn damit gar nicht erst beunruhigen. Ich halte die Sache nichtsdestotrotz für einen dummen Zufall. Wahrscheinlich war ich einfach zur falschen Zeit am falschen Ort."

Hetzer legte den Kopf etwas schräg und sah sie an. Es war wirklich so, dass sie jetzt selbstsicherer wirkte als zu Beginn ihres Gespräches. Trotzdem nahm er eine Visitenkarte aus seiner Tasche und legte sie auf den Tisch.

„Für alle Fälle. Per Handy können Sie mich immer erreichen."

„Vielen Dank", antwortete sie, „ich hoffe aber, dass es nicht nötig sein wird."

„Das hoffen wir beide!"

Peter Kruse stutzte. Irgendwie hatte er das Gefühl, dass die letzten Sätze dieser Befragung eine andere Atmosphäre bekommen hatten. Hatte Hetzer mit „Das hoffen wir beide!" ihn und sich selbst gemeint oder Frau Schulze und sich? Aber vielleicht irrte er sich auch.

Es war trotzdem merkwürdig, dass Wolf während der Fahrt zur Bückeburger Dienststelle so gar nichts sagte.

„Aufwachen!", rief Kruse und stach Hetzer mit dem Finger in die Seite.

„Ich schlafe nicht", brummte der widerwillig.

„Was ist dir denn über die Leber gelaufen?"

„Eigentlich nichts. Ich grübele nur."

„Und worüber genau?"

„Etwas ist komisch gewesen, aber ich kann dir nicht genau sagen, was. Möglicherweise trügt mich mein Gefühl auch. Die Frau war so unstimmig in sich selbst."

„Wie meinst du das?"

„Unruhig und doch auf der anderen Seite so gelassen. Verarztet sich selbst, ruft ihren Mann nicht an und versorgt die Nachbarin weiter. Wenn mir jemand in den Fuß geschossen hätte, ich glaube, ich würde anders reagieren."

„Wie denn?"

„Unruhiger, vorsichtiger. Ich würde erst mal zu Freunden gehen oder so. Eventuell auch im Krankenhaus bleiben, aber auf keinen Fall allein zu Hause sein wollen."

„Sie war doch nur kurz da und wollte gleich wieder zu ihrer Nachbarin. Da ist doch auch der Hund."

„Ja, aber nachts wird sie wohl zu Hause schlafen, oder?"

Peter zuckte mit den Schultern.

„Keine Ahnung. Möglich, vielleicht auch wahrscheinlich. Glaubst du denn wirklich, dass sie akut gefährdet ist? Dass es nicht nur ein dummer Zufall war? Dann lassen wir dort heute Nacht mehrfach eine Streife vorbeifahren. Das hält schon so manchen von Dummheiten ab."

„Mal sehen", sagte Hetzer und nahm sich vor, an seinem freien Abend selbst ein paar Stündchen zu opfern. Er wusste selbst nicht genau, warum. Es war so ein unbestimmtes Gefühl in ihm.

Als sie die Bückeburger Wache betraten, nickte ihnen Carsten Kunze freundlich zu. Er war jetzt Anfang fünfzig. Sein Haaransatz hatte sich etwas nach hinten verschoben und der Gürtel nach unten. Wie Peter war er ein Freund guten Essens. Hetzer sah, dass auf seiner Schulterklappe ein Stern hinzugekommen war und freute sich für ihn.

„Hallo Wolf, altes Haus. Schön, dich mal wieder hierzuhaben. Immer rein in die gute Stube. Du kennst dich ja aus. Ihr könnt dein altes Büro nehmen, wenn du willst."

„Fein, das ist schön!", sagte Wolf und fragte sich, wie er sich überwinden sollte, diesen Raum zu betreten, in dem er so lange mit ihr gearbeitet hatte. Er versuchte, den Gedanken an seine verstorbene Verlobte zu verdrängen und sagte: „Darf ich vorstellen, das ist mein Kollege Peter Kruse. Wir arbeiten jetzt fast schon ein Jahr zusammen."

„Was, echt? So lange schon?" Kruse schmunzelte. „Und er hat mich noch nicht gefressen! Da bin ich aber froh."

„Ich bin auch froh, dass ihr uns aushelfen könnt", lachte Kunze und tätschelte Wolfs Schulter, „es ist ja auch nicht alltäglich, dass gleich zwei Kommissare ausfallen."

„Na, dann drück mal schön die Daumen, dass nach diesen Schüssen nicht mehr allzu viel passiert, bis die zwei wieder einsatzfähig sind. Habt ihr Bernhard Dickmann den nun eigentlich erreichen können?"

„Nee, der gurkt immer noch irgendwo in Skandinavien in irgendwelchen Wäldern rum und verschreckt die Elche. Diese Reise war sein großer Traum. Dafür hat er sich fünf Wochen Urlaub genommen. Wer konnte schon ahnen, dass Ulf aus dem Baum fällt."

„Wie geht es ihm denn?"

„Ach, sehr durchwachsen. Es wird noch einige Zeit dauern, bis der wieder dienstfähig ist. Vorerst haben sie sein Becken wieder zusammengenagelt. Du kannst dir vorstellen, wie er sich fühlen muss, wo er doch sonst so smart und dynamisch ist. Er soll wohl danach noch in die REHA."

„Hmm, das klingt alles nicht sehr vielversprechend, Wolf!" Kruse machte ein bedauerndes Gesicht. „Ich schätze, wir werden wohl eine Zeit lang ein etwas erweitertes Einsatzgebiet haben, falls Nienburg keine andere Lösung hat."

„Das glaube ich kaum“, erwiderte Kunze, „wir haben Urlaubszeit. Sonst hätten sie es gleich anders geregelt. Und jetzt ist es sowieso schwierig nach dem heutigen Vorfall. Ihr habt doch schon angefangen und ihr kennt die Gegend. Ortsfremde würden sich schwerer tun.“ Wolf nickte und holte tief Luft. „Na, dann wollen wir mal, Peter. Komm, ich zeige dir die Stätte meines früheren Wirkens.“

Abgestandene Luft empfing sie. Wolf ging zum Fenster und öffnete es weit. Draußen regnete es immer noch. Es war fast alles wie früher. Vergilbte Wände mit den Bildern, die er zurückgelassen hatte. „Die letzte Fahrt der Téméraire“ von William Turner. Märchen und grausame Wirklichkeit in einem Gemälde. Daneben ein paar kleinere Winterszenen von Julius von Klever und ein einsames Schiff von Gustave Courbet. Einsam, wie ich, dachte er bei sich. Es liegt nahe dem Ufer und hat doch keine Bodenhaftung. Es könnte auf das Meer hinausfahren, aber es sind keine Segel gesetzt. Auf jedem meiner Bilder ist Wasser, überlegte er. Das Wasser zieht mich an. Mit seiner Tiefe, seiner Unergründlichkeit. Es trägt einen, lässt sich aber nicht bezwingen.

Peter Kruse hatte erkannt, dass es für seinen Kollegen Wolf nicht einfach gewesen war, den Raum zu betreten. Noch beim Herunterdrücken der Klinke hatte er fast unmerklich gezögert und war dann eingetreten, wie ein Zeitreisender. Er ließ ihn sich in seine Gedanken verlieren, gab ihm die Minuten, sich zurechtzufinden in der Vergangenheit.

Wolf ging zum Fenster und sah, wie sich aus den Pfützen Rinnsale von der Fensterbank hinabschlängelten.

Wasser, dachte er, sie war wie Wasser für ihn gewesen. Lebensnotwendig. Er ahnte jetzt, was ihn bei Marie-Sophie Schulze so irritiert hatte. Sie war ihr ähnlich.

Kruse räusperte sich, um seinen Kollegen in die Wirklichkeit zurückzuholen.

„Sag mal, Wolf, sollen wir nun eine Streife bitten, gelegentlich im Nordkamp vorbeizufahren?"

„Nee, lass mal, ich denke nicht, dass es nötig sein wird. Es ist bestimmt wie du gesagt hast, sie war das Zufallsopfer eines Spinners."

„Wenn der ihr wirklich etwas hätte antun wollen, dann hätte er nach dem ersten Knöchelstreifschuss etwas höher zielen sollen."

„Du bist ja gut. Da fällt mir überhaupt etwas ein. Muss sie sich nicht gebückt und nach der Wunde geschaut haben?"

„Stimmt, und auf was für eine Idee hat dich das gebracht?"

„Was würdest du tun? In die Hocke gehen und nachsehen, oder? Dazu müsstest du den Kopf aber doch ziemlich nah in Richtung Fuß nehmen. Ich denke, sie hat wahnsinniges Glück gehabt, dass sie nicht beim zweiten Schuss zufällig erschossen worden ist, denn die Schüsse folgten doch ziemlich schnell aufeinander. Das jedenfalls hat Frau Schulze zu unseren Kollegen gesagt."

„Ja, da könntest du wirklich recht haben. Es muss ihr ganz schön um die Ohren gepfiffen haben. Ich glaube, sie ist dann in Deckung gerobbt."

„Aber da muss sie doch Todesangst gehabt haben? Sie konnte nicht wissen, dass der Täter nach dem zweiten Schuss aufhören würde. Er hätte sie auch verfolgen können."

„Vielleicht hat sie geschrien und gehört, wie jemand weggelaufen ist."

„Ich frage gleich mal nach, ob der Bericht schon da ist, den die Kollegen vor Ort angefertigt haben. Dann wissen wir mehr."

Aus den Aufzeichnungen erfuhren Hetzer und Kruse, dass die Schüsse tatsächlich in kurzem Abstand gefallen waren. Marie-Sophie Schulze hatte angegeben, vor Angst davongekrochen zu sein, nachdem der Schmerz des Durchschusses etwas nachließ. Gehört oder gesehen hatte sie nichts.

„Wie lange dauert es wohl, bis der Wundschmerz nachlässt?" Hetzer machte ein nachdenkliches Gesicht.

„Keine Ahnung, ob es da bei unterschiedlichen Verletzungen auch andere Zeitspannen gibt. Wir können Nadja fragen." Sofort lag ein Strahlen in Kruses Augen.

„Später, die genaue Spanne ist jetzt nicht so wichtig, aber wir können wohl davon ausgehen, dass es schon so einen Moment gibt, wo Schmerz und Schock groß sind, bevor man sich aufraffen kann, das Weite zu suchen."

„Das ganz bestimmt."

„Ich schätze, das kann gut fünfzehn bis dreißig Sekunden dauern. Und das ist im Hinblick auf einen möglichen weiteren Schuss eine lange Zeit", grübelte Hetzer.

„Wenn nicht die Angst größer ist als der Schmerz und das Adrenalin die lebenserhaltenden Funktionen insoweit ankurbelt, dass eine Flucht sofort möglich ist", gab Peter zu bedenken.

„Stimmt, aber ich glaube, hier geraten wir ins Philosophieren. Wir müssen Frau Schulze noch mal fragen."

„Rufst du sie an oder soll ich?“
„Ich mach schon.“ Hetzer griff zum Hörer.

Anke Tatge hatte an diesem Morgen schon von Anfang an schlechte Laune. Alles war grau in grau. Es regnete, was der Himmel hergab, sodass sie sich entschloss, eine Jacke anzuziehen. Normalerweise fror sie auch im Winter nicht, aber diese Feuchtigkeit kroch überall hin, und das war unerträglich.

Der Weg von Obernkirchen bis Bückeburg war nicht weit. Trotzdem beschlugen die Scheiben, sodass sie sich entschloss, Klimaanlage und Sitzheizung anzustellen. Hinter der Praxis ergatterte sie einen der letzten Parkplätze und wusste sofort, was das hieß. Es würden schon etliche Patienten vor der verschlossenen Praxistür stehen. Sie hasste das. Sie wollte nicht schon draußen angesprochen werden. Es musste einem doch die Zeit bleiben, sich wenigstens umzuziehen und sich moralisch auf den Arbeitstag einzustellen.

Nicht unfreundlich, aber kurz und knapp, begrüßte sie die Wartenden und würgte alle Gespräche mit den Worten ab: „Bitte nehmen Sie erst einmal im Wartezimmer Platz. Es geht gleich los."

Während dieser Worte hatte sie die Tür aufgeschlossen und entschwand in Richtung Sozialraum, der ebenfalls zum Umziehen diente.

Mehr oder weniger unwillig entledigte sie sich ihrer Kleidung und tauschte diese gegen eine weiße Hose und einen weißen Pullover. Weiß stand ihr gar nicht, fand sie. Es machte sie blass. Sie schlüpfte in die Birkenstock und ging in Richtung Anmeldung. Dort lehnten schon zwei Patienten am Tresen. Die ließen ihre Laune endgültig im Erdboden versinken.

„Einen kleinen Moment bitte, ich muss erst die Rechner starten. Vorher geht sowieso nichts."

„Frollein", sagte Ernst Krüger mit einer Knoblauchfahne, die sich gewaschen hatte, „ich komm zum Abzapfen und EKG."

„Ist recht, bitte nehmen Sie noch Platz, Herr Krüger." Der Radius des Knoblauches hatte bereits die gesamte Anmeldung erreicht. Ihr wurde übel.

Die Kolleginnen, die jetzt durch die Tür kamen, verzogen angewidert das Gesicht und beeilten sich nach hinten zu flüchten.

„Grippespritze!", war das einzige Wort, das Egon Friedrich über die Lippen kam. Kein „Guten Morgen" oder ein „Bitte". Aber auch diesen alten Griesgram bat Anke Tatge höflich ins Wartezimmer und schrieb ihn auf die Liste. Innerlich kochte sie. Ihr Ärger wuchs.

Während die Computer hochfuhren, notierte sie sich im Wartezimmer, weswegen die anderen Patienten gekommen waren. Dann ging sie in den Bestrahlungsraum und riss das Fenster auf. Der Durchzug brachte etwas Erleichterung in der Anmeldung.

So nahm der Arbeitstag seinen Lauf. Sie hatte immer viel zu tun, aber wenn Marie-Sophie Urlaub hatte, blieb alles an ihr hängen. Sie war dann allein verantwortlich für Anmeldung und Organisation. Trotzdem war es ihr auf eine Art und Weise ganz recht, dass sie ihre Ruhe hatte. Jetzt konnte sie schalten und walten, wie sie wollte. Das Telefonklingeln riss sie aus ihren Gedanken. Es war kein Gespräch, das sie erwartet hatte.

Etwas ging vor. Da waren Kräfte am Werk, die sie schon seit Langem spürte. Kleine Veränderungen, die niemand bemerkte. Gesten, die niemand sah. Nach außen hin war alles wie immer. Aber sie wusste, dass das nicht der Wirklichkeit entsprach.

Er sah sie nicht mehr so an wie früher, verbrachte weniger Zeit mit ihr. Ja, er arbeitete viel, aber das war es nicht. Was ihr diesen Verlustschmerz zufügte, den sie nicht näher bezeichnen konnte, wusste sie nicht. Trotzdem fühlte sie ihn.

Vielleicht waren es wirklich die Augen, an denen man Nähe ablesen konnte oder Entfernung. Seine ließen sie nicht mehr in sich hinein. Wie an einer unsichtbaren Schranke blieb ihr Blick an seiner Netzhaut hängen. Auch wenn er lächelte. Es war ein Lächeln ohne Inhalt, als wäre er fortgegangen aus sich selbst.

Zu der anderen war er unverändert, aber sie hatten auch niemals das geteilt, was sie selbst und ihn verband. Aber heute hatte sie gemeint, ein Leuchten zu sehen, das von ihm ausging, doch sie konnte es sich nicht erklären, woher es gekommen sein könnte.

Der „Bücke-Burger“ lag Peter Kruse noch schwer im Magen, als er sich gegen zwei Uhr nachmittags auf dem fremden Schreibtischstuhl streckte und verkündete:

„Ich glaube, ich sollte rauchen!“

„Bist du bescheuert? Sei doch froh, dass du davon weg bist.“

„Acht Jahre schon. Da wird es vielleicht Zeit, mal wieder anzufangen?“

„Und aus welchem Grund?“

„Damals war ich schlanker. Rauchen macht schlank. Man verbrennt mehr.“

„Ja, ganz schlank, du verbrennst dich selbst von innen. Und der Krebs gibt dir den Rest.“

„Danke. Das hilft mir jetzt echt weiter.“

„Eben, ich bin wenigstens ehrlich zu dir. Ich habe keine Lust, frühzeitig an deinem Grab zu stehen.“

„Ich meine doch auch nur. Vielleicht hätte ich dann ein paar Kilo weniger.“

„Meinst du nicht, dass du das auch anders schaffen könntest?“

„Nicht so leicht auf jeden Fall. Das Joggen hängt mir zum Hals raus, das Hungern auch. Außerdem macht das so schlechte Laune.“

„Wie wäre es einfach mit einer etwas anderen Art der Nahrungsaufnahme? Gesünder, fettärmer und ausgewogen?“

„Keine Zeit für dieses aufwendige Gekoche. Ich kenne mich. Da hole ich mir dann doch lieber irgendwo ein Schnitzel oder einen Burger oder Pommes. Schmeckt ja auch immer.“

„Na, dann musst du dich auch nicht wundern."
„Weiß ich."
„Wenn du jetzt noch anfängst zu rauchen, dann ist es so, als ob du zu deiner ungesunden Lebensweise noch den Turbo zuschaltest."
„Super, du bist ja ein toller Freund."
„Stimmt, das bin ich. Ich sage dir nämlich, was ich denke und schmiere dir keinen Honig ums Maul. Außerdem glaube ich dir nicht."
„Wieso?"
„Du meinst das nicht ernst mit dem Rauchen."
„Ah ja? Und warum meinst du das?", fragte Peter verschmitzt.
„Du bist verliebt und Nadja hasst den Gestank von Zigarren und Zigaretten. Das weiß ich von der letzten Feier beim LKA in Hannover."
„Möglicherweise weiß ich das aber nicht."
„Vielleicht, aber sie selbst raucht nicht. Und sie hat bestimmt keine Lust, einen Aschenbecher zu küssen. Falls du das also mal vorhaben solltest, solltest du von Rauchwaren Abstand nehmen."
Peter grinste, sagte aber nichts.
„Immerhin hast du schon eine Nacht mit ihr verbracht", stichelte Hetzer.
„Tolle Nacht, so auf zwei Autositzen, ein Lichtjahr voneinander entfernt. Wir sind eingeschlafen vor Erschöpfung."
„Tja, Pech gehabt, schlechte Planung. Und jetzt willst du sie deshalb nicht mehr küssen?"
„Das habe ich nicht gesagt. Mal sehen, was sich ergibt."
„Du kannst dir auf jeden Fall sicher sein, dass sie drastischere Methoden hätte, um dich vom Rauchen abzubringen", sagte Wolf mit Überzeugung.

„Ah ja, und an was dachtest du da?"

„Sie würde dir bei der nächsten Obduktion die Lunge eines Rauchers auf den Sektionstisch klatschen und dich fragen, ob du innen auch so dreckig aussehen willst."

Hetzer hielt sich den Bauch vor Lachen.

„Puh, hast du eine fiese Fantasie!" Peter schlug sich auf die Schenkel und konnte sich kaum beruhigen. Ihm liefen vor Lachen die Tränen die Wange hinab.

„Du bist ein zu guter Ermittler, Wolf! Ich dachte, ich könnte mich besser verstellen..."

„Tut mir leid."

„Schade, und ich dachte, ich könnte mich in der Zukunft bei dir zum Essen einnisten." Peter hielt sich seinen Bauch.

„Du hättest auch einfach fragen können, du Hornochse."

„Das hätte aber nicht so viel Spaß gemacht. Dein Gesicht war einfach klasse und deine Entrüstung erst mal - wenigstens im ersten Moment, bis du misstrauisch wurdest."

Hetzer schüttelte den Kopf.

„Und, steht der Deal? Kochst du für mich mit?"

„Für dich alte Heuschrecke? Da werde ich doch arm." Wolf schmunzelte. „Wenn du bereit bist, auch mal fleischlos zu essen, vor allem, wenn Moni mitisst, können wir darüber reden."

„Ich kann bis heute nicht verstehen, wieso deine Nachbarin Vegetarierin ist, aber okay, soll ja gesund sein. Und keine Bange, ich werde meinen finanziellen Beitrag dazu schon leisten."

„Was kostet denn heutzutage eine Schachtel Zigaretten?"

„Keine Ahnung, bestimmt fünf, sechs Euro oder so."

„Na fein, das ist dein Essensobolus, als Strafe sozusagen, dass du mich so schön verarscht hast."

Kruse schlug ein. Wolf hatte ihm die Hand gereicht und sagte: „So, und nun rufe ich noch mal bei Frau Schulze an."

„Gut, dann werde ich versuchen, etwas bei der Kriminaltechnik herauszukriegen wegen der Schüsse. Vielleicht wissen sie schon mehr."

Hetzer lehnte sich zurück. Vieles war schön in seinem Leben.

Er hatte einen Kollegen, der auch sein Freund war. Ja, sie waren unterschiedlich in vielerlei Hinsicht, aber etwas Starkes verband sie auch. Das wog mehr. Ihre Eigenheiten bereicherten die Freundschaft noch. Er seufzte zufrieden und griff nach dem Hörer. Die Zeiger der Wanduhr zeigten fast fünf Uhr.

„Schulze."

Der Klang ihrer Stimme durchströmte ihn wie ein guter, alter Rotwein.

„Guten Abend, Frau Schulze, es tut mir leid, dass wir Sie noch einmal stören müssen. Hier spricht Hauptkommissar Wolf Hetzer. Sie erinnern sich? Wir waren vorhin bei Ihnen."

„Sicher erinnere ich mich. Ich bin doch nicht dement. Es ist erst ein paar Stunden her."

„Frau Schulze, wir haben noch ein paar Fragen, die erst jetzt aufgekommen sind."

„Fragen Sie, Herr Kommissar!"

„Die Schüsse, die auf Sie abgegeben worden sind, kamen sie unmittelbar nacheinander? Oder war ein größerer Abstand dazwischen?"

„Schwer zu sagen, es ging irgendwie alles ganz schnell. Ich erinnere mich noch, dass ich völlig verwirrt war. Es knallte, etwas an meinem Knöchel tat weh. Ich konnte es nicht zuordnen. Wer denkt denn schon, dass jemand auf einen schießt und dazu noch am helllichten Tag."

„Haben Sie sich gebückt, um nach der Wunde zu schauen?"

„Hmm, lassen Sie mich nachdenken. Nicht im ersten Moment. Als ich mich gerade herunterbeugen wollte, traf mich der Schuss in den Fuß. Ich fiel hin. Der Schmerz war wahnsinnig groß. Ich wollte nur weg."

„Was haben Sie dann gemacht?"

„Ich bin hinter den Betonpfeiler gerobbt. Ich hatte Todesangst."

„Das ist verständlich. Haben Sie jemanden wegrennen hören? Oder irgendein Geräusch wahrgenommen? Ist ein Wagen weggefahren, vielleicht in schnellem Tempo?"

„Tut mir leid. Das weiß ich nicht, ich habe auch nicht darauf geachtet. Ich hatte mit mir selbst genug zu tun."

„Ja, das kann ich mir vorstellen. Vielen Dank, Frau Schulze. Ich hoffe, wir haben Sie nicht zu sehr belästigt."

„Auf keinen Fall, Herr Kommissar. Ich möchte doch auch, dass die Sache aufgeklärt wird, damit ich wieder ruhig schlafen kann."

„Schließen Sie alle Fenster und Türen, nehmen Sie ein Telefon mit ans Bett. Ich glaube übrigens nicht, dass Sie direkt gemeint waren, aber das ist nur meine persönliche Einschätzung." Warum sage ich das, dachte Wolf bei sich.

„Dafür kann ich mir nichts kaufen, Kommissar Hetzer." Sie sprach seinen Namen ganz bewusst aus.

„Wenn ich tot bin, ist es egal, ob Ihre Intuition richtig oder falsch war." Sie legte auf.

Wolf kam sich wie ein Trottel vor. Er saß dort mit dem Hörer in der Hand und starrte ihn an. War es falsch, dass er keinen Polizeischutz angeordnet hatte? Er glaubte nicht, dass sie ein bewusst gewähltes Opfer gewesen war, und noch weniger war er davon überzeugt, dass der Täter heute erneut zuschlug, selbst falls es so wäre. Es war viel zu viel Staub aufgewirbelt worden. Trotzdem nahm er sich vor, am Abend nach Bergdorf zurückzukehren und einige Zeit in der Nähe ihres Hauses zu wachen. Über die Gründe war er sich selbst nicht so recht im Klaren. Wenigstens wollte er nicht weiter darüber nachdenken, ob diese wirklich nur dienstlicher Natur waren.

Als Anke Tatge begann, die Rechner der Praxis herunterzufahren, waren ihre Kolleginnen schon längst weggegangen. Sie selbst arbeitete gerne länger, vor allem, wenn er noch im Sprechzimmer war. Nicht jeder Arzt war so engagiert wie er. Gemütlich schlenderte sie nach hinten, wo schon seit zwanzig Jahren ihr Spind stand. Sie hatte es nicht eilig. Gleich, wenn sie umgezogen war, wäre Heiner, ihr Chef, immer noch da. Oft hielten sie noch ein gemeinsames Plauderstündchen, er am Schreibtisch, sie im Türrahmen. Sie liebte die Vertrautheit, die zwischen ihnen über die Jahre entstanden war. Sie war auch die Einzige, der er jemals das Du angeboten hatte. Gemächlich stieg sie aus ihrer Hose, die über die Jahre immer größer geworden war. Den dreistelligen Bereich hatte sie schon erreicht. Es war ganz schleichend gegangen, nach und nach ein Kilo mehr. Sie wusste, dass das an ihrer ungesunden Lebensweise lag. Zum Frühstück aß sie nichts, später dann viel und immer wieder meist fettiges Zeug bis zum Feierabend. Zu Hause ließ sie das Essen meist links liegen. Das Kochen für sich selbst war ihr zu anstrengend. Allein schmeckte es ihr einfach nicht. Sie trank auch zu wenig. Eigentlich, so dachte sie bei sich, fühle ich mich nur hier richtig wohl. Hier ist mein wirkliches Zuhause. Sie löste den Dutt auf ihrem Kopf und warf den schwarzen Zopf über die Schulter.

Dr. Wiebking saß noch in seinem Sprechzimmer.

„Ah, Anke, du bist noch da?"

„Ja klar, du weißt doch, dass es die anderen immer eilig haben, und irgendjemand muss doch die Datensicherung machen. Außerdem habe ich es gerne, wenn für den nächsten Tag alles bereit ist."

Wiebking lächelte und setzte die Brille ab.

„Danke!", sagte er.

„Das mache ich doch gerne, das weißt du doch. Wie geht es dir denn? Ich hatte den Eindruck, du wärst heute etwas bedrückt gewesen."

„Tja, das war schon schlimm, unsere Frau Schulze da an der Parkpalette sitzen zu sehen mit Tränen in den Augen. Wer macht so etwas, einfach einer Frau in die Füße zu schießen? Und ich will überhaupt nicht darüber nachdenken, ob der Täter ganz woanders hintreffen wollte."

„Sie hat vorhin übrigens angerufen und bleibt morgen noch zu Hause."

Anke erinnerte sich, wie sie den Hörer abgenommen hatte und diese Stimme ihr durch Mark und Bein gefahren war. Sie war froh gewesen, die Anmeldung ganz für sich zu haben. Hinterher hatte sie sich schnell entspannt. Ein weiterer Tag ohne Marie-Sophie versprach zwar anstrengenderes, aber auch angenehmeres Arbeiten.

„Nur morgen?" Heiner Wiebking zog die Stirn in Falten.

„Sie wird schon durchkommen, Heiner, und wenn sie noch nicht kann, wird sie sich melden. Sie ist doch erwachsen, oder?"

„Auf jeden Fall hat sie Glück gehabt, dass nicht mehr passiert ist."

„Die wird schon wieder. Außerdem kann sie vorne in der Anmeldung auch das Bein hochlegen. Zum Telefonieren und Rezepte ausstellen braucht sie ihre Füße nicht. Notfalls haben wir hinten noch ein paar Gehstützen."

Anke lachte und sah ihn verschmitzt an, so als ob sie das alles nur im Spaß gesagt hatte.

„Warten wir es ab!", erwiderte Wiebking. „Ich will sie auf jeden Fall morgen einmal sehen und den Fuß neu verbinden. Vielleicht hat sie jemanden, der sie herbringen kann. Sonst fahre ich zu ihr raus."

„Bestimmt findet sie irgendwen."

Anke überlegte, wie sie es verhindern könnte, dass er allein zu ihr nach Bergdorf fuhr, verschob den Gedanken aber auf später. „Und ansonsten ist alles in Ordnung bei dir?"

„Ja, geht schon", sagte er, „ist halt alles ein bisschen viel im Moment. Die Patienten, die Hausbesuche, die Notdienste, dann manchmal nachts noch die Blutproben für die Polizei..."

„Vielleicht solltest du mal kürzertreten? Deine Familie fordert doch auch ihren Tribut."

„Die sehen mich sowieso kaum. Aber du hast recht. Am Wochenende will ich mich endlich mal wieder um Frau und Kinder kümmern."

„Was macht denn dein Blutdruck?"

Er lächelte. „Den hab ich im Griff mit Betablockern!"

„Na gut, kann ich sonst noch was für dich tun?"

„Nein danke. Ich komme klar. Heute Abend spielt ‚Little Jazz'. Da wollen wir noch hin. Marion holt mich gleich hier ab. Dann reicht es noch für eine Schlemmerplatte in der ‚Falle'."

„Currywurst und Pommes tragen nicht unbedingt dazu bei, dass es dir besser geht. Aber viel Spaß!" Sie schüttelte entrüstet, aber mit einem diabolischen Grinsen in den Augen den Kopf. „Tschüss, bis morgen, Chef!"

„Bis morgen!"

Sie waren sich ja so ähnlich, dachte Anke, Heiner und sie. Völlige Hingabe, was die Arbeit anging. Sie beide waren unvernünftig, was den Speiseplan betraf, und sie vermutete, dass er sich in ihrer Gegenwart genauso wohlfühlte, wie in der von Marion. Wäre der zeitliche Ablauf in ihren Leben ein anderer gewesen, wäre vielleicht sie jetzt seine Frau.

Es hatte nicht sollen sein, stellte sie nachdenklich fest, aber sie war sicher, dass sie beide zusammen mehr erreicht hätten. Ihre Schnittmenge war größer. Sie passten zusammen wie Puzzleteile, waren ein Ganzes, wenn sie in einem Raum waren. Das war auch jetzt so, nur auf einer anderen Ebene. Sie akzeptierte das, vielleicht auch, weil sie Marion mochte. Im Grunde genommen hatte er zwei Frauen – in jedem seiner wichtigen Lebensbereiche eine. Da ihr selbst die Arbeit so am Herzen lag, war sie froh, diesen Platz besetzen zu können. Ob sie als Frau in der Familie eine ebenso gute Figur gemacht hätte? Darüber war sie sich selbst nicht sicher, denn keine ihrer Beziehungen hatte je gehalten.

Seit Kurzem lebte sie auch wieder allein. Ihr Freund war ausgezogen. Offiziell waren sie trotzdem noch zusammen, aber es war gut, dass sie manches nicht mehr teilten, vor allem den Alltag. Möglicherweise wäre das mit Heiner anders gewesen.

Mit diesen Gedanken zog sie die Praxistür zu und ging durch die Hintertür aus dem Haus. Es hatte aufgehört zu regnen, aber alles war nass. Ob sie auf dem Heimweg nach Obernkirchen noch einkaufen sollte? Oder lieber gleich aufs Sofa? Da war noch ein Stück Käse-Sahne-Torte im Kühlschrank. Nix für die schlanke Linie, aber lecker, und sie musste nicht kochen.

Als sie eingestiegen und die ersten Meter gefahren war, breitete sich entsetzlicher Gestank im Wagen aus. „Hundescheiße", dachte sie, „ich bin in Hundescheiße gestiegen. Das ist ja widerlich." Es musste auf dem Weg von der Praxis zum Auto passiert sein, direkt auf dem praxiseigenen Parkplatz. Wer ließ denn da seinen Hund hinmachen, vor allem so, dass sie es nicht bemerkt hatte? Der Haufen musste direkt neben ihrer Fahrertür gelegen haben. Ihr wurde übel. Der Kuchen entschwand vor ihren Augen. Sie war sowieso extrem pingelig. Ein Hundehaufen an ihrem Schuh war eine Katastrophe. Sie hielt auf der B65 am Straßenrand und versuchte, das Schlimmste am Schuh im Gras abzuwischen. Das Gaspedal säuberte sie notdürftig mit einem Taschentuch. Mit geöffneten Fenstern fuhr sie weiter nach Obernkirchen. Ihre erste Handlung war, noch vor der Tür die Schuhe auszuziehen. Dann schnappte sie sich einen Eimer mit Essigwasser, zog Einmalhandschuhe über und wusch alles ab, auch die Schuhe. Sie war erst zufrieden, als sie die Sohlen und das Pedal abschließend mit Desinfektionsspray besprüht hatte. Dann ging sie in ihre Wohnung im ersten Stock und ließ sich aufs Sofa fallen. Mit einer Zigarette vertrieb sie den Geruch, der noch in ihrer Nase hing. Als sie dem blauen Dunst hinterhersah, war sie sich sicher, dass ihr jemand den Haufen mit Absicht neben die Fahrertür gelegt hatte.

Es dämmerte bereits, als Kommissar Wolf Hetzer seinen Kollegen Peter Kruse endlich loswurde. Normalerweise genoss er diese Abende, wenn Besuch da war. Heute hatte er aber etwas anderes vor.

So ein Koloss von fast zwei Metern Höhe und einem Bauchumfang, den er nicht kalkulieren konnte, war in der Lage, ganz schöne Mengen zu verputzen, dachte er bei sich und schmunzelte in sich hinein, als er die Rücklichter von Kruses Auto den Berg hinunterschweben sah. Er würde das beim Einkaufen demnächst bedenken müssen. Auf die Schnelle hatte er ein paar Nudeln Aioli e Olio gekocht. Dazu einen Feldsalat mit frischen Champignons. Der frisch geriebene Parmesan auf dem Gericht, das Glas Rotwein oder die Gespräche hatten Peter vergessen lassen, dass er auf Fleisch für heute verzichtet hatte. Wolf hütete sich, ihn darauf hinzuweisen. Satt und darum gut gelaunt, hatte sich Peter verabschiedet.

Seine Hündin Lady Gaga legte den Kopf schief, als Wolf in seine Schuhe stieg. Sie sprang aus dem Korb und wedelte.

„Eigentlich wollte ich dich nicht unbedingt mitnehmen, mein Mädchen. Aber warum eigentlich nicht? Wir können dort noch ein Ründchen drehen. Das ist auch unauffälliger."

Er nahm die Leine von der Wand und bat die Lady ins Auto. Glücklicherweise war die Pfote wieder ganz verheilt. Es war nichts zurückgeblieben von dem Schnitt, den sie sich im Frühjahr zugezogen hatte. Mit einem eleganten Satz sprang sie auf die Ladefläche seines Kombis und legte sich auf die Decke. Dort rollte sie sich zufrieden zusammen.

Vielleicht war die Zeit des Vorbereitens ebenso schön wie die des Genießens. Marie-Sophie stand unter der Dusche im warmen Wasserregen und rasierte sich. Zuerst die Achseln, dann die Beine und zuletzt die Haut, die niemand zu sehen bekam. Es war wie ein Ritual, eine heilige Handlung - die Einstimmung auf das, was vor ihr lag.

Sie plante nichts, nur Zeit und Ort, an dem sie sich mit dem Mann traf. Es war nicht wichtig, wie sie miteinander schliefen, denn es war wie ein Rausch, der entstand, wenn sie sich fühlten. Ein Rausch, der in den Stunden ihrer Erregung anhielt, weil sie die Befriedigung hinauszögerten.

Vielleicht, dachte sie bei sich, war dies die Kunst des körperlichen Liebens, die sie beide beherrschten. Ein Spiel der Häute, die sich bis an den Rand der Erlösung trieben und dort verweilen konnten über Stunden. Sie hatte nie etwas Ähnliches erlebt und dachte daran, dass dies einen einfachen Grund haben konnte. Sie liebten sich nicht. Wenigstens glaubte sie das, denn er war kein Mann, mit dem sie leben wollte oder mit dem sie sich eine Beziehung vorstellen konnte. Aber etwas war zwischen ihnen und verband sie, das über die Lust hinausging.

Er hatte sie einmal danach gefragt, was sie sich vorstellte, wenn sie sich selbst befriedigte, was sie erregte, und sie staunte heute noch darüber, dass sie ihm das erzählt hatte, was sonst nur sie selbst über sich wusste.

Es waren Dinge, die sie niemals erlebt hatte oder erleben wollte, die sie aber in ihrer Phantasie zum Beben brachten.

Schlimme Dinge, unerhörte, die man weder dachte noch sich wünschte, die er wie selbstverständlich annahm und für sie vorlebte, um ihr in Rollenspielen Lust zu verschaffen.

Marie-Sophie war nicht dick oder dünn. Sie hatte Figur, und er liebte ihre Formen. Oft gab er ihr zu verstehen, dass sie ja nicht weniger werden sollte und dass er jedes Gramm vermissen würde. Das machte es ihr leicht, sich auch selbst zu mögen und für diese Stunden den kritischen Blick auf sich selbst auszublenden. Hier war sie Weib, durfte schreien, stöhnen und sich ganz von ihren Trieben leiten lassen.

Sie trocknete sich ab. Der Fuß tat noch weh, aber es war mehr eine Prellung, so, als ob ihr ein Pferd daraufgestiegen war. Es ließ sich aushalten. Sie wollte sich den Abend auf keinen Fall entgehen lassen. Die Lust würde sie den Schmerz vergessen lassen. Außerdem wartete er auf sie. In ihr kribbelte es, wenn sie sich vorstellte, dass auch er sich jetzt auf sie vorbereitete. Dass er in Erwartung auf ihren Körper schon reagierte, erigierte.

Sex ist vor allem im Kopf, dachte sie. Unsere Vorstellung macht einen Teil der Lust aus, die wir empfinden. Wir riechen sie und fassen uns in Gedanken an. Der Akt an sich ist nur die Vollendung. Und wenn er Stunden andauerte, wenn es gelang, die Lust hinauszuzögern, überlegte sie, dann war es ein Rausch. Ein süchtig machender Rausch.

Er begann mit der Vorbereitung, die für sie zu einer Zeremonie geworden war.

Langsam und sorgfältig zog sie sich an. Die Dessous wählte sie erst in dem Moment aus, als sie nackt vor dem Spiegel stand. Doch heute entschied sie sich für – nichts. Sie hatte eine Idee. Sie würde einfach den Mantel anziehen über ihren bloßen Körper und diesen einfach fallen lassen, sobald sie bei ihm war.

Einen kurzen Augenblick dachte sie darüber nach, was wäre, wenn sie auf dem Weg zu ihm einen schweren Unfall hätte oder gar umkäme. Niemand würde verstehen, dass sie nur mit einem Mantel bekleidet durch die Nacht gefahren war. Aber sie verwarf diesen Gedanken sofort wieder und ging nach unten zur Garderobe.

Der Mantel glitt mit seinem Seidenfutter kühl auf ihre bloße Haut. Sie schauderte. Dann fing er an, sie zu wärmen. Ihre Hündin Aisha verfolgte jede ihrer Handlungen. Der Griff zum Mantel hieß für sie, sich zu erheben.

„Nein, Aisha, ich wollte jetzt nicht mit dir raus, aber wenn du noch mal in den Garten willst, dann komm eben!"

Sie öffnete die Terrassentür, sah sich um und ließ die Hovawart-Hündin hinaus. Eine Zeit lang schnüffelte sie auf der Wiese, dann hob sie die Nase und witterte in die Luft. Marie-Sophie erschrak, ihr wurde heiß und kalt, als sie sah, wie Aisha mit einem Mal zu knurren begann und ums Haus zu laufen. Sie lief nach vorne zur Haustür und sah eben noch, wie die Hündin davonlief.

Er wusste nicht, wie sie zu ihm ins Auto gestiegen war. Plötzlich war sie da. Ihr Duft erfüllte den Innenraum – ein Hauch von Nachtjasmin. Davon erwachte er.

„Du hast mich gerufen", sagte sie.

Er schüttelte den Kopf und wunderte sich, dass sie ihn duzte.

„Doch, du hast mich gerufen, aber du gestehst es dir selbst nicht ein."

„Wie sollte ich? Ich habe geschlafen."

„Du rufst schon lange, und deine Sehnsucht hat mein Gesicht bekommen. Darum bin ich hier."

„Vielleicht habe ich geträumt."

„Dann bist du im Träumen ehrlicher zu dir, als im Wachsein." Sie lächelte und strich ihm eine Locke aus der Stirn. Ihre Hand war so weich wie Meeresschaum. Sie berührte ihn kaum. Er war gefangen von ihrer Aura und der Wärme, die sie ausstrahlte.

„Was soll ich mir denn eingestehen?" Mit einem Mal verspürte er den starken Wunsch, in ihren Armen zu liegen. Einfach so. Nur liegen und fühlen. Nichts weiter. Fühlen, was in ihm war und immer intensiver wurde. Ein Gefühl von Schmerz. Aber das konnte sie nicht wissen. Er verstand es selbst nicht.

„Dass du mir nah sein willst."

Er zuckte zusammen.

„Wie kommst du darauf?"

„Weil ich es gespürt habe."

„Aber wir kennen uns nicht!"

„Und doch ist da etwas in uns, das sich verbunden hat. Du hattest die Stimme, und ich habe gehört."

Hetzer dachte über ihre Worte nach und beugte sich zu ihr.

„Was, wenn du gesendet hast und ich habe empfangen?"

Sie lächelte. „Ich weiß es nicht."

„Nehmen wir an, dies spielt keine Rolle. Wie aber sollen wir damit umgehen?"

Sie sah ihn an. Mit dem Schmerz, den er fühlte. Er wollte ertrinken in den Augen, die ihn wie Moorseen aufnehmen würden in einer Ewigkeit ohne Vergänglichkeit.

„Wir genießen. Wir genießen dieses Wissen, diese Nähe wie ein Geschenk."

„Und was ist mit der Sehnsucht? Wie sollen wir mit dem Schmerz leben?"

„Indem wir ihn teilen."

Er wollte sie an sich ziehen und konnte nicht. Nur ganz eben erreichte er sie mit den Fingerspitzen und zeichnete den Weg ihrer Augenbraue nach. Etwas verband sie beide und doch war da eine Grenze, die er nicht überschreiten konnte.

„Wie sollen wir teilen, wenn wir uns nur von Ferne berühren können?"

„Im Lieben. Es ist in uns."

„Es wird uns zerstören", sagte er. „Die Liebe, der Schmerz, die Sehnsucht. Das alles tötet uns mit der Zeit."

„Nicht, wenn wir lieben, nur wenn wir besitzen wollen. Liebe mich. Daran ist nichts falsch, nichts böse. Es liegt keine Schuld im Lieben. Du bist schon lange in mir, ich ahnte dich, doch ich sah dich nicht."

„Aber es wird kein Fühlen geben, kein Spüren, kein Halten?"

„Nicht so, wie du denkst. Schließ die Augen!"

In sein Innerstes senkte sich ihre Stirn, ihre Schulter, ihr ganzes Sein. Ruhe erfüllte ihn. Sie liebte ihn. Es war ein Wissen, das ihm niemand mehr nehmen konnte. Eine unendliche Erfahrung des Ankommens. Er wusste, dass er sie nie verlieren würde, weil er sie in sich trug und bewahren wollte - die Liebe.

Jäh wachte er auf, als mit einem Mal Gaga anschlug und es kurze Zeit später an seine Scheibe klopfte. Es bellte auch an der Autotür. Er erschrak. Hatte er doch nicht geträumt? Da war ihr Gesicht. Sie war doch eben noch hier gewesen. Hatte auf dem Sitz neben ihm gesessen. Er ließ die Scheibe hinunter.

„Was machen Sie hier?“ Sie hielt ihre Hündin kurz.

„Ich wollte mit Lady Gaga spazieren gehen.“

„Sicher, und ich mit Shakira. Vielleicht singen sie ein Duett.“

„Meine Hündin heißt so“, sagte Hetzer müde.

„Sie haben mich beobachtet. Ich will das nicht!“

„Ich habe mir Gedanken gemacht, ob Sie sich sicher fühlen.“ Mein Gott, was redete er für einen Quatsch, dachte er bei sich.

„Dann observieren Sie mich? Auch das will ich nicht. Ich habe Ihnen doch gesagt, dass ich jetzt keine Angst mehr habe. Meine Aisha hat Sie sofort entdeckt, Herr Kommissar. Sie hätte auch jeden anderen verbellt, der sich im Gebüsch versteckt. Arbeiten Sie eigentlich immer im Schlaf?“

Hetzer kam sich blöd vor, wie der letzte Volltrottel. Und was noch schlimmer war: Ihm fehlten die Worte.

„Sie können nach Hause fahren.“

Hetzer nickte. „Wenn Sie meinen. Tut mir leid, ich wollte Sie nicht verärgern. Außerdem bin ich nicht im Dienst.“

„Ach so? Na dann. Sie haben mich nicht verärgert. Ich wollte das nur klarstellen, bevor ich ins Bett gehe. Sie brauchen sich hier nicht die Nacht um die Ohren zu schlagen, vor allem nicht in Ihrer Freizeit. So, und jetzt gehe ich wieder rein. Mir wird kalt, ich komme gerade aus der Dusche."

„Dann gute Nacht", sagte Wolf und blickte ihr nach. Etwas war ihm komisch vorgekommen. Er wendete seinen Wagen und fuhr bergab. Doch dann beschloss er aus einer Eingebung heraus, in einiger Entfernung noch ein wenig zu warten. In einer Nebenstraße fand er einen guten Platz, von dem aus er das Haus von Marie-Sophie Schulze sehen konnte.

Es dauerte nicht lange, da kam sie wieder durch die Haustür. Allein, ohne Hund. Fast hätte er sie übersehen, denn sie machte kein Licht. Doch die Wolken waren seine Verbündeten. Sie rissen in dem Moment auf, als sie sich vorsichtig vergewisserte, dass er weg war. Vielleicht hatte sie aber auch Angst, obwohl sie es nicht zugeben wollte und blickte sich deshalb um. Kurze Zeit später sah er, wie die Rücklichter ihres Wagens aufleuchteten. Sie setzte zurück in den Wendehammer und fuhr den Abhang hinunter.

Das war merkwürdig. Ihm hatte sie gesagt, dass sie ins Bett wollte, und jetzt wusste er auch, was ihn an diesem Satz schon beim Hören gestört hatte. Sie war geschminkt gewesen. Niemand, der gerade aus der Dusche kam, war zurechtgemacht, als ob er etwas vorhätte. Und sie hatte definitiv etwas vor. Er wollte wissen, was.

Anke Tatge war erschöpft. Der Tag war anstrengend gewesen. Dann noch der blöde Anruf von Marie-Sophie. Es war ihr, als habe sie einen Triumph aus deren Worten herausgehört. Heiner würde sie jetzt bedauern, sich um sie kümmern. Nicht nur, dass er sie wegen ihrer Bilder bewunderte, von denen eines in seinem Sprechzimmer hing, jetzt drängte sie sich weiter in sein Bewusstsein, versuchte Mitleid zu erheischen, obwohl nur der Fuß verletzt war – lächerlich.

Fast wäre sie auf dem Sofa eingeschlafen, aber sie raffte sich noch einmal auf und ging auf den Balkon. Die Tür stand ohnehin auf, auch wenn es kühl geworden war und die feuchte Nachtluft ihren Weg nach innen suchte. Anke liebte diese Frische. Es gab kaum Tage, an denen sie es bei geschlossenen Fenstern aushielt. Meist standen sie ganz auf. Dann fühlte sie sich frei und unbeengt. In der Praxis hatten sich die Kolleginnen längst daran gewöhnt, dass sie liebend gern in der Anmeldung im Durchzug saß. Da die Praxis zwei Eingangstüren hatte, blieb nur die vordere geschlossen. Zwischen beiden führte ein Gang in die eigentlichen Räume. Von dort konnte man auf das Flachdach des Nachbarhauses schauen. Es war wie eine Art Galerie oder ein Balkon zwischen den Häusern, auf dem zwei Stühle standen. Im Sommer warteten die Patienten gerne draußen, manche, um zu rauchen. Es machte keinen Sinn, es ihnen zu verbieten. Sie taten es sowieso.

Anke zog das Feuerzeug aus ihrer Hosentasche und steckte sich eine Zigarette an. Der Regen tropfte noch von den Blättern der Balkonpflanzen. Tief sog sie den Rauch in ihre Lungen und sah zu, wie er sich anschließend verflüchtigte. Bis vor Kurzem hatte sie hier noch gemeinsam mit Manuel geraucht. Das war vorbei. Er war ausgezogen. Dabei hatte alles so gut angefangen zwischen ihnen. Sie hatte sich in der ersten Zeit sogar vorstellen können, ihn zu heiraten. Sie lachte rau. Aus heutiger Sicht ein unglaublicher Gedanke, auch, wenn sie noch zusammen waren. Irgendwie. Das Zusammenleben hatte einfach nicht funktioniert. Er war damals in ihre Wohnung eingezogen und was er war, das blieb er auch - ein Zugezogener, ein Fremdkörper. Sie hatte ihre ganz eigenen Vorstellungen vom Leben und die gedachte sie weder zu ändern noch von irgendjemandem einschränken zu lassen. Sicher, am Anfang, in den ersten Monaten, als die Verliebtheit noch stark war, waren ihr manche Dinge nicht aufgefallen, oder sie hatte sie bewusst übersehen. Irgendwann begannen diese aber, sie mehr und mehr zu stören. Er hatte ein Eigenleben, das nicht zu ihrem passte, und da er sich nicht änderte, war eine räumliche Trennung unausweichlich.

Jetzt trafen sie sich gelegentlich - manchmal einmal in der Woche oder auch nur alle vierzehn Tage und zwischendurch auf einen Kaffee irgendwo. Manchmal kam er sogar zu ihr, wenn sie es wollte. Das war ganz in Ordnung. Sie hatten sowieso ihre eigenen Freundschaften gepflegt, an denen der andere keinen Anteil hatte.

Das Leben war stressfreier geworden, wenigstens im Privaten. Sie teilten nur noch, wenn sie wollten.

Anke fragte sich nicht, ob sie ihn vermisste. Das „Etwas vermissen“ war in ihrem Leben so groß, dass sie dafür keinen genauen Grund nennen konnte. Manuels Fortsein fügte sich darin ein wie ein weiteres Puzzleteil. Sie wollte auch nicht darüber nachdenken. Einfach weitermachen wie immer. Morgens zur Arbeit gehen und abends nach Hause. Früher, als sie noch dachte, dass sie Freunde waren, war sie manchmal zu Marie-Sophie zum Essen mitgefahren. Da war es gemütlich und lecker gewesen. Aber dann hatte ihre Kollegin begonnen, sich mit Leslie aus dem Labor zu treffen. Sie gingen sogar zusammen zum Yoga. Ab diesem Zeitpunkt hatte sie jeden engeren Kontakt mit Marie-Sophie eingestellt und war auf der Hut. Mit Leslie war sie selbst einmal befreundet gewesen. Das hatte sich verlebt, wie jede ihrer Beziehungen. Wenn sie sich jetzt in der Praxis trafen, waren die Sätze kurz und knapp. Meistens schafften sie es, sich zu meiden. Einen wirklichen Grund gab es nicht, nur eine diffuse Enttäuschung, dass der andere auf Dauer nicht so war, wie man ihn sich vorgestellt hatte.

Die einzige feste Größe in ihrem Leben war ihre Arbeit und vielleicht noch Heiner, ihr Chef, aber das war irgendwie eins und nicht zu trennen. Seit rund zwanzig Jahren war sie jetzt für ihn tätig, und das schuf eine besondere Art von Nähe. Wenn sie ehrlich war, musste sie zugeben, dass sie sich nur in den Praxisräumen wirklich wohlfühlte. Zu Hause war sie, weil es sich nicht vermeiden ließ. Meist fieberte sie dem Moment entgegen, an dem das Wochenende endlich vorbei war.

Morgen würde es ein schöner Tag werden, weil Marie-Sophie nicht da war. Anstrengender zwar, weil alles auf ihren Schultern lastete, was die Organisation der Praxis betraf, aber sie musste sie nicht sehen. Und das wog es auf.

Melancholisch war Peter Kruse nach Hause gefahren. Hetzer hatte gut reden. „Lad sie doch einfach ein!“, hatte er gesagt. Wenn das so einfach wäre. Er wusste nicht einmal, wie er sie ohne medizinischen oder kriminalistischen Vorwand anrufen sollte, denn was sollte er ihr sagen?

Nein, so ging das nicht. Er musste schon einen triftigen Grund haben, und der fiel ihm gerade nicht ein. Warum war er nur so unsicher. Wegen seines Bauches? Oder weil er nicht wusste, was er einer intelligenten Frau wie Nadja zu bieten hatte?

„Nichts!“, säuselte es in seinem linken Ohr.

„Liebe!“, flüsterte es im rechten.

„So ein Quatsch, das ist nur die Geilheit eines zu kurz gekommenen Mittdreißigers“, sagte die Stimme von links.

„Nein, es ist die Sehnsucht einer einsamen Seele“, beharrte die rechte.

„Die will doch sowieso nix von ihm. Sie kann andere haben.“ Die linke Stimme kicherte fies.

„Und wenn sie gar keine anderen will?“

„Unwahrscheinlich! Guck dir den morbiden Fettsack doch mal an!“

„Sie wird seine inneren Werte lieben“, sagte die rechte Stimme im Brustton der Überzeugung.

„Dann gibst du also zu, dass ich recht habe?“

„Vielleicht, aber darauf kommt es nicht an.“

„Gut, dann einigen wir uns darauf, dass er ein unattraktives Hängebauchschwein mit einem guten Charakter ist!“

„Ich hau dir gleich welche!“

„Kannst du nicht, du bist das Gute!“, lachte das Böse lauthals und verpuffte.

„Und ob ich das kann, na warte!“ Mit einem Zischen verschwand die andere Stimme ebenfalls.

Bevor die Sache in seinem Kopf eskalierte, schüttelte sich Peter und nahm das Telefon, um es wieder in die Ladestation zu stellen.

Das letzte bisschen Selbstwertgefühl war dahin. Nein, Nadja würde nie im Leben mit ihm ausgehen. Er hatte die Worte noch im Ohr. Und genau so war es auch: Er war üppig, durchschnittlich und hatte schon ewig keine Frau mehr gehabt. Er konnte sich nicht einmal mehr daran erinnern, wie sich eine anfühlte.

Übellaunig ließ er sich in seinen Sessel fallen und dachte überhaupt nicht daran, wieder aufzustehen, auch wenn ihn das blöde Telefon jetzt auch noch zum Narren hielt und von selbst klingelte, ohne dass er sprechen wollte.

Sie musste es auf jeden Fall verhindern, dass Heiner zu ihr nach Hause fuhr. Und wenn sie sie selbst von zu Hause abholte. Sie schüttelte sich bei dem Gedanken. Trotzdem war das das kleinere Übel. Es war besser, wenn Marie-Sophie in die Praxis kam, um ihren Fuß verbinden zu lassen. Dann konnte sie dabei sein. Hören, was die beiden zueinander sagten, sehen, wie sie sich in die Augen schauten.

Er war ihr Chef. Marie-Sophie konnte irgendeinen anderen haben. Sie konnte viele andere haben, jeden außer Heiner. Es war ihr Heiner, zwanzig Jahre schon. Das würde sie sich von keiner kaputtmachen lassen. Um keinen Preis. Sie würde das zu verhindern wissen.

Als Wolf Hetzer gerade eben noch die Rücklichter von Marie-Sophie Schulze sehen konnte, startete auch er seinen Wagen und fuhr bergab. Er sah, dass sie unten am Ende der Straße nach rechts in Richtung Ahnsen abbog.

Was er nicht bemerkte - weil er überhaupt nicht auf die Idee gekommen wäre – war, dass ein weiterer Wagen in ihrer beider Schatten folgte.

Es war einer jener Abende, an denen sich Heiner Wiebking besonders auf Zuhause freute. Der ganze Trubel war ihm zu viel gewesen. Nicht nur, dass man auf seine Angestellte geschossen hatte, auch über Patienten und Mitarbeiter hatte er sich mehrfach geärgert. Da war es gut, in eine Atmosphäre voller Ruhe und Wärme einzutreten. Seine Frau Marion war ein Schatz. Sie meckerte nie, wenn er viel zu tun hatte, kochte und sorgte für ihn, sodass er sich in seiner freien Zeit entspannen konnte. Sie unternahmen gerne etwas zusammen und doch hatte jeder auch freie Stunden für sich. Im Grunde genommen war er ein gesegneter Mensch, überlegte er. In seinem Leben war im Großen und Ganzen alles in Ordnung. Die kleinen Irritationen verdaute er in Marions Gegenwart, wenn sie sich beim Essen unterhielten.

Heute duftete es köstlich nach etwas, das mit Käse überbacken war.

„Hallo Schatz, ich bin da!“, rief er und strich sich über seinen Bauch.

„Fein!“, sagte sie und schaute durch die Küchentür. Er bückte sich und gab ihr einen Kuss auf die Stirn. „Du kannst dich schon hinsetzen. Ich bin sofort bei dir.“

Wiebking schmunzelte und fühlte sich wohl. Auch wenn Marion über die Jahre etwas rundlich geworden war, war sie immer noch eine attraktive Frau. Eine kleine dürre hätte auch komisch gewirkt neben ihm, der eher eine Statur wie ein Wikinger besaß.

Der Tisch war schon gedeckt. Er nahm Platz und legte sich die Serviette auf den Schoß. Und da kam sie auch schon mit einer dampfenden Auflaufform.

„Ah, lecker, Spaghetti Bolognese mit Käse überbacken. Genau das Richtige nach so einem Tag!“

„Wieso, was ist denn passiert? Irgendwas in der Praxis? Zicken die Weiber wieder rum?“ Sie goss ihrem Mann ein Glas Merlot ein.

„Das auch“, antwortete er, „aber unserer Frau Schulze ist in den Fuß geschossen worden. Hast du das nicht in den Nachrichten gehört?“

„Nee, echt? Das ist ja schrecklich. Ist sie im Krankenhaus?“

„Da wollte sie überhaupt nicht hin. Ich habe mir den Fuß dann angesehen. Der Schuss ist glatt durchgegangen und in der Schuhsohle stecken geblieben. Das konnte man sehen. War wohl ein kleines Kaliber. Dass so etwas praktisch nebenan passiert, unten an der Parkpalette...“

„Hätte das nicht geröntgt werden müssen? Frau Schulze ist doch sonst nicht so unvernünftig.“

„Schon, aber was willst du machen? Ich hatte versucht, sie zu überzeugen, dann habe ich geschimpft. Keine Chance. Sie ließ nicht mit sich reden. Erzählte mir, dass sie auf ihre Nachbarin aufpassen müsse, die bettlägerig sei. Und dann humpelte sie auch schon davon.“

Marion Wiebking füllte den Teller ihres Mannes und schüttelte den Kopf. „Falls die Knochen was abbekommen haben, wird sie dann aber länger ausfallen.“

„Glaub mir, die kommt Montag schon wieder. Hat sie wenigstens gesagt. Ich halte das auch für zu früh. Aber na gut, der Fuß ist nicht großartig angeschwollen gewesen. Man weiß natürlich nicht, wie es jetzt aussieht. Du musst dir vorstellen, es ist wie eine lange Brandwunde, ummantelt von einem blauen Fleck, falls keine Knochen oder wichtigen Gefäße verletzt sind. So kann man es ungefähr sagen.“

„Sie müsste aber den Fuß in der Praxis wenigstens hochlegen können. Es ist ja toll, dass sie so einen Einsatz zeigt und nicht krank machen will. Prost!"

„Ja, wohl bekommts!" Heiner nahm einen Schluck und stellte das Glas wieder ab. „Es dürfte kein Problem sein, einen Hocker in die Anmeldung zu stellen. Da könnte sie das Bein entlasten. Anke kann die Lauferei erledigen."

Marion lachte und kaute weiter.

„Was lachst du?"

„Das wird aber eine Umstellung. Die kriegt ihren dicken Hintern ja sonst kaum da vorne weg. Einhundertzwanzig Kilo müssen auch erst mal bewegt werden."

„Pfui, Marion, das war aber nicht nett von dir. Sie ist eine unserer wichtigsten Säulen in der Praxis."

„Stimmt, standfest ist sie, aber in allem ein bisschen zu wichtig, finde ich."

„Sie weiß, was sie kann, das ist schon richtig und vielleicht zeigt sie das auch. Niemand ist perfekt. Auf jeden Fall gab es heute schon wieder Unstimmigkeiten. Leslie aus dem Labor hat sich beschwert, dass die Abläufe einfach nicht optimal sind. Es hakt an der Kommunikation der einzelnen Abteilungen, meint sie. Die Zuarbeit könnte besser sein."

„Und, hat sie recht?"

„Möglich, wir müssen mal ein Organigramm machen und uns alle zusammensetzen."

„Ob das was bringt? So viele Frauen auf einem Haufen sind immer schwierig."

„Was soll's. Jetzt lass uns von was anderem sprechen. Zu deinem leckeren Essen möchte ich keinen bitteren Beigeschmack."

Marion schmunzelte und legte nach. Sie kannte ihren Heiner gut genug. Bloß nicht zu sehr an Dingen rühren, die er wenig beeinflussen konnte. Er war im Grunde der Meinung, dass die Frauen ihre Probleme untereinander lösen sollten. Wie jeder Kerl. Einfach ein Bier zusammen trinken und Schwamm drüber. Nur, dass das auf das andere Geschlecht meist einfach nicht zutraf. Da wurde eher geschwiegen und gelitten oder im Verborgenen gekämpft. Sie ließ es gut sein für heute, nahm sich aber vor, später noch einmal auf das Problem zurückzukommen, wenn der Zeitpunkt günstig war oder ein neues Fiasko das Thema wieder auf den Tisch brachte.

Zehn Minuten war Wolf Hetzer dem Wagen nun schon gefolgt. Von Ahnsen aus war Marie-Sophie Schulze in Richtung Krainhagen und von dort durch den Wald nach Rolfshagen gefahren. Jetzt hielt sie in der Nähe von RHM-Moden, stieg aus und ging über den Hof eines Bauernhauses, das zu mehreren Wohnungen umgebaut worden war. Sie war noch nicht ganz an der Tür, da ging diese auf und verschluckte Marie-Sophie, ohne dass Wolf sehen konnte, wer sie hereingelassen hatte. Er war ausgestiegen und stand noch mitten auf der Straße, als irgendein Dorftrottel ohne Licht mit hoher Geschwindigkeit auf ihn zugerast kam. Nur mit einem Hechtsprung konnte er sich retten. Im Fallen versuchte er, das Kennzeichen zu entziffern, doch die Mauer des Hofes bremste seinen Sturz auf unsanfte Weise und es dauerte etliche Minuten, bis er wieder klar denken konnte. Das Horn auf seiner Stirn wuchs in den Himmel. So wenigstens fühlte es sich an. In seinem Schädel hämmerte es. Er hatte in jeder Hinsicht genug für heute. Der Tag war beschissen gewesen. Morgens schon dreckige Klamotten, dann hatte er sein Handy in der Waschmaschine versenkt. Arbeiten sollte er jetzt dort, wo er nicht sein wollte, und es sah so aus, als habe Marie-Sophie Schulze auch noch ein Stelldichein. Dabei hatte er selbst überlegt, ob er sie nicht mal zum Essen einladen sollte. Aber vielleicht tat er ihr auch unrecht. Sie konnte nach zweiundzwanzig Uhr durchaus noch zu einer Freundin gefahren sein. Obwohl das geschminkte Gesicht etwas anderes vermuten ließ. Den

Gedanken, dass sie möglicherweise noch einem lukrativen Nebenjob nachging, verwarf er wieder.

Als er ins Auto stieg sah er, dass nicht nur seine Stirn etwas abbekommen hatte. Unter der zerrissenen Jeans zeigte sich in Höhe des Knies eine Schürfwunde; von der Jacke hing eine Tasche locker herab. Mehr konnte er im Dunklen nicht erkennen. Er fluchte und bereute es sofort, weil der Kopfschmerz dadurch schlimmer wurde. Jede Erschütterung trieb ihm während der Heimfahrt einen weiteren rostigen Nagel in den Kopf, und er wünschte sich nur eins: Sein Bett samt Decke, unter die er kriechen konnte, um sich selbst zu bemitleiden.

Marie-Sophie ahnte von all dem nichts. Mit der Tür, die jetzt hinter ihr lag, hatte sie ihr normales Leben verlassen. Jetzt war sie einfach nur noch eine Frau, die Lust hatte. Auf ihn. Beinahe geräuschlos ließ sie ihren Mantel fallen. Der Mann holte tief Luft, denn darunter war sie nackt. Ohne ein Wort schob er sie vor sich die Treppe hinauf und genoss das Spiel der Schatten, das die Haut mit ihren Erhebungen und Senken, Spalten und Wölbungen für ihn im Zwielicht aufführte.

Sie duftete. Ein Hauch von Erwartung mischte sich in den der Lust und unterstrich ihr Parfüm, dessen Namen er nicht kannte. Süß und voll, wie die reife Frucht einer Sommernacht, lockte sie ihn, der schon bereit war, noch bevor sie die Treppe verlassen hatten. Er streifte den störenden Stoff vom Körper und sah ihr zu, wie sie sich in den Ohrensessel sinken ließ. Spannung lag in dem Spagat, den sie vollführte, als sie die Unterschenkel auf die Lehnen des Möbels legte und den Weg in ihr Innerstes freigab. Das liebte er an ihr, ihre Schamlosigkeit, die Selbstverständlichkeit, mit der sie nackt war und ihre Lust auslebte. Dadurch unterschied sie sich von allen anderen Frauen, die er jemals besessen hatte.

Er kniete vor ihr und vergrub seinen Kopf in ihrem Schoß. Dort war es weich und warm. Wie von selbst bewegten sich Lippen und Zunge. Sie seufzte vor Genuss, als er in ihre Knospen kniff. Das machte sie scharf und gierig. Als sie begann, schneller zu atmen, hob er sie auf und trug sie aufs Bett. Es gab keine Richtung, in der sie sich nicht begegneten, kein Stückchen

Haut, das berührt werden wollte und zu kurz kam. Der Tanz der Körper endete nach Stunden in einem Schlussakkord, der einem Vulkanausbruch glich. Und seltsam war die Ruhe, die darauf folgte. Man lag gemeinsam und doch nicht zusammen. Der Akt war die einzige Verbindung. Nie hatte sie das stärker empfunden als heute.

„Ich werde nicht mehr kommen", sagte sie.

„Ich weiß", antwortete er. Ein Weißer im Körper eines Farbigen. Bewegungen so fließend wie Quellwasser.

„Leb wohl!" Ihr zarter Kuss berührte ihn kaum. Sie ging die Treppe hinab und hob ihren Mantel vom Boden auf und zog ihn an. Die Verwandlung war perfekt. Sie vollzog sich mit dem Kleidungsstück. Plötzlich war sie nur irgendjemand, den er gekannt hatte. „Wann kommt sie zurück aus Tansania?"

„In drei Tagen."

„Zwei Jahre sind eine lange Zeit. Du solltest kein schlechtes Gewissen haben."

„Und du solltest nicht vergessen, dass er dich gut versorgt."

„Es ist alles gesagt" Marie-Sophie nahm die Klinke in die Hand und wusste, dass sie dieses Haus nie wieder betreten würde. An diesem Punkt, vielleicht an dieser Tür, endete ein gemeinsamer Weg, den zwei Fremde für eine begrenzte Zeit beschritten hatten.

Lady Gaga war unruhig geworden im Heck seines Wagens. Sie hatte die Gefahr gespürt oder Hetzers Blut gerochen. Er ließ die Schäferhündin aus dem Wagen springen und schnüffeln. Es dauerte eine Weile, bis sie sich beruhigt hatte. Die frische Luft tat Hetzer gut. Zwar gingen die Kopfschmerzen davon nicht weg, aber er fühlte, dass seine Kräfte zurückkehrten.

„Komm, mein Mädchen, hier können wir nichts mehr ausrichten. Wir hauen ab!“ Liebevoll strich er der Hundedame über den Kopf und ließ sie in den Kofferraum springen.

„Du warst sehr brav und zu Hause habe ich etwas Leckeres für dich.“

Es hatte keinen Sinn zu warten, bis sie irgendwann wieder herauskam. Wer weiß, wann das sein würde. Er musste weg, einfach ins Bett.

Missmutig startete er den Motor. Es hatte wieder begonnen zu regnen. Dieser Tag endete so, wie er angefangen hatte, dachte Hetzer, trüb und nass. Ein Tag mit Tränen. Die Tränen waren überall. Sie waren in der Luft, sie waren in ihm. Dabei wollte er sie vergessen. Nein, vergessen war nicht das richtige Wort. Er wollte sie zu einem Teil seiner Vergangenheit werden lassen. Einfach neu anfangen. Sie war in seinen Armen gestorben, und dieses Bild würde er niemals wieder loswerden. Jetzt erkannte er auch, warum er so durcheinander war, als er Marie-Sophie kennengelernt hatte. Sie war ihr nicht nur ähnlich. Es war, als wäre sie auf eine neue Weise wiedergeboren worden.

Wolf nahm den Weg über die Umgehungsstraße, um nach Hause zu fahren. Der Kopf hämmerte, aber schlimmer noch war die Unzufriedenheit, die an ihm nagte. Für ihn, der sonst in sich selbst ruhte, war das ein beinahe unerträglicher Zustand. Er war froh, als er seine Kate erreichte und ließ Gaga aus dem Wagen springen. Sie legte den Kopf schief, sah ihn und lief zum Tor.

„Nein, wir gehen jetzt nicht zu Moni. Komm."

Die Hündin machte kehrt und lief zum Eingang.

An der Haustür hing ein Zettel seiner Nachbarin Monika Kahlert: „Hallo Wolf, ich dachte, du kommst noch mal rüber. Falls es nicht zu spät ist, kannst du ruhig klingeln. Ich wollte dir noch etwas erzählen. Liebe Grüße, Moni."

Wolf sah auf die Uhr. Es war schon nach Mitternacht. Das war eindeutig zu spät, und er war froh darüber. Ihr jetzt zu begegnen, wäre ihm seltsam vorgekommen. So, als ob er ein schlechtes Gewissen hatte. Dabei gab es keine Beziehung zwischen ihnen, und er hatte auch keine neue begonnen.

In der Küchenschublade waren zum Glück noch Tabletten. Er hoffte, dass er mit den Kopfschmerzen auch parallel seine Gedanken ausschalten konnte. Wenigstens heute Nacht.

Gaga hatte sich längst in ihren Korb gelegt. Er belohnte sie mit einem Stück Pansen und ging nach oben in sein Schlafzimmer. Im Licht sah er, dass er die Jeans nicht mehr waschen musste. Sie war ein Fall für den Mülleimer. Die Jacke würde er sich morgen genauer ansehen. Als er sich weiter auszog, stellte er fest, dass neben der Schürfwunde an seinem Knie weitere blaue Stellen waren. Auch die Schulter schien etwas abbekommen zu haben. Er fühlte sich zerschlagen und kroch unter die Decke. Dort litt und haderte er mit sich noch eine Weile, bis Schmerzmittel und Wärme wirkten. Er fiel genau in dem Moment in einen tiefen Schlaf, als andernorts eine Frau in ihr Auto stieg. Auch sie war in ihre Gedanken versunken. Der Schatten, der ihr folgte, blieb unbemerkt.

Es war fraglich, ob sie wirklich befreundet gewesen waren, Anke und sie, aber das, was sie verbunden hatte, war über eine lockere Bekanntschaft zwischen Kollegen hinausgegangen. Marie-Sophie dachte an die Zeit zurück, als sie in der Praxis angefangen hatte. Das war vor über zwei Jahren gewesen. Seitdem war Anke oft zu ihr zu Besuch gekommen. Sie hatten zusammen gekocht, gelacht und gegessen. Das war immer schön gewesen.

Irgendwann, so vor knapp einem Jahr, hatte sie ihre Leidenschaft fürs Malen wiederentdeckt und sich auch mit Leslie aus dem Labor getroffen.

Seit dieser Zeit waren Ankes Besuche seltener geworden, aber sie hatte das nicht mit Leslie in Verbindung gebracht, denn Anke hatte einen neuen Freund. Er war bei ihr eingezogen, und der Himmel hing voller Geigen. Wenigstens eine Zeit lang. Doch nach und nach hatte sich Ankes Unzufriedenheit wieder eingeschlichen. Für den, von dem sie anfangs gesagt hatte, dass sie ihn sofort heiraten würde, hatte sie längst keine Zeit mehr, wenn er in der Praxis anrief.

„Manuel, ich habe zu tun. Ich kann jetzt hier nicht stundenlang mit dir telefonieren. Das habe ich dir schon so oft gesagt!“, beendete sie das Gespräch, das nicht einmal eine Minute gedauert hatte. Zu Feiern nahm sie ihn sowieso nicht mit.

„Er hat seine Freunde, ich habe meine, basta! Das möchte ich gerne trennen.“

Marie-Sophie verstand das nicht. Ihr Thomas hätte ruhig mit dabei sein können. Doch der war meistens unten in München und unabkömmlich.

Ja, so war es in vielen Dingen, seufzte sie in Gedanken. Oft konnte sie nicht nachvollziehen, wie Anke dachte oder lebte, aber das machte nichts. Sie mochte sie trotzdem gerne. Vor allem konnten sie wunderbar Hand in Hand miteinander arbeiten, und die Praxis lief rund. Wenigstens bis vor ein paar Wochen. Da war mit einem Mal alles anders. Anke sah plötzlich durch sie hindurch. Es schien sie überhaupt nicht zu geben. Antworten kamen spärlich und knapp, geradeso, dass der Praxisablauf nicht gestört wurde, reduziert auf ein absolutes Minimum. Sie hatte zuerst überlegt, ob sie Anke fragen sollte, aber das war nicht so einfach. Wenn Anke verschlossen war, fragte man sie nicht. Sie hätte sowieso abgewehrt.

Marie-Sophie grübelte darüber nach, ob Anke eventuell Streit mit Manuel hatte. Also ließ sie sie in Ruhe und nahm ihr das abweisende Verhalten nicht krumm. Anke hatte ohnehin eine schwere Zeit hinter sich. Immer wieder war sie krank gewesen. Schmerzende Knie wechselten sich mit Gallenkoliken ab. Steine mussten entfernt werden. Ihre erste Zeit mit Manuel war von Krankenhausaufenthalten bestimmt gewesen. Als sich ein vermeintliches Myom in der Gebärmutter als bösartiges Gewebe herausgestellt hatte, war eine Totaloperation unvermeidbar geworden. Der Tumor, der dort schon geraume Zeit existiert hatte, machte weitere medizinische Schritte erforderlich. Zur Sicherheit empfahl man ihr eine Bestrahlung, auch wenn das Geschwür eingekapselt gewesen war.

Für Anke war das körperlich und seelisch zu einer großen Belastung geworden, die sie anfangs eher besser durch Manuels Hilfe ertragen konnte. Später störte seine Fürsorge sie, ohne dass sie zunächst ahnte warum. Irgendwann begriff sie, dass er sie damit ständig an ihre Situation erinnerte. Aber sie wollte gerne verdrängen.

Marie-Sophie hatte alle Launen geduldig ertragen. Auch als Ankes Hormone verrückt spielten und sie Phasen hatte, in denen sie weder genießbar war noch ein gutes Haar an ihr ließ. Sie entschuldigte das alles, überlegte, wie sie sich wohl fühlen würde. Als sie jedoch seit jenem besagten Tag neben einer Mauer aus Eis saß und mehr und mehr spürte, wie Anke sie ablehnte, war sie ratlos. Es war nichts vorgefallen. Sie konnte sich an keinen Fauxpas erinnern, an kein falsches Wort oder eine missverständliche Geste. Und doch gab es einen tiefen, unüberwindlichen Graben, der sie beide auf einmal trennte. Marie-Sophie, sich selbst keiner Schuld bewusst, entschloss sich, trotzdem nicht nachzufragen. Da war ein bisschen Stolz dabei und auch Schmerz. Sie war verletzt, zog sich in sich selbst zurück und erledigte ihre Arbeit still. Es war, als ob sie keine Angriffsfläche bieten wollte oder zu einem Dorn im Auge der anderen schrumpfen wollte, der weniger groß war. Ihr blieb die Hoffnung, dass Anke wieder die Alte werden würde.

Das Gegenteil war der Fall. Es wurde schlimmer.

Die Zeiger der Uhr bewegten sich bereits auf acht Uhr zu. Moni wurde langsam unruhig. Normalerweise hatte Wolf seine Hündin längst zu ihr gebracht. Es konnte kein nächtlicher Einsatz sein, der bis jetzt andauerte, denn schon bei der Vermutung hätte Wolf auch nachts bei ihr geklingelt. Das hatte sie so mit ihm vereinbart. Sie war ratlos und unentschlossen. Eigentlich verschlief ihr Nachbar nie, aber wer konnte das rundherum ausschließen? Es würde ihm doch nichts passiert sein? Am besten, sie schaute mal kurz nach.

Unruhig nahm sie den Schlüssel aus dem Kasten. Sie entschloss sich, die Hausschuhe anzulassen, auch wenn es draußen noch immer nass war. Sie wollte keine Zeit verlieren.

Als sie sah, dass die Schäferhündin bereits hinter der Tür wedelte, entspannte sie sich etwas und entschloss sich zu klingeln, bevor sie Hetzers alte Kate betrat.

„Wolf!", rief sie. „Bist du da?"

Von oben kam ein krächzendes „Ja! Wo soll ich denn sonst sein?"

„Na, wie gewöhnlich um diese Zeit auf der Dienststelle!"

Es polterte. „Mist!", entfuhr es Hetzer, der sich sein aufgeschürftes Knie nun auch noch an der Bettkante gestoßen hatte. „Warte, ich bin gleich unten. Ich habe wohl verschlafen."

„Das würde ich auch vermuten", lachte Moni. „Sie werden es verkraften, wenn du ein paar Minuten später kommst. Ich nehme Gaga schon mal mit nach drüben."

„Ja, mach das, danke!“ Wolf war erleichtert. Für Gespräche hatte er jetzt keinen Sinn.

Das Knie brannte wie Feuer unter der Dusche. Im Spiegel hatte er gesehen, dass sich an der Schulter auch ein blauer Schatten ausbreitete. Jede Bewegung tat ihm weh. Da hatte er ordentlich einen mitgekriegt, und dieser Idiot war einfach weggefahren.

Warum musste er sich auch zum Deppen machen? Im Grunde hätte er nicht dort sein sollen. Das war die Strafe für grenzenlose Blödheit gewesen. Falsche Zeit und falscher Ort – und vor allem völlig sinnfreies Hinterherfahren, weil irgendetwas an dieser Frau besonders war. Ja, er war Polizist und seine Beamtenseele hatte irgendwo im Hinterkopf auch die Sicherheit von Frau Schulze im Fokus gehabt. Der wahre Grund war es nicht gewesen. Und jetzt war er auch noch eifersüchtig. Eifersüchtig, ohne überhaupt zu wissen, ob sie bei einem Kerl gewesen war. Er könnte dort noch mal vorbeifahren oder beim Ordnungsamt nachfragen, wer dort wohnt. Die halbe Nacht hatte er wach gelegen, nur weil er sich nicht im Griff hatte. Er war jetzt über die Mitte der Vierzig hinaus. Da musste man doch schon ein bisschen vernünftiger sein, schimpfte er in sich hinein. Sein Magen war in Unruhe. Wenn er an sie dachte, wurde es schlimmer.

Die Brötchen, die Moni von seiner Haustür genommen und ihm auf den Tisch gelegt hatte, rührte er nicht an. Normalerweise war er jemand, der darauf Wert legte, am Morgen ein vernünftiges Frühstück einzunehmen. Heute nicht! Nur das Croissant steckte er in seine Tasche, trank ein Glas Milch gegen die überschüssige Säure.

Als er sich die Jacke schnappte und in seine Schuhe steigen wollte, schauten ihn die Kater Max und Moritz ungläubig an. Sie warteten an der Küchentür. Normalerweise bestanden sie darauf, morgens bei ihm auf der Eckbank zu sitzen, wenn er frühstückte und sich – einer rechts, einer links – bei ihm anzulehnen. Dort schliefen sie weiter. Der Akt des Anziehens kam ihnen zu früh vor.

„Ihr habt ja recht, Jungs. Es nützt aber nichts. Ich bin spät dran. Morgen wieder!" Bei diesen Worten streichelte er die Ragdolls und zog die Haustür zu. Er wusste, dass die beiden jetzt wieder ihrer Lieblingsbeschäftigung nachgehen würden. Und sie schliefen bestimmt, bis er wiederkam. Kater müsste man sein, dachte er.

Als Peter Kruse am Tag nach den Schüssen ins Büro kam, wunderte er sich. Er war auch nicht gerade sehr pünktlich heute, aber von Wolf Hetzer fehlte jede Spur.

Auch gut, dachte er, erst mal ein paar Minuten Ruhe, bevor das Frotzeln wieder losging. Diesen gedanklichen Schlagabtausch konnte er zu so früher Uhrzeit manchmal noch nicht leisten. Sein Gehirn war zwar da, aber er hatte den Eindruck, dass es erst nach und nach aufwachte. Dazu bestand jetzt die Gelegenheit mit einer schönen Tasse Kaffee, wenn man das Gebräu hier so nennen durfte. Er würde einfach ein, zwei Löffelchen Pulver mehr in den Filter tun.

Als er das Wasser einfüllte dachte er darüber nach, dass er bei Seppi anrufen könnte. Vielleicht konnte er schon mehr über das Projektil sagen. Während sich der Kaffeeduft im Büro verbreitete, wählte Peter den Anschluss der KTU in Stadthagen.

„Ah, hallo Peter, ich wollte dich auch gerade anrufen."

„Guten Morgen, Seppi! Und hast du was Neues?"

„Wir wissen jetzt mehr über die Waffe, mit der geschossen wurde. Es könnte zum Beispiel das Gewehr eines Sportschützen gewesen sein. Hülsen und steckengebliebene Patrone sind Kaliber 22 lfB."

„Was heißt lfB?"

„Lang für Büchsen."

„Gut, dann können wir davon ausgehen, dass es sich eher nicht um eine Pistole gehandelt hat."

„Genau."

„Ist es nicht ein bisschen schwieriger, sich mit einem Gewehr irgendwo zu verstecken? Da wäre doch eine Pistole praktischer gewesen."

„Vielleicht hatte der Schütze nichts anderes."

„Möglich."

„Es ist ja die Frage, ob ihm das Gewehr selbst gehörte oder ob er sich das irgendwo ‚geborgt' hatte."

„Sag mal, wie groß ist denn der Durchmesser bei Kaliber 22."

„5,68 mm."

„Autsch, das ist ja mehr als ein halber Zentimeter. Da kann ich mir gar nicht vorstellen, dass das durch den Fuß donnert, ohne einen Knochen zu verletzen."

„Doch, das geht augenscheinlich, aber warte, ich verbinde dich eben mit Nadja."

Noch bevor Peter Luft holen konnte, tutete es kurz in der Leitung.

„Hallo Peter, schön dich zu hören." Kruse wurde rot, aber niemand sah es.

„Äh ja, ebenfalls. Seppi hat mich durchgestellt."

„Schon klar. Er hat mir ja gesagt, dass du dran bist."

„Genau." Peter kam sich wieder wie ein Idiot vor. Ihm fehlten einfach die Worte.

„Du wolltest wissen, ob so ein Fußdurchschuss ohne Knochenverletzung möglich ist", half Nadja ihm auf die Sprünge.

„Stimmt. Und?"

„Das ist möglich und in unserem Fall auch so eingetreten."

„Woher weißt du das?"

„Ist doch einfach. Ich habe kein Knochenmaterial gefunden, nur Blut und Gewebe am Projektil."

„Klar, klingt logisch."

„Ist es auch."

„Also nur durch's Fleisch!"

„Ja. Brauchst du es genauer?"

„Nein, aber apropos Fleisch. Hast du Lust, mit mir essen zu gehen?"

„Ja, aber keine Leber! Die letzte, die ich hatte, war so unappetitlich. Zuviel Alkohol."

Peter stutzte und lachte dann. „Gut. Aber du bist keine Vegetarierin?"

„Nein. Bist du verrückt? Tierische Proteine sind wichtig."

„Das finde ich auch!", sagte Peter mit einem erleichterten Unterton und verabschiedete sich mit einem Lächeln im Gesicht.

Nadja starrte in den Hörer und schüttelte den Kopf. Sie grinste in sich hinein. Seit Wochen wartete sie darauf, dass er sie mal fragen würde. Jetzt hatte er es endlich gewagt und vergessen, einen Termin mit ihr abzusprechen. „Dusselchen", dachte sie bei sich und dachte überhaupt nicht daran ihn zurückzurufen. So leicht würde sie es ihm nicht machen. Er musste sich schon selbst trauen, wenn es ihm wichtig war.

Die Praxis gehörte ihr. Sie konnte schalten und walten wie sie wollte. Kein Störenfried mit eigener Meinung saß ihr im Weg oder raubte Heiners Zeit. Die war ohnehin rar. Und wenn sie nicht alles selbst kontrollierte, geschah ohnehin nichts. Die Auszubildende hatte wieder vergessen, den Wasserspender in den Wartezimmern zu kontrollieren. Die Tassen in dem Bereich, der den Privatpatienten vorbehalten war, waren verbraucht und nicht ausgetauscht worden.

„Kirsten, wo haben Sie Ihre Augen!", donnerte sie durch den Flur, „Sie sollen dafür Sorge tragen, dass alles in den Wartezimmern ordentlich und korrekt ist! Haben Sie das Gebäck im Privatbereich nachgefüllt?"

Kirsten wurde fünf Zentimeter kleiner und huschte über den Flur davon.

„Sarah, wieso sind die Karteikarten noch nicht absortiert? Und achten Sie bitte darauf, dass Sie sich ans Alphabet halten, sonst suche ich hinterher wieder drei Stunden."

Sarah nickte und brachte sich aus der Schusslinie.

Das Telefon klingelte.

„Praxis Dr. Wiebking, Tatge, guten Tag."

„Heinrichsmeier, guten Morgen. Ich brauche ein Rezept."

„Ach, Herr Heinrichsmeier, Sie sind aus Oeynhausen zurück, wie geht es Ihnen denn?"

„Ganz gut so weit. Man muss dankbar sein. Vor hundert Jahren würde ich bestimmt nicht mehr leben."

„Da haben Sie wahrscheinlich recht. Was soll es denn sein?"

„Meine Cholesterintabletten, aber die große Packung."

„Sehr gerne. Wann möchten Sie das Rezept abholen?"

„So in einer Stunde?"

„Bis dahin müsste es der Doktor unterschrieben haben. Wir sollten dann auch mal wieder Ihre Blutwerte kontrollieren."

„Ja, wenn Sie meinen. Das ist doch im Krankenhaus bestimmt alles gemacht worden."

„Haben Sie denn Ihren Bericht mitbekommen?"

„Den bringe ich nachher mit."

„Dann schauen wir, ob da die Laborwerte mit dabei sind."

Anke verabschiedete sich und legte auf. Dank Computer war das Rezept von Gerd Heinrichsmeier ruck, zuck geschrieben und gedruckt. Als der nächste Patient Heiners Sprechzimmer verließ, nahm sie die Dokumente, die vorbereitet waren, mit nach hinten, um sie von ihm unterschreiben zu lassen. Auf dem Weg dorthin kontrollierte sie alles und stöhnte innerlich.

„Mann, Mann, Mann", schimpfte sie, als sie den Raum betrat, „wenn man nicht alles selber macht!"

„Wieso?", fragte Dr. Wiebking. „Was ist passiert?"

„Immer dieses ungenaue Arbeiten. Unterschreib mir doch bitte noch eine neue Laborüberweisung und ein Blankorezept. Da muss noch was korrigiert werden."

„Ah so, alles klar, mache ich. Und, ist es sehr stressig vorne, kommst du gut allein klar?"

„Sicher, Heiner, ich mache doch sonst sowieso auch fast alles allein. Oder glaubst du, die anderen sind mir eine große Hilfe?"

Mit diesen Worten rauschte sie durch die Tür. Ihr Luftzug ließ einige Blätter von Heiners Schreibtisch wehen.

Nachdem Anke sie zunächst ignoriert hatte und später kein gutes Haar an ihr ließ, war Marie-Sophie verunsichert. Es war schwer, mit jemandem zu arbeiten, der einen plötzlich rundherum ablehnte. Mit einem Mal. Schlimmer noch, Anke suchte jetzt das Haar in der Suppe. Sie beobachtete sie, kontrollierte sie und versuchte, hier und da ihre Arbeit zu kritisieren. Meist fand sie dafür geeignete Momente, wenn der Chef in der Nähe war oder eine Kollegin, damit diese mithörten.

Die Andeutungen waren vage, aber jeder wusste, wer gemeint war.

Marie-Sophie war nicht der Typ Mensch, der diesem bösartigen Verhalten etwas entgegenzusetzen hatte. Es war ihr zuwider. Sie hasste die Dominanz anderer Menschen, und sie konnte sich nicht wehren. Das lag unter anderem daran, dass sie in ihrer Jugend und Kindheit gelernt hatte, nicht aufbegehren zu dürfen. Konfrontation hatte grundsätzlich zur Folge gehabt, dass sie den Kürzeren zog. Manche ihrer Narben waren sichtbar, andere lagen in der Seele versteckt. Die brachen bisweilen auf und bluteten wieder. Dann sprachen sie zu ihr, flehten, als wären die Wundränder ein Mund:

„Schweig, zieh dich zurück, werde unsichtbar!", bettelten sie mit zitternder Stimme.

Und Marie-Sophie gehorchte. Sie gehorchte nicht Anke, sondern sich selbst. Immer stiller wurde sie. Vor allem versuchte sie, keine Fehler zu machen, keine Angriffsfläche zu bieten. Doch die Angst machte sie unsicher. Sie musste auf der Hut sein.

„Marie-Sophie“, sagte Anke eines Tages zu ihr, „hast du das Rezept mit den Zuckertabletten zu Herrn Spilker geschickt?“

„Ja, wieso?“

„Er hat es immer noch nicht. Wo hast du es denn hingeschickt?“

„Na, ganz normal an die Adresse auf seiner Karteikarte.“

Anke stöhnte und rollte die Augen.

„Mensch, jeder hier weiß doch, dass Herr Spilker sein Rezept immer an seinen Zweitwohnsitz geschickt bekommt. Die Adresse ist in den Notizen hinterlegt.“

„Ach ja, das wusste ich nicht.“

„Sicher wusstest du das. Du hast ihm selbst schon mal was dorthin geschickt. Das habe ich dir damals extra gesagt.“

„Mag sein, aber das ist mindestens ein halbes Jahr her. Und es steht nirgendwo vermerkt in der Karteikarte. Vielleicht sollten wir das mal obendrauf notieren.“

„Das brauchen wir nicht, weil das sowieso jeder weiß, nur du augenscheinlich mal wieder nicht. Dabei erinnere ich mich ganz genau daran, dich darauf hingewiesen zu haben.“

Marie-Sophie gab auf und schwieg. Anke holte tief Luft.

„Der war jetzt richtig Galle, weil er extra fahren muss, um sein Rezept zu holen.“ Sie bohrte den Dolch noch tiefer und Marie schlug vor:

„Ich kann ihn ja anrufen und ihm die Situation erklären.“

Anke lachte auf. „Ich glaube nicht, dass er Lust hat mit dir zu sprechen. Das Kind ist sowieso jetzt in den Brunnen gefallen.“

„Wahrscheinlich hat sie recht", dachte Marie-Sophie und stand auf, um in den EKG-Raum zu gehen.

„Wo gehst du hin?", fragte Anke.

„Ich will schon mal das Blutdruckmessgerät fertig machen. Gleich kommt Frau Knickrehm."

„Denk dran, dass du neue Batterien reinmachst, damit sie auch vierundzwanzig Stunden durchhalten."

Marie-Sophie antwortete nicht. Sie war jetzt seit drei Jahren in der Praxis und meistens war sie diejenige, die das Gerät anlegte. Es war absolut nicht notwendig, dass Anke ihr sagte, woran sie zu denken hatte. Aber egal, nur weg nach hinten, ein paar Minuten verschnaufen, ohne den Drachen neben sich zu haben, der so unberechenbar war wie ein Vulkan mit dünner Kruste.

Sie ließ sich Zeit, nahm alle Utensilien aus den Schränken und ging hinterher noch auf Toilette, um weitere drei Minuten zu gewinnen. Auf dem Weg zurück schaute sie noch kurz ins Labor. Sie trank einen Schluck Wasser, denn dort war der Kühlschrank für Blutproben, Essen und Getränke. Die Flasche war fast leer. Leslie zwinkerte ihr aufmunternd zu. Sie hatte das Gespräch von vorhin wohl mitbekommen. Der Beistand tat ihr gut.

Marie-Sophie fragte sich, was Anke denn heute sonst noch alles einfallen würde. Sie war irritiert. Bis vor Kurzem hatte sie sich in der Praxis immer wohlgefühlt. Hatte geglaubt, Anke und sie seien ein gutes Team. Und so schien es im Grunde auch jetzt noch zu sein, denn sie arbeiteten wunderbar Hand in Hand. War das ein Eindruck, den nur sie hatte? Traurig ging sie wieder nach vorn in die Anmeldung.

„Hast du den Termin zum Ultraschall hier eingetragen?", fragte Anke kopfschüttelnd.

„Ja, schon vor zwei Wochen."

„Es war doch bekannt, dass Heiner an diesem Tag zur Fortbildung ist."

„Mir nicht", entgegnete Marie-Sophie resigniert, „sonst hätte ich den Termin wohl kaum vergeben." Ein leichtes Unwohlsein breitete sich in ihrer Magengegend aus. Es wurde zu einem Kloß in ihrem Hals. Sie zog sich an den anderen Arbeitsplatz zurück und begann Arztberichte einzuscannen.

„Hättest du dann jetzt wenigstens die Güte, Frau Grimme anzurufen und den Termin umzulegen?"

Marie-Sophie drehte sich um und sah sie an. „Das ist nicht notwendig. Frau Grimme kommt nachher rein, um noch mal Urin abzugeben."

„Aha!"

Damit war das Gespräch beendet. Schweigen breitete sich wieder aus. Es hatte eigentlich nie aufgehört, und Marie-Sophie wunderte sich, dass das Schweigen so groß sein konnte in einem Raum, der nicht still war. Um sie herum gab es Worte, das Telefon klingelte und beide sprachen - nur nicht miteinander.

Mit einem Mal spürte sie, wie die Übelkeit in ihrem Magen zunahm. Gleichzeitig fühlte sie sich wie in Watte gehüllt. Alles schien zu entrücken wie in einem Rausch. Sie ging ins Labor zurück. Leslie sah sie an und sagte: „Mensch Marie, du siehst aber überhaupt nicht gut aus."

„Mir ist auch nicht gut."

„Trink mal lieber etwas Kaltes, aber in kleinen Schlucken. Warte, ich gebe dir dein Wasser aus dem Kühlschrank."

Marie-Sophie hatte sich in den Stuhl gesetzt, der sonst den Patienten zum Blutabnehmen vorbehalten war. Sie trank vorsichtig nach und nach das Wasser aus, doch plötzlich stellte sie ihr Glas ab und rannte zur Toilette. Leichenblass kehrte sie eine halbe Stunde später zurück.

„Leslie, bitte entschuldige mich beim Doktor. Ich muss nach Hause. Ich kann gar nichts mehr bei mir behalten. Außerdem fühle ich mich krank."

Ohne sich noch umzuziehen nahm sie ihre Jacke aus dem Spind und lief aus der Praxis. Anke warf sie nur ein kurzes „Ich bin krank!" zu. Auf dem Weg zum Auto spürte sie, dass sie es nicht bis nach Hause schaffen würde und wühlte eine Plastiktüte aus der Jackentasche. Sie kämpfte mit ihrem Gleichgewicht. Es fiel ihr sichtlich schwer, gerade stehen zu bleiben. Auch die Geräusche schienen mit einem Mal so weit entfernt zu sein. Nur mit großer Mühe erreichte sie ihr Haus im Nordkamp und warf die gebrauchte Plastiktüte noch draußen in die Mülltonne. Es fiel ihr nicht leicht, den Schlüssel richtig im Loch zu platzieren. Er ließ sich auch schlecht umdrehen, und die Übelkeit wurde wieder unerträglich. Gerade eben schaffte sie es noch zur Toilette. Ihre Hündin Aisha stand neben ihr und wedelte.

„Jetzt nicht, Aisha!", stöhnte sie. Mit letzter Kraft kroch sie die Treppe zum Schlafzimmer hoch, schnappte sich unterwegs den Eimer aus dem Bad und hatte ihn gefüllt, noch bevor sie sich endlich hinlegen konnte. Auch das Wasser an ihrem Bett vermochte den Magen nicht zu beruhigen. Was sie trank, kam retour, bis sie irgendwann schwach und ausgelaugt wie in Trance einschlief.

Anke grinste immer noch in sich hinein, wenn sie daran dachte, wie Marie-Sophie die Praxis in großer

Eile verlassen hatte. Weiß wie die Wand war sie gewesen. Liebevoll tätschelte sie das kleine Fläschchen Tramal in ihrer Hosentasche. Für heute hatte sie ihr Ziel erreicht.

Abgehetzt und mit wüster Frisur kam Wolf Hetzer in sein Büro gestürmt.

„Kaffee!", rief er Peter zu und ließ sich in seinen Schreibtischstuhl fallen.

„Wie siehst du denn aus und wo kommst du jetzt her? Warst du beim selben Friseur wie Nadja?"

„Willst du mich beleidigen? Die schneidet sich doch bestimmt die Haare selbst. Stell dir vor, ich hab' verschlafen."

„Du? Nicht zu fassen!"

„Mein Weckkommando hat versagt", lachte Wolf. „Normalerweise springt wenigstens einer der Kater auf meinen Bauch oder der Hund kratzt sich aufmüpfig. Moni hat mich als letzte Instanz gerettet, weil sie sich gewundert hat, dass ich ihr Lady Gaga noch nicht gebracht hatte."

„Ganz schön viele Leibeigene als Sklaven um dich rum. Wie wäre es mit einem Wecker?"

„Ich hatte einen Weckruf im Handy", grummelte Wolf.

„Ach, das Handy, das in der Waschmaschine schwimmen gelernt hat?" Peter goss einen starken Kaffee in Wolfs Tasse und hätte ihn beim Lachen fast verbrüht.

„Halt die Klappe, wenn du heute wieder bei mir essen willst!"

„Apropos essen. Ich hab Nadja gefragt." Kruse machte ein stolzes Gesicht.

„Echt? Und für wann?"

„Wie für wann?"

„Ja, ihr werdet doch einen Termin ausgemacht haben."

„Nein."

„Du machst Scherze."

„Nein, ich habe sie erst mal gefragt, ob sie überhaupt Lust hat. Ich wollte doch nicht gleich mit der Tür ins Haus fallen und sie zu einem festen Termin verpflichten."

„Dann bist du doch keinen Schritt weitergekommen."

„Doch. Ich weiß jetzt, dass ich sie irgendwann einladen kann."

„Das verstehe ich nicht, ich glaube, ihr seid echt eine andere Generation. Wenn ich mich mit einer Frau verabreden möchte, mache ich gleich Nägel mit Köpfen. Und dann warte ich auch nicht noch lange ab. Sie könnte es sich doch sonst wieder anders überlegen."

Peter lächelte vielsagend.

„Der Herr Hauptkommissar gibt kluge Ratschläge, weil er selbst so ein versierter Charmeur ist und die Frauen bei ihm vor der Tür Schlange stehen."

„Ach, du bist doch bekloppt, Kruse! Mach doch, was du willst."

„Mach ich auch, und ich mach's auch wie ich will!"

„Hauptsache, du kochst später bei euch keinen Kaffee!", lachte Wolf und spuckte das Gebräu in die Tasse zurück. „Pfui, der ist ja so was von ekelig. Da steht doch der Löffel drin."

Der Tag hätte schön werden können, aber es waren Kräfte am Werk, die dafür sorgten, dass er den beiden Kommissaren nicht in guter Erinnerung bleiben würde.

„Pack mir doch mal bitte ein paar sterile Platten, Betaisodona, eine elastische Binde und Leukosilk ein, ach, und vergiss die Thrombosespritzen nicht. Die kann sich Marie-Sophie dann ja über's Wochenende selbst spritzen."

Anke stutzte und sah Heiner an.

„Willst du wirklich zu ihr rausfahren? Sie kann sich doch herbringen lassen."

„Ich habe vorhin mit Frau Schulze telefoniert. Ihr Mann kommt erst morgen nach Hause und sie hat niemanden, der sie fahren kann."

„Soll ich sie holen, dann kannst du dir den Weg sparen?"

„Nein, nein, kein Problem, ich muss sowieso noch bei Erna Koch vorbeischauen. Das ist ganz um die Ecke."

„Wenn du meinst, mehr als anbieten kann ich es dir nicht." Anke schmollte.

„Das ist ja lieb von dir, aber ich komme praktisch direkt bei ihr vorbei."

„Meinst du wirklich, dass sie unbedingt Thrombosespritzen braucht? Sie wird nicht nur herumsitzen. Ich halte das für überflüssig." Anke wurde unruhig. Wie sollte Heiner auch ahnen, warum sie verhindern wollte, dass Marie-Sophies Blut verdünnt wurde.

„Wir werden sehen. Dazu kann ich mehr sagen, wenn ich weiß, ob der Fuß weiter angeschwollen ist und wie lange sie immobil ist. Es ist sicherer, denke ich. Ich glaube auch nicht, dass sie am Montag schon wieder arbeiten kann."

„Ich komme schon alleine klar. Ist zwar etwas stressig, aber du weißt ja, dass ich hart im Nehmen bin."

Heiner nickte und ging zurück in sein Sprechzimmer, um seine Tasche zu holen.

Anke hatte inzwischen eine kleine Tüte für ihn zusammengepackt.

„Ich hab noch zwei Binden und ein paar sterile Platten mehr reingetan, damit sie sich am Wochenende selbst versorgen kann", sagte sie und gab ihm den Beutel in die Hand. Dabei streifte sie ihn leicht mit ihrer Brust.

„Das war eine gute Idee."

„Ich habe immer gute Ideen." Sie lächelte mehrdeutig. „Das mit den Thrombosespritzen solltest du dir wirklich noch mal überlegen!", sagte sie. Doch Heiner war in Gedanken schon bei seinen Hausbesuchen und bemerkte weder ihre Nähe noch ihre Unruhe.

Er steckte noch kurz den Kopf ins Labor und wünschte Leslie einen schönen Abend, die ihn bat, Marie-Sophie herzlich zu grüßen und ihr gute Besserung zu wünschen.

„Ach, genau", fügte Anke hinzu, „das hätte ich fast vergessen. Von mir natürlich auch."

Mit sehnsüchtigem Blick sah sie Heiner nach, der mit wehendem Trench den Flur hinunterging.

Der Schatten, der Marie-Sophie in der Nacht verfolgt hatte, war auch am nächsten Tag wieder da gewesen. Dezent hielt er sich im Hintergrund, ohne jemals in Erscheinung zu treten. Er beobachtete und lernte, studierte Gewohnheiten oder Vorlieben. Niemand hätte ihn als das erkannt, was er wirklich war. Er hatte die Gabe sich zu verbergen, indem er anwesend war, ohne aufzufallen. Eine fast vollkommene Tarnung.

Auch Dr. Wiebking bemerkte den Schatten nicht. Hätte man ihn später gefragt, ob er jemanden gesehen hatte, hätte er dies entweder verneint oder sich auf keinen Fall an ein Gesicht erinnern können.

Er hielt mit seinem Wagen im Wendehammer des Nordkamps und ging zur Haustür. Innen bellte es.

„Ja, bitte?" Marie-Sophies Stimme klang blechern durch die Sprechanlage.

„Ich bin's, Wiebking. Ich wollte mal nach Ihnen sehen."

„Oh, das ist aber lieb. Warten Sie, ich komme zur Tür."

Kurze Zeit später öffnete Marie-Sophie mit einem gequälten Lächeln.

„Sie haben hoffentlich auch ein Schmerzmittel dabei, Doktorchen?"

„Aber sicher doch!"

„Na, dann mal herein in die gute Stube. Aisha, geh zur Seite!"

„Ach, lassen Sie sie doch. Sie mag mich eben."

„Sie soll aber nicht so aufdringlich sein."

„Mich stört das nicht. Wo können wir denn hingehen, dass Sie das Bein hochlegen können?"

„Das machen wir am besten da am Esstisch." Sie hinkte voraus, kam aber mittlerweile ganz gut mit den Gehstützen zurecht. Nachdem sie sich hingesetzt hatte, legte sie den Unterschenkel auf einen der anderen Stühle und ließ den Fuß vorne überhängen. Wiebking ging in die Hocke und entfernte den Verband.

„Uhh, das sieht aber doch ziemlich geschwollen aus mittlerweile. Vielleicht wäre es doch besser, wenn ich Sie einweise."

„Auf keinen Fall. Ich gehe nicht ins Krankenhaus. Außerdem kommt Thomas morgen nach Hause. Er kann mich versorgen. Dann lege ich auch den ganzen Tag das Bein hoch, versprochen!"

„Na, so richtig wohl ist mir dabei nicht. Sie müssen das auf jeden Fall beobachten. Sobald der Fuß heiß wird oder sich sonst eine Veränderung ergibt, wie zunehmender Schmerz oder gar ein roter Strich, rufen Sie mich sofort an oder lassen sich ins Krankenhaus bringen. Versprochen?"

„Ja, das mache ich."

„Dann werden wir jetzt einen großzügigen Jodsalben-Verband anlegen. Ich denke, wir sollten auch über eine Thrombose-Prophylaxe nachdenken."

„Ist das denn wirklich notwendig?"

„Es ist besser. Sie werden das Bein bestimmt noch ein paar Tage hochlegen müssen, und wir wollen doch vermeiden, dass Sie noch weitere Probleme bekommen. Ein Blutgerinsel, das sich möglicherweise lösen könnte, wäre doch das Letzte, was Sie nun auch noch gebrauchen können."

„Ja, das stimmt schon, wobei ich glaube, dass meine Blutgerinnung ohnehin etwas zu wünschen übrig lässt."

„Wieso?"

„Der Streifschuss hat noch ganz schön lange weitergeblutet. Ich habe den Verband schon mehrfach gewechselt."

„Hmm, möglicherweise ist ein Gefäß verletzt worden, aber jetzt steht die Blutung, keine Sorge. Sie wissen ja auch, wie Sie mich erreichen können." Dr. Wiebking tätschelte Marie-Sophies Schulter. „Soll ich Ihnen die Thrombosespritze geben, oder wollen Sie selbst Hand an sich legen?" Er schmunzelte.

„Nee, das mache ich nachher schon."

„Aber nicht vergessen!"

„Nein, versprochen."

„Gut, dann werde ich die Damen jetzt allein lassen und zu Frau Koch fahren, bevor sie einen Mittagsschlaf macht."

„Danke, Doktorchen, dass Sie mich besucht haben."

„Ist doch Ehrensache und ein bisschen Selbstsucht. Ich will ja schließlich, dass Sie bald wieder arbeiten können."

Marie-Sophie lächelte süffisant und sagte: „Na, da hoffe ich, dass das die anderen auch so sehen."

„Aber sicher doch. Wir sind schließlich ein Team."

Ein Stich, der eine eigentümliche Bitterkeit hinterließ, fuhr in Marie-Sophies Magengrube. Sie wollte aufstehen, um Dr. Wiebking zur Tür zu begleiten.

„Nein, Sie bleiben ganz bestimmt sitzen. Ich finde schon allein hinaus." Sanft drückte er sie auf den Stuhl zurück und gab ihr die Hand.

„Danke", flüsterte sie, „auch für das Verbandsmaterial, die Spritzen und die Schmerztabletten."

„Keine Ursache, gern geschehen", rief er ihr auf dem Weg zur Tür zu. Sie hörte noch, wie sie ins Schloss fiel. Dann war Stille. Eine Stille, die das Herannahen der Schatten zuließ.

Thomas Schulze saß in seinem Büro in Neuperlach und starrte ins Leere. Der Regen hatte aufgehört, es herrschten laue Temperaturen. Draußen war das Grün üppig und saftig. Es sah so aus, als würde der Himmel bald aufreißen. „Ein bisschen Sonne könnte nicht schaden", dachte er. Schulze war in einem inneren Zwiespalt, den er meist gut verdrängen konnte, indem er sein Leben auf zwei Zeitebenen organisierte. Es gab das eine in Norddeutschland und das andere in Bayern. Im Norden hatte er ein Haus und eine Ehefrau, einen Hund und Freunde, mit denen er sich gerne traf. Hier unten im Süden hatte er das Laster. Das Laster hieß Sven und war sein Geheimnis.

Er hatte ihn im Betrieb kennengelernt, als Sven sein Studienpraktikum absolvierte. Der Zufall oder Fortuna hatte es bestimmt, dass die sich beiden nach Feierabend auf eine Maß im Biergarten getroffen hatten und aneinander hängen geblieben waren. Thomas' Weltbild war aus den Fugen geraten. Er hatte sich im Vorfeld nicht erklären können, warum er sich in Gegenwart des jungen Mannes so wohlgefühlt hatte. Auch hatte ihn dessen durchtrainierter Körper zu sündigen Gedanken verleitet. Er kannte sich selbst nicht wieder. Hatte sich immer für heterosexuell gehalten. Zu Selbststudienzwecken hatte er sich ein Pornoheft mit nackten Frauen gekauft und stellte beim Studieren der Bilder fest, dass ihn Körper mit Brüsten ebenso erregten. Wie musste ein vollkommener Mensch sein, fragte er sich, der gleichzeitig über all das verfügte, was ihn zum Beben brachte. Ein Shemale? Oder war alles in einem zu viel? Würde es ihn verlocken, sich mit einem Paar zu treffen? Er wusste es nicht. Seine Gedanken waren bei Sven, und das hatte nicht nur mit Lust zu tun, sondern mit der Nähe, der Geborgenheit, die sich in ihm ausbreitete, wenn beide zusammen waren. Zunächst war er verwirrt gewesen, dass er so fühlte. An den Wochenenden kämpfte er mit der Sehnsucht nach Sven, während der Woche dachte er an Marie-Sophie. Hin- und hergerissen kam er sich vor, bis er entdeckte, dass er beides zugleich gut leben konnte.

Trotz seiner tiefen Empfindungen war es am Anfang komisch gewesen, als Sven im Dunklen zum ersten Mal seine Hand genommen hatte. Er selbst hätte sich nie getraut, den ersten Schritt zu tun. Es wäre sein Geheimnis geblieben, denn niemals hätte er sich von allein dem anderen offenbart.

Doch Sven, der an Frauen nicht interessiert war, hatte keine Hemmungen gehabt, seine Gefühle zu zeigen. Thomas wusste es noch wie heute, wie er zuerst zusammengezuckt und dann wie in Trance weitergegangen war, nicht wissend, was auf ihn zukommen würde. Ahnungslos wie ein Teenager ging er mit dem anderen mit, der ihn in eine neue Welt eintreten ließ, die für ihn zum Paralleluniversum wurde.

Mit gemischten Gefühlen fuhr Marie-Sophie zum Sommerfest der Praxis. Sie freute sich zwar auf Leslie und die Frau von Dr. Wiebking, aber sie hätte durchaus darauf verzichten können, Anke in ihrer Freizeit zu treffen. Die Aversion, die ihr ihre Kollegin entgegenbrachte, war nicht mehr zu leugnen. Wenn sie auch zwischendurch gedacht hatte, dass es andere Gründe geben mochte, die zu Ankes verändertem Verhalten geführt hatten, so musste sie doch mittlerweile erkennen, dass sie selbst die Wurzel allen Übels war. Nur weshalb, wusste sie nicht. Der Graben zwischen ihnen war unüberwindbar geworden. Marie-Sophie versuchte, ihr nach Möglichkeit aus dem Weg zu gehen. Es wäre kein Problem gewesen, wenn sich beide einfach in Ruhe gelassen hätten, aber Anke hatte eine perfide Freude daran gefunden, sie lächerlich zu machen oder ihr zu schaden. Wo früher manchmal ein Lachen über die Praxisflure wehte, herrschte jetzt Schweigen.

Für Marie-Sophie wäre es keine Alternative gewesen, an diesem Tag unter einem Vorwand zu Hause zu bleiben. Immerhin waren so viele Menschen da, dass es immer jemanden geben würde, mit dem sie sprechen konnte.

Als sie auf dem Parkplatz hinter der Praxis ankam, stellte sie erfreut fest, dass ihre Widersacherin noch nicht zugegen war. Sie atmete auf. Gemeinsam mit Leslie und Caro aus der Röntgenabteilung ließ sie sich ihr erstes Stück Grillfleisch schmecken. Der Abend schien doch entspannt zu verlaufen. Keine Spur von Anke.

Sie hatte die Frau von Dr. Wiebking schon begrüßt, aber die war immer im Gespräch mit jemand anderem. Es würde sich später schon eine Gelegenheit ergeben.

Mit einem Mal schlug die Stimmung um. Anke Wichtig trat auf den Parkplatz wie eine Erscheinung. Mit ihrem Wesen nahm sie alles in Beschlag, stülpte sich selbst über die Menge der Leute, bis alles fast wie vorher weiterging. Aber nur fast. Manche Gespräche wurden gedämpfter, andere verstummten.

Noch bevor Marie-Sophie überhaupt die Gelegenheit wahrnehmen konnte, mit Marion Wiebking zu sprechen, war diese schon mit Anke in einen langen Dialog verwickelt. Die Kollegin verdrängte Personen wie Moses das Meer. Sie schaffte sich eine Gasse aus Menschen, die vor ihr zurückwichen. Dazu benötigte sie nicht einmal einen Stab. Auch nicht, um Marie-Sophie einen bösen Blick zuzuwerfen, der geeignet war, ihr die sieben Plagen an den Hals zu wünschen.

Die Ungnade, in die sie gefallen war, machte es Marie-Sophie fast unmöglich, sich mit Anke in einem Raum aufzuhalten. Darum war sie erleichtert, als Anke das Zelt verließ, das einen Teil des Parkplatzes überdachte, und sich ins Freie begab. Der dunkle Schleier hob sich und flog davon. Übrig blieb Ankes Thunfischsalat. Eine Köstlichkeit, die beide früher gerne geteilt hatten. Marie-Sophie war hin- und hergerissen, ob sie denn noch ein Schälchen Salat essen sollte. Sie hatte gerade den letzten Bissen vertilgt, als sich Marion zu ihr an den Tisch setzte. Es war fast niemand mehr im Zelt.

„Hallo Frau Schulze, ich wollte schon die ganze Zeit zu Ihnen kommen, aber ich kam noch nicht dazu."

„Kein Problem."

„Ich hörte, dass Sie begonnen haben zu malen?“

„Das ist richtig. Es macht mir sehr viel Spaß. Die Welt verschwindet um mich herum, wenn ich mit Farben arbeite.“

„So muss es sein. Ihre Ausstellung wird auch sehr gut angenommen, sagte mein Mann.“

„Wir verlängern noch um vier Wochen, falls Sie noch nicht die Gelegenheit hatten, in der Bücherei vorbeizuschauen.“

„Das muss ich mir merken. Ihre Bilder sind ja bisweilen ganz schön düster, hörte ich. Haben Sie schon mal darüber nachgedacht, ihr Arbeitsumfeld zu malen?“

Marie-Sophie stutzte und schaute in Marion Wiebkings Gesicht.

„Wieso? Was meinen Sie?“ Sie hatte eine Ahnung.

„Ich meine, weil da Dinge vorgehen, die in Richtung Grusel und Horror gehen.“

„Ach ja? Bitte erzählen Sie!“

„Nun“, sie senkte ihre Stimme und war kaum noch zu verstehen, „wenn eine Kollegin bereit ist, zehntausend Euro dafür zu zahlen, dass Sie gekündigt werden, dann nenne ich das gruselig.“

Marie-Sophie schluckte. Sie konnte kaum fassen, was sie eben gehört hatte.

„Können Sie mir auch sagen, wer das gewesen ist?“

„Ich glaube, das können Sie sich denken, denn es gibt nur eine Dame mit schwarzen, langen Haaren, die eng mit Ihnen zusammenarbeitet und sie gerne loswerden würde. Sie hat meinem Mann extra am Wochenende in der Praxis aufgelauert. Sie hielte es nicht mehr aus mit Ihnen, sagte sie ihm. Ihre Worte waren: ‚Schmeiß sie raus, ich habe geerbt. Das ist mir zehntausend Euro wert.‘“

„Meinen Sie Frau Tatge? Sie ist die Einzige, die den Chef duzt - und die kürzlich geerbt hat", fragte sie leise. Marie-Sophie konnte es nicht fassen und wollte es jetzt ganz genau wissen, um sicher zu sein.

„Ja, und es gibt noch eine andere Kraft, die gegen Sie arbeitet, von der Sie es am wenigsten vermuten würden. Haben Sie denn noch mit einer anderen Mitarbeiterin Probleme? Ich meine, wir wissen beide, wie Frau Tatge ist. Sie sind nicht die Erste, die ihrer Ungnade zum Opfer fallen soll."

„Nicht dass ich wüsste. Eigentlich ist es mit allen anderen ganz harmonisch. Keine Ahnung, wer das sein könnte."

Marion Wiebking nickte. „Passen Sie schön auf sich auf. Die Zeit arbeitet für Sie. Ich weiß, dass Sie meinen Mann schon gebeten haben, ob Sie in einer anderen Abteilung der Praxis tätig sein können. Haben Sie noch ein bisschen Geduld, bitte!"

Nach diesen Worten stand sie auf und ließ eine völlig erschütterte Frau auf der Biergartenbank sitzen.

Mein Gott, was war sie arglos gewesen! So viel Schlechtigkeit und Bosheit konnte sie nicht fassen. Das Gespräch war ihr zusätzlich auf den Magen geschlagen. Sie harrte noch eine Viertelstunde aus, war aber nicht mehr bei der Sache, als sie mit Caro sprach.

„Was ist denn mit dir los? Du bist ganz bleich."

„Keine Ahnung, mir ist irgendwie schlecht. Vielleicht ein Virus. Ich glaube, ich fahre gleich nach Hause."

„Ja, du, mach das lieber. Brauchst du Hilfe?"

„Nein, es geht schon. Kannst du mich bei Leslie entschuldigen und bei den Chefs? Ich habe keine Lust, jetzt noch die Runde zu machen."

„Kein Problem, mache ich. Gute Besserung!"
„Danke!"

Marie-Sophie schleppte sich zum Auto und stieg ein. Tausend Dinge gingen ihr durch den Kopf. Wenn ein Mensch bereit war, so viel Geld zu bezahlen, um ihrer ledig zu werden, wozu war er dann noch in der Lage?

Doch in den kommenden Stunden konnte sie sich nicht auf diese Frage konzentrieren. Sie war eben zu Hause angekommen und war gerade noch in der Lage, den Hund in den Garten zu lassen, da hatte sie das Gefühl, ihr Leib sei aufgequollen wie in einer fortgeschrittenen Schwangerschaft. Sie fühlte sich von Minute zu Minute schlechter. Sie rief Aisha wieder hinein und schaffte es gerade noch zur Toilette. Mit letzter Anstrengung nahm sie sich einen Eimer, denn ihr Körper wollte in allen Richtungen alles los sein, was er zu sich genommen hatte.

Erst nach Stunden schaffte sie es, ins Schlafzimmer zu kriechen. Aus dem Medikamentenschrank nahm sie ein Mittel gegen Krämpfe und Schmerzen als Zäpfchen ein und hoffte, dass es drinbleiben würde. Völlig erschöpft sank sie gegen fünf Uhr morgens auf ihr Bett und fiel in einen totenähnlichen Schlaf.

Hätte Anke geahnt, dass Marie-Sophies Reaktion auf Schalentiere mittlerweile lebensbedrohlich war, hätte sie es sich vielleicht noch einmal überlegt, pürierte Krabben in den Thunfischsalat zu mischen. Dass die Kollegin am anderen Morgen zwei Infusionen brauchte, weil sie durch die Lebensmittelunverträglichkeit sämtliche Flüssigkeit ausgeschieden hatte, versetzte ihr einen Schreck.
Sie musste vorsichtiger sein.

Marie-Sophie war im Grunde froh, ein paar Tage ausfallen zu können. Sie musste nachdenken, Zeit gewinnen. Sie musste sich darüber klar werden, wie sie mit der Situation umgehen sollte.

Als Sven an jenem Sommerabend mit zu Thomas nach Hause fuhr, waren sich beide sicher, dass etwas in ihrem Leben vollkommen anders geworden war. Sie waren überwältigt von der Intensität der Gefühle. Für Thomas würde es das erste Mal sein, dass er mit einem Mann allein war, den er berühren wollte. Sven war sich seiner Neigung schon vorher bewusst gewesen, aber das einzige Treffen, das er damals mit einem Kommilitonen gehabt hatte, war schüchtern verlaufen und hatte mit einem flüchtigen Kuss seinen Abschluss gefunden.

Jetzt waren beide überzeugt, dass etwas ganz Neues, Wichtiges beginnen würde. Etwas, das sie für immer verändern würde.

Drängende Sehnsucht trieb sie die Treppen empor. Den Aufzug hatten sie gemieden. Der erste Ort, an dem sie allein waren, sollte kein Fahrstuhl sein. Als Thomas seine Tür aufschloss, spürte er Svens Atem in seinem Nacken. Er schauderte und bebte innerlich. Hinter der Tür ließen sie alles fallen. Nichts anderes war mehr wichtig, als sich möglichst nah zu sein, ohne etwas, das sie trennte. Als sie das Bett erreichten, hatten sie eine Spur von Kleidung hinter sich gelassen. Irritiert und erregt zugleich krochen sie unter die Decke und hielten sich aneinander fest. Die Wärme umfing sie wie ein Freund und wiegte sie. Sie sagten nichts. Es war ihnen, als wären sie endlich angekommen im Leben. Sie lagen bestimmt eine halbe Stunde regungslos, bis Sven begann, Thomas' Brust zu küssen. In Thomas kämpfte das Verlangen mit der Scham, doch Sven beruhigte ihn mit sanftem Streicheln und legte ihm den Zeigefinger auf die Lippen. „Sch… nicht sprechen, nur genießen!“, sagte er und spielte mit den Fingerkuppen auf Thomas’ Haut. Dann nahm er seine Hand und führte sie zu seinem Körper.

Thomas fühlte die harten Muskeln, die Hautoberfläche, fühlte Sven, der sich voller Leidenschaft in seine Finger schmiegte und wunderte sich, wie vollkommen das Gefühl in ihm war.

„Ich weiß nicht…, ich habe noch nie…“, flüsterte er.

„Ich auch nicht“, antwortete Sven. „Lass uns herausfinden, was es zu wissen gibt!“, drängte er.

Sein Blick nahm Thomas die letzte Scheu. In ihren Augen verband sich das Gefühl zu einem großen Ganzen, das alle Zweifel wegwischte. Sie hielten sich, sie berührten sich. Was sie spürten, trug sie auf einer Woge davon. Die Befriedigung war nur der Schlussakkord ihrer Symphonie, eine logische, harmonische Konsequenz aus tiefer, innerer Liebe. Auch wenn sie das Wort vorerst mieden, sagten sie es sich doch mit jeder Zelle und in jedem Atemzug. Es war nichts Anrüchiges dabei, nur zwei Menschen, die eins geworden waren.

Sie war irritiert. Dieser Kommissar..., sie musste immer wieder an ihn denken. Er hatte so verloren gewirkt, als sie ihn in seinem Wagen aus dem Schlaf gerissen hatte. Die Augen, dachte sie, es waren die Augen gewesen. Sie waren ihr wie ein Spiegel vorgekommen. Sie hatte sich selbst darin gesehen.

Vielleicht war sie deshalb so ärgerlich gewesen. Sein Blick schrie das, was sie fühlte, was sie immer wieder in ihren Gemälden ausdrückte. Es war ein Schmerz, der aus dem Sehnen geboren wurde, der Wunsch, mit einem anderen Menschen verbunden zu sein und die Sehnsucht danach.

„In meinem Leben gibt es zu viele Baustellen", dachte sie. „Ich habe einen Mann, der nicht mir gehört. Ich hatte einen Liebhaber, aber seine Frau wird aus dem Ausland zurückkehren. Es gibt einen Kommissar, der mich verwirrt, obwohl ich ihn nicht kenne. Aber mir selbst bleibt nichts."

Sie musste beginnen, bei sich aufzuräumen.

Kommissar Wolf Hetzer wurde von einer inneren Unruhe geplagt. Das kannte er gar nicht von sich. Normalerweise war er mit sich selbst im Gleichgewicht. Aber seitdem er dieser Frau begegnet war, war er vollkommen durcheinander. Es kostete ihn große Anstrengung, sich nichts anmerken zu lassen.

Es war jedoch ohnehin fraglich, ob Peter überhaupt etwas aufgefallen wäre, weil er stark mit dem Gedanken beschäftigt war, wann er Nadja einladen sollte, mit ihm essen zu gehen.

„Wann meinst du denn, dass ich sie deswegen wieder anrufen kann?“, fragte er Hetzer, der gedanklich weit weg war.

„Wen?“

„Ja, wen schon, Nadja natürlich!“

„Ach so, du meinst wegen des Essens.“

Peter schüttelte den Kopf.

„Natürlich, oder soll ich gleich mit der Tür ins Haus fallen? So nach dem Motto: ‚Gnädigste, ich möchte Sie obduzieren!‘“

„Fang doch erst mal von außen an!“ Wolf vergaß für einen Moment seine eigenen Gedanken und schmunzelte. „Wobei man an manchen Stellen über innen und außen streiten könnte.“

„Wolf, du Ferkel!“

„Was denn nun, Wolf oder Ferkel?“

„Letzteres! Es geht mir nicht um das Eine!“

„Nicht? Dann tust du mir aber leid. Lass dir doch eine Tonsur rasieren. Der Rest stimmt ja schon.“

„Hetzer, du bist ein echtes Arschloch.“

„Und du lügst, wenn du sagst, dass es dir nicht darum geht. Vielleicht nicht nur, aber alles andere wäre unehrlich und unnatürlich."

„Nadja ist nicht so eine."

„Was soll denn das nun wieder heißen? In welchem Jahrhundert lebst du denn! Was ist daran schlecht, seine Lust auszuleben? Und woher willst du wissen, wie Nadja das sieht? Du hast es doch noch nicht mal geschafft, mit ihr einen Termin auszumachen."

„Ach vergiss es!" Kruse drehte sich um und griff zum Hörer.

„Ja, hallo? Eine Pizza con tutto in XXL in den Hasphurtweg bitte… ja, genau. Wann können Sie liefern? Okay, gut. Ciao."

„Wolltest du nicht bei mir essen?"

„Dazu ist mir heute die Lust vergangen."

„Tut mir leid, ich wollte dich nicht verletzen. Wer kann den ahnen, dass du in dieser Hinsicht so empfindlich bist."

„Schon gut, Hetzer, jetzt lass mich erst mal in Ruhe. Ich muss meine Wunden lecken."

„Gut, dann halte du hier die Stellung und ich fahre mal eben nach Bückeburg rüber. Einmal am Tag sollten wir uns da schon blicken lassen." Hetzer hoffte, dass Kruse diese fadenscheinige Begründung nicht bemerkte, aber der war viel zu sehr mit sich selbst beschäftigt.

Seit dem Moment, in dem Wiebkings Frau Marie-Sophie in das Geheimnis eingeweiht hatte, trug sie die schwere Bürde des Wissens in sich. Es war ein grausiges Wissen, das ihr je nach Tageszeit die verrücktesten Gedanken bescherte.

Was tat ein Mensch dem anderen an, wenn er bereit war, zehntausend Euro dafür zu bezahlen, damit er ihn los war? Was, wenn erste Versuche nicht gelangen? Wofür wurde das Geld dann eingesetzt? Augenscheinlich hatte Anke kein Glück gehabt, sich mit ihrer Idee bei Dr. Wiebking durchzusetzen. Aber warum hatte er Anke nicht entlassen? Für Marie-Sophie war dieses unlautere Angebot ein solch eklatanter Charaktermangel, dass sie nicht verstehen konnte, wie man diese Angestellte noch weiter beschäftigen konnte. Was hatte Dr. Wiebking bewogen, an ihr festzuhalten, oder was wusste Anke von ihm? Gab es noch eine andere Verbindung zwischen den beiden, außer der Arbeit?

Wenn der Leidensdruck bei Anke so groß war wie es schien, wie konnte sie wissen, ob diese Frau nicht auch in der Lage war jemanden anzuheuern, der sie aus dem Weg räumen würde? Oder würde sie sich selbst eine Waffe oder Gift besorgen?

Marie-Sophie schüttelte den Kopf. Die Nerven gingen mit ihr durch.

Warmes Wasser und Seife liefen an seinem Körper herab. Thomas beobachtete, wie sich das Gemisch in den Grübchen verwirbelte, bevor es weiter abwärts strömte. Leise zeichnete er den Weg nach und küsste Svens Schulter. Sie duschten gerne gemeinsam bei Kerzenschein. Sanft drückte er sich an ihn und beide fühlten, dass die Erregung zurückkehrte. Sie hatten sich den ganzen Nachmittag auf einem Level der Lust gehalten, ohne die Grenze zu überschreiten. Diesen Moment bewahrten sie sich für später in der Nacht auf. Auch jetzt streichelten und rieben sie sich nur vorsichtig, einer auf den anderen achtend, im warmen Schauer, der sie von oben oder innen wärmte. Seit einiger Zeit rasierten sie sich gegenseitig, damit kein krauses Haar ihre Zungen störte. Sie salbten sich und wurden weich unter den Händen des anderen. Alles war selbstverständlich, die Nacktheit, die Lust, das Einswerden. Es war die körperliche Bestätigung, die beider Seele immer wieder aufs Neue ersehnte. Die Trennung an den Wochenenden verursachte Sven fast körperliche Qualen. Aber Thomas fiel es nicht schwer, zu seiner Frau in den Nordkamp zurückzukehren. Er liebte beide, jeden auf seine Art.

Stunden zuvor war Kommissar Wolf Hetzer nach Bergdorf gefahren. Er hatte nicht im Traum daran gedacht, zunächst die Bückeburger Dienststelle aufzusuchen. Wie ein Getriebener lenkte er den Wagen bergauf und hielt vor dem japanischen Teehaus.

Marie-Sophie musste ihn gesehen haben, denn als er auf den Klingelknopf drücken wollte, öffnete sie bereits mit einem Lächeln. Sie war wunderschön. Ihr Hund knurrte.

„Na, Herr Kommissar, beschatten Sie mich heute gar nicht?"

Er hatte den Eindruck, ihre Augen sahen direkt in sein Innerstes.

„Ich wollte mich entschuldigen, Frau Schulze. Ich hätte Ihnen vorher Bescheid geben müssen, aber Sie glauben mir hoffentlich, dass es aus Sorge um Sie geschah." Oh Gott, was redete er da nur für einen Blödsinn.

„Bitte kommen Sie doch herein. Das nasse Wetter ist so ungemütlich."

„Vielen Dank."

Marie-Sophie Schulze versuchte so gut wie möglich zum Sofa zu kommen und legte das Bein hoch.

„Bitte nehmen Sie doch Platz!"

„Ich will Sie nicht lange aufhalten." Wenigstens weiß ich nicht wie, dachte er bei sich.

„Das tun Sie nicht. Ich habe sowieso nichts vor. Wo soll ich auch hin mit dem Fuß?"

„Dann kann ich Sie mit meinen Neuigkeiten vielleicht ein bisschen ablenken."

„Was für Neuigkeiten?“ Die Hovawarthündin legte sich unter den Couchtisch, ließ ihn aber nicht aus den Augen.

„Es ist tatsächlich kein Knochen verletzt worden.“

„Woher wissen Sie das?“

„Aus der Pathologie. Man hat keine Knochenfragmente am Projektil gefunden.“

„Das ist ja interessant, aber auch ein bisschen gruselig, dass ich jetzt schon in der Pathologie untersucht werde. Dabei lebe ich noch.“

„Nur ein bisschen Blut und Gewebe“, sagte Hetzer und lächelte. „Es ist mir auch lieber, wenn nichts anderes von Ihnen dort untersucht wird.“ Was war er nur für ein Hornochse, dass er so einen Müll redete, schimpfte er in sich hinein.

„Da sind wir ja dann sogar mal einer Meinung, Herr Kommissar.“ Sie sah ihn mit einem unergründlichen Blick an. „Und warum sind Sie wirklich hier?“

Diese Frage erwischte Hetzer auf kaltem Fuß, weil sie ihm direkt ins Gesicht sah. Es gab keinen anderen Ausweg als die Wahrheit, wenigstens einen Teil davon.

„Weil ich mich vergewissern wollte, ob es Ihnen gut geht.“

„Kümmern Sie sich um alle so aufopfernd, denen Schaden zugefügt wurde? Dann frage ich mich, wann Sie schlafen. Ich meine, außer während der Beschattung.“

„Momentan schlafe ich überhaupt nicht.“ Er machte ein ernstes Gesicht. Sie sah ihn an.

„Wieso nicht?“, fragte sie leise. Die Stimmung im Raum änderte sich, das Licht wurde weicher.

„Weil ich entweder träume oder wach liege und grübele.“

„Das kenne ich, aber dagegen ist kein Kraut gewachsen. Es ist die Sehnsucht, die Ihnen die Ruhe raubt."

Hetzer glaubte, im Boden versinken zu müssen. Wieso kannte sie ihn so gut? Ihm war es, als könne sie, wie im Traum, direkt in ihn hineinsehen.

„Darf ich wiederkommen?", fragte er.

„Nein!", sagte sie.

„Warum nicht?"

„Mein Leben ist in Gefahr."

„Dann brauchen Sie mich doch umso mehr."

„Mein Leben ist bedroht, aber nicht so, wie Sie denken. Ich könnte es verlassen wollen – und neu beginnen."

„Mit mir?"

„Ich weiß es nicht. Du irritierst mich. Das ist eine größere Gefahr als diese lächerlichen Schüsse."

„Und, was machen wir nun?"

„Nichts. Ich muss nachdenken, und darum geh bitte jetzt." Hetzer erstarrte. Widerwillig stand er auf. Er verstand nur Bahnhof, fühlte sich, als habe ihm jemand ein Brett vor den Kopf geschlagen.

„Ist das dein letztes Wort?"

„Für heute, ja!"

„Dann gibt es Hoffnung?"

„Vielleicht", sagte sie leise.

„Wann?"

„Ich weiß es nicht."

„Was ist das zwischen uns?" Verzweiflung schwebte in seinen Worten mit.

„Ein Gefühl, dem kein Name gerecht wird", sagte sie wehmütig, „aber du musst Geduld haben."

„Warum?"

„Weil ich verheiratet bin und überhaupt nicht weiß, wie ich leben will. Nur eins weiß ich genau, ich will die Zukunft mit keiner Lüge beginnen. Lass mich nachdenken.“

Hetzer nickte und litt. Ihre Augen trafen sich. Er hatte nie etwas Vergleichbares empfunden.

Auch Kruse empfand etwas. Er war satt. In seinem Magen lag die XXL-Pizza und machte zufrieden. Für einen Moment verschwand sein Ärger auf Hetzer, und es kam ihm ganz leicht vor, nachher Nadja anzurufen.

Aber das Satte machte auch müde. Als er sich dabei ertappte, wie ihm am Schreibtisch sitzend die Augen zufielen, raffte er sich auf und kochte einen seiner ungenießbaren Kaffees. Er wusste nicht, ob Hetzer noch mal reinkommen würde. Möglicherweise würde er sich auch auf der Bückeburger Wache festquasseln. Er sah auf die Uhr. Noch anderthalb Stunden bis zum Wochenende. Das schaffte er gerade noch. Vorsichtig fixierte er den Telefonhörer mit seinen Augen. Er musste sich nicht mal bewegen, um abzuheben. Die Nummer war eingespeichert.

„Serafin."

„Hallo Nadja, ich bin's, Peter."

„Du, ist es was Dringendes? Ich habe gerade alle Hände voll zu tun. Mein Praktikant hält das Mobilteil. Mist, jetzt ist das Ding wieder zurückgeflutscht."

Peter hatte sofort ein Bild vor Augen, auf das er lieber verzichtet hätte. „Nee, ist schon gut. Wir können morgen telefonieren."

„Ruf mich zu Hause an, die Nummer steht im Telefonbuch."

„Ist gut!", sagte Peter und legte auf.

Es war ein nächtlicher Jogger, der die bellende Hündin in der Dunkelheit fand. Ihre Leine hatte sich in einem Strauch verfangen, ihr Kläffen klang schon heiser durch den Nieselschleier. Er hatte das Bellen von Ferne gehört und hatte darum seine übliche Laufstrecke verlassen. Lars Tiedemann näherte sich vorsichtig mit seiner Stirnlampe. Im Harrl, dem Bückeburger Stadtwald, war es längst stockfinster geworden. Da hatte doch so ein Schwein seinen Hund ausgesetzt. Er hatte das arme Tier im Nieselregen sich selbst überlassen. Lars Tiedemann mochte Hunde, und er hasste Menschen, die Tiere quälten. Leise redete er mit dem Hund, es war ein schwarz-brauner, wirklich schöner Hund, mit halblangem Fell, aber er hatte keine Chance, sich zu nähern. Der Hund ließ ihn nicht an sich heran, aber wenigstens kam er ans Wasser des Teiches. Er ging in die Hocke und suchte nach einem Stock. Mit ihm konnte er testen, ob der Hund beißen oder vielleicht spielen würde. Als er den Boden in der Umgebung absuchte, schrak er plötzlich zurück. Da, neben dem Ufer, war Blut, jede Menge Blut auf dem Boden und ein Stofffetzen, der ebenfalls rot verschmiert war.

Vielleicht war der Hund verletzt? Lars wurde immer wütender. Was gab es nur für Menschen? Mit seiner Lampe leuchtete er das Fell des Hundes ab, aber er konnte nicht feststellen, dass das Tier eine Wunde hatte. Das Laub um das Gestrüpp herum war zwar feucht, aber es hatte seine natürliche rostbraune Farbe. Drei Meter weiter links jedoch, außerhalb der Reichweite des Hundes, war auf einer Fläche von rund zwei

Quadratmetern eine Stelle, die aussah wie ein Schlachtfeld. Tiedemann kamen jetzt ganz andere Gedanken. Falls der Hund hier kein Tier gerissen hatte – und er sah weder Federn noch Fell, konnte das Blut auch von einem Menschen sein. Er begann zu zittern, nicht nur von der Kälte, die seinen schweißnassen Körper durchzog, sondern auch von der Furcht, an einem Ort zu stehen, der kurz zuvor etwas Schreckliches gesehen hatte. Er traute sich auch nicht, sich noch weiter umzusehen.

Mit bebenden Händen versuchte er, die Nummer des Notrufes in sein Handy einzutippen. Nur drei Zahlen, aber er war nervös. Es gelang ihm erst beim zweiten Mal.

Den Rintelner Kommissar Wolf Hetzer erreichte der diensthabende Beamte aus Bückeburg zu Hause. Er saß in melancholischer Stimmung bei einem Glas San Lorenzo und dachte an Marie. Das könne nur sie sein, hoffte er, als sein neues Handy mit alter SIM-Karte so spät, um kurz nach Mitternacht, noch klingelte. Aber es war Kunze, der sich zunächst entschuldigte und ihm dann von dem Anruf erzählte.

„Tut mir leid, Wolf, die Kollegen vor Ort haben euch angefordert. Die SpuSi ist auch schon unterwegs. Da liegt ziemlich viel Blut im Wald, und ein Hund ist daneben, der sich in einem Strauch verfangen hat."

„Was für ein Hund?" Hetzer wurde eiskalt.

„Warte..." Wolf hörte, wie sich Kunze per Funk mit den Kollegen verständigte. „Ein schwarzer, mit ein paar braunen Stellen."

Der Rotwein rebellierte in seinem Magen. Er hatte das Gefühl, sterben zu müssen.

„Das könnte der Hund von Frau Schulze sein. Habt ihr schon nachgesehen, ob sie zu Hause ist?"

„Ist das die Frau, der gestern Morgen in die Füße geschossen worden ist?"

„Ja. Ich verständige Kruse, wir sind unterwegs. Schick du einen Streifenwagen in den Nordkamp." Jedes Wort fiel ihm schwer. Er wollte jetzt allein sein. Leichenblass legte er auf. „Warum", dachte er, „liegt ein Fluch auf mir, wenn ich liebe?"

Er holte tief Luft, konzentrierte sich und wählte Peters Nummer.

Jemand nahm ab. Es knurrte in der Leitung.

„Du hättest dich auch morgen entschuldigen können, du Idiot. Musst du mich wecken? Hast du mal auf die Uhr gesehen?"

„Zieh dich an!"

„Willst du etwa mit mir ausgehen? Ich denke nicht daran."

„Es ist dienstlich. Ich bin in fünf Minuten da." Hetzer legte einfach auf. Er hatte jetzt keine Kraft für den verbalen Schlagabtausch.

Angst ließ seine Augen brennen. Es war die Angst um Marie. Er spürte nur noch Schmerz. Die melancholische Sehnsucht hatte ihm Platz gemacht, sich verneigt und ihm den Vortritt gelassen. Er würde nun Zeit haben, sich auszubreiten wie ein Schwelbrand - unbemerkt von anderen.

Ein brummiger Peter Kruse wartete schon an der Straße auf ihn. Das kam Hetzer sehr entgegen, denn er wollte nicht sprechen. Schweigsam und mit unterschiedlichen Gefühlen in ihren Mägen fuhren sie von Kleinenbremen in Richtung Bückeburg.

Kurz nach der Ortseinfahrt bat Wolf: „Kannst du mal bitte auf der Wache anrufen und nachfragen, wo genau sich die Stelle im Wald befindet?"

Peter murmelte etwas und zog sein Handy umständlich aus der Hosentasche.

„Polizei Bückeburg, Kunze."

„Kruse hier, einer von den Rintelnern, Sie wissen schon. Wo genau sind die Kollegen im Wald?"

„Kennen Sie sich im Harrl aus?"

„Nee, aber der Wolf neben mir. Ich mach mal laut."

„Also, ihr fahrt durch Bergdorf zum Wald hoch, dann den Nordweg entlang, bis ihr an die Gabelung kommt, wo es geradeaus nach Bad Eilsen zur alten Anuschka-Bar geht und rechts zum Idaturm hoch."

„Ja, okay, und dann?" Hetzer kostete es eine irre Anstrengung, normal zu wirken.

„Dann geht es links runter, ziemlich an derselben Stelle. Das ist aber eher ein unscheinbarer Weg, ziemlich holprig. Da müsst ihr runter in Richtung der Löschteiche, also in einem rechten Bogen, dann die Schonung umrunden und wieder links. Ich schätze, da wird es dann ziemlich hell sein. Auch weiter oben werdet ihr schon die Streifenwagen sehen, falls die nicht von unten hochgefahren sind."

„Ist Nadja auch benachrichtigt worden?"

„Wozu? Wir haben keine Leiche."

„Ruf sie an, sie soll sich bereithalten, vielleicht brauche ich sie. Bis dann."

„Wie du meinst, Wolf."

Peter glaubte, aus Kunzes Worten eine Art Widerwillen herausgehört zu haben. Ihm selbst stieg das Blut bis zum Hals bei der Aussicht, Nadja vielleicht heute Nacht noch sehen zu können. Er sah an sich herab und ärgerte sich über die Monster-Pizza, der er zum Opfer gefallen war.

Sie hielten kurz hinter der Kreuzung auf dem Nordweg, der hier schon aus festgefahrenem Schotter bestand. Zwei Streifenwagen standen bereits dort. Nur zögerlich stieg Wolf aus dem Wagen und fluchte:

„Dieser beschissene Regen, auf den könnte ich jetzt wirklich verzichten!"

Kruse stutzte. Solche Worte war er von Wolf überhaupt nicht gewohnt. Argwöhnisch betrachtete er seinen Kollegen. Ihm fiel auf, dass Hetzer völlig gestresst wirkte, wie unter Strom. Seine Augen hatten rote Ränder. Sie wanderten hin und her. Er beschloss, zunächst nichts zu sagen, wenigstens nicht dazu.

„Du als Hundebesitzer solltest immer eine Regenjacke dabeihaben." Kruse zog sich die Kapuze seines Parkers weiter ins Gesicht.

„Hab ich ja", sagte Wolf und öffnete die hintere Tür, „aber ich *hasse* diese Feuchtigkeit, die in alle Ritzen kriecht. Vor allem, wenn wir raus müssen."

Das Wort ‚hassen' hatte er mit solcher Inbrunst gesagt, dass Peter zusammengezuckt war.

„Nun mach mal halblang", antwortete er mit ruhiger Stimme, als ob er auf einen Kranken einredete, „es ist nur Wasser, das von oben kommt. Mehr nicht."

„Ach, lass mich einfach in Ruhe!" Wolf hatte diese Worte leise gesagt, wandte sich dann ab und ging den Weg voran. Peter hatte sie trotzdem gehört, aber er verstand nichts.

Es war nicht einfach, einem Irren zu folgen, der mit einer Taschenlampe auf einem unebenen Pfad bergab stolperte, als ob er von Sinnen war. Fast wäre Kruse bei dem Versuch gefallen. Er war auf einen Stein getreten und dadurch mit dem Fuß umgeknickt. Er fluchte. Vor allem sah er nichts mehr, wenn Hetzer zu weit vorlief.

„Warte auf mich, du hirnrissiger Idiot. Das Blut ist auch gleich noch da. Ich sehe nix, wenn du vorrennst."

Wolf verlangsamte seine Schritte, damit Peter aufholen konnte, aber er achtete darauf, dass er trotzdem ein Stückchen vor ihm blieb. Er brauchte Abstand, hatte keine Lust zu sprechen.

Schon fünfzig Meter bevor sie die Löschteiche erreichten sahen sie, dass Seppi und Mimi von der Spurensicherung bereits vor Ort waren. Das Licht schien hell durch die Stämme der Buchen. Als sie näherkamen, hörten sie Seppi fluchen. Er versuchte mit Hilfe eines Beamten ein Zelt zu errichten.

„So einfach ist es nicht!", schimpfte Seppi. „Die hatten doch zugesagt, dass sich die Dinger wie Regenschirme aufklappen lassen. Jetzt habe ich mir schon zweimal den Finger geklemmt. Ah, Hetzer und Kruse, packt mal mit an!"

Gemeinsam war es leichter, die Beine auszuklappen.

„Lasst das Ding erst mal runter. Nicht dass ihr mir die Spuren zertrampelt. Den Rest mache ich schon."

Im gleißenden Licht der Scheinwerfer sah der Boden aus, als wäre dort ein Tier geschlachtet worden. Es gab Lachen, aber auch Spritzer an den Baumstämmen und Sträuchern. In manchen Blättern hatte sich eine Pfütze aus Blut gebildet. Dorthin starrte Hetzer, als ob er sich in einer anderen Welt befand. Er hatte Aisha sofort erkannt. Sie winselte.

„Mein Gott", murmelte Peter bei dem Anblick, „das ist ja echt krass."

Eher mechanisch zog Wolf sein Handy aus der Tasche. Er wählte eine Nummer.

„Hallo Wolf, ich bin schon unterwegs, aber ich komme von unten hoch!“, sagte Nadja, noch bevor Hetzer Luft holen konnte.

„Okay“, antwortete er und legte auf.

„Was war das denn?“, fragte Kruse.

„Nadja! Sie kommt gleich.“

„Aha, wozu brauchst du sie denn?“

„Ich brauche ihre medizinische Fachkenntnis.“

„Geht es etwas genauer?“

„Ich will wissen, ob wir es mit einem Entführungsfall oder mit einem Mord zu tun haben.“

„Willst du meine Meinung hören?“

„Nein.“

„Ich sag sie dir trotzdem. Wer auch immer hier geblutet hat, den musste man nicht mehr entführen. Den hat man höchstens noch beiseite geschafft.“

In Hetzer zog sich das Innerste zusammen. Ihm wurde übel. Er war selbst nicht blöd, aber manches nahm erst Gestalt an, wenn man es auch von anderer Seite hörte.

„Dann müssen wir uns vorwerfen, Marie-Sophie Schulze nicht genug beschützt zu haben.“ Vor allem er selbst warf sich das vor, aber das konnte er nicht sagen.

„Wie kommst du darauf, dass sie es ist?“, fragte Kruse mit einem nachdenklichen Gesicht. „Wegen des Hundes? Es gibt etliche Köter, die so aussehen.“

„Pass auf!“, sagte Wolf und rief: „Aisha!“ Die Hündin hörte für einen Moment auf zu winseln, hob den Kopf und sah ihn an.

„Hätte ich jetzt Fiffi gerufen, hätte der auch reagiert.“ Peter war fest überzeugt und schüttelte den Kopf. „Das ist doch kein Beweis.“

Hetzer näherte sich der Hündin. Sie knurrte.

„Aisha, komm, lass dir helfen."

„Mach dir keine Mühe!", rief Seppi von hinten. „Der Tierschutz ist schon unterwegs."

Hetzer ignorierte ihn und nahm ein paar Leckerchen aus der Tasche.

„Guck mal, was ich hier habe... Komm, versuch' doch mal."

Aisha legte den Kopf schief. Er wartete. Sie zögerte, aber der Hunger siegte. Vorsichtig robbte sie näher, fraß die Leckerchen aus seiner Hand und ließ sich streicheln.

„Unglaublich!"

Peter konnte es nicht fassen.

„Du traust dich was. Wenn der dich nun gebissen hätte. Ich würde keinen Köter anfassen, den ich nicht kenne, und diesen Hund kannte ich überhaupt nicht. Für mich ist ein schwarz-brauner eh wie der andere."

„So ein Quatsch. Ich war heute noch mal da und hab Marie-Sophie befragt. Dieser Hund hat unter dem Tisch gelegen. Das ist ein Hovawart. Es gibt hier nicht so viele von der Sorte. Und das hier ist definitiv einer! Ich nehme sie nachher mit zu mir. Sag Seppi, er soll den Tierschutz wieder abbestellen." Aisha ließ sich die Ohren kraulen.

In Peters Kopf ratterte es. Was hatte Wolf da gesagt? Er habe „Marie-Sophie" befragt, nicht „Frau Schulze". In ihm keimte ein Verdacht. Zum Glück hatte kein anderer das mitgekriegt.

„Seppi", rief Peter in Richtung Licht.

„Ja?"

„Du kannst die Tierfänger anrufen. Sie können zu Hause bleiben."

„Wieso?"

„Hetzer reicht eine Frau zu Hause nicht. Er nimmt diese haarige Schönheit mit."

„Von mir aus kann er zehn von der Sorte haben."

Peter lachte und dachte dann etwas wehmütig daran, dass er wenigstens gerne eine hätte. Groß, blond mit einer wirren Frisur.

Als eben jene junge Dame mit einer Taschenlampe den Weg entlangkam, riss Hetzer sich von Aisha los und ging ihr entgegen. Doch Kruse war schneller. Von irgendwoher hatte er einen Schirm aufgetrieben. Diesen hielt er jetzt über Nadja, die ihm sofort einen Schubs gab.

„Geh weg mit diesem blöden Ding. Denkst du, ich bin aus Zucker?"

„Ich wollte nicht, dass deine Frisur zerstört wird!" Peter musste sich das Lachen verkneifen unter Nadjas bösem Blick.

„Schluss jetzt!", sagte Wolf mit solchem Nachdruck in der Stimme, dass die beiden ihre Frotzeleien einstellten. „Das könnt ihr privat austragen."

„Ist ja schon gut." Peter schüttelte den Kopf und murmelte noch etwas, das Hetzer nicht verstand.

„Nadja, wir brauchen deinen rechtsmedizinischen Sachverstand bei einer schwierigen Frage. Kannst du mal mitkommen?"

Sie nickte, er ging voran.

Als sie beim Zelt ankamen und Seppi für einen Moment aus dem Licht ging, erschrak selbst Nadja vor dem Stillleben, das sich aus Blut auf den Boden gezeichnet hatte.

„Ui, das ist heftig", sagte sie und ging in die Hocke.

„Ja“, sagte Seppi, „du glaubst gar nicht, wo ich noch überall Blutspuren gefunden habe. Und siehst du diese Spritzer da an den Baumstämmen?“

Nadja richtete ihre Taschenlampe direkt auf den unteren Teil der Buchen. Es war zwar hell, aber im direkten Lichtkegel konnte sie die Spuren auf der Rinde noch genauer sehen.

„Das deutet auf jeden Fall auf eine arterielle Blutung hin und das wieder erklärt auch diese Menge.“

Hetzer schluckte unmerklich und fragte:

„Meinst du, wir müssen davon ausgehen, dass das Opfer nicht mehr lebt? Kannst du ungefähr abschätzen, mit welcher Menge Blut wir es hier zu tun haben?“

„Puh, Hetzer, du stellst Fragen! Das ist jetzt ein bisschen wie Kaffeesatzleserei. Es kommt darauf an, wie schwer ein Mensch ist, ob es Mann oder Frau ist und so weiter. Da kann die Literzahl schon so zwischen vier und mehr als sechs variieren.“

„Geh mal von einer Frau so um die fünfundsechzig Kilo aus.“

Nadja legte die Stirn in Falten, bewegte die Lippen und sagte dann: „Nach meiner Rechnung müsste sie so knapp vier Liter Blut haben. Dann könnte das hier – sie zeigte auf den Boden – schon kritisch sein, falls das alles nur Blut ist.“ Sie ging wieder in die Hocke. „Aber mich wundert noch etwas. Guckt mal hier in den Stellen, wo sich das Blut etwas gesammelt hat.“ Sie zog einen Latexhandschuh über, nahm den Finger und rührte in einer Steinmulde. Dort hatte sich eine kleine Blutpfütze gebildet. „Seht ihr, was ich meine? Völlig verwässert, aber nicht richtig geronnen und kaum klebrig. Ich nehme an, du hast ausreichend Proben genommen, Seppi?“

„Aber sicher doch, meine Teuerste! Von verschiedenen Stellen und unterschiedlichsten Untergründen. Ein paar Haare und einen Stofffetzen hätte ich noch zu bieten fürs Erste."

„Wunderbar, dann werde ich mir jetzt mal die Nacht um die Ohren schlagen. Falls die Verletzung doch nicht letal war, sollten wir das Opfer rasch finden. Habt ihr eine Ahnung, wer es sein könnte?"

Hetzer nickte. In diesem Moment vibrierte sein Handy in der Hosentasche.

„Hallo Wolf, wir konnten diese Frau Schulze nicht zu Hause erreichen. Alles dunkel und still."

„Kunze, wir brauchen dringend Holger Pinell und seinen Kollegen mit den Spürhunden. Kannst du das bitte organisieren? Es könnte sein, dass ein Leben davon abhängt." Hetzer sagte dies so dringlich, als ob das seine davon abhinge.

„Ist gut, Wolf, ich tue, was ich kann. Die Kollegen haben schon gesagt, dass irgendwer da im Wald ein Blutbad angerichtet hat. Glaubst du, jemand hat Frau Schulze etwas angetan? Möglicherweise der, der schon auf sie geschossen hat? Meinst du wirklich, dass sie noch lebt?"

„Keine Ahnung, Frau Dr. Serafin hat es nicht ausgeschlossen und solange sollten wir verdammt noch mal so tun, als lebe sie noch. Los jetzt, ruf Pinell an, wir haben keine Zeit zum Quatschen."

Kunze legte auf. Nadja richtete sich auf und klopfte auf Wolfs Schulter. „Ich kann wirklich schlecht einschätzen, wie viel Blut hier ist und möchte mich auch nicht festlegen. Dieser blöde Regen trägt auch nicht gerade dazu bei, die Sache besser zu machen. Er verwässert den Eindruck. Ich denke, ich haue jetzt ab Richtung Stadthagen zur Rechtsmedizin. Da kann ich euch nützlicher sein. Vielleicht finde ich noch Hautreste oder Knochensplitter, damit wir wissen, wo dieser Irre sein Messer angesetzt hat oder was er auch immer benutzt hat."

Diese Vorstellung war zu viel für Hetzer. Er schwankte und konnte sich gerade noch am Baum abstützen.

„Soll ich doch hierbleiben? Geht es dir nicht gut?"

„Nee, nee, fahr du mal, ich habe schon den ganzen Tag Migräne. Da muss ich durch."

„Okay, zum Glück haben wir wenigstens Vergleichsproben von Frau Schulze. Dann wissen wir bald, ob es tatsächlich ihr Blut ist."

Hetzer nickte kraftlos und setzte sich ein paar Meter weiter auf einen Baumstumpf.

„So, so, Migräne", dachte Peter Kruse, so nannte man das wohl jetzt, was einem Kopf und Magen verdrehte.

„Warte", rief er Nadja hinterher, „ich bringe dich zum Auto. Wer weiß, ob der Täter hier noch irgendwo im Wald lauert."

Doch keiner von beiden konnte sich im Entferntesten ausmalen, was in Wolf vorging. Wie sollten sie auch. Es war für ihn selbst nicht vorauszusehen gewesen, dass er mit einem Mal so intensiv für einen Menschen fühlte, den er kaum kannte.

Was war das, was mit ihm geschehen war? Oder in ihm? Er hatte das nicht beeinflussen können. Es hatte ihn erwischt, wie eine riesige Flutwelle. Daraus hätte nur sie ihn retten können. Aber sie war fort.

Als er an dieser grausigen Stelle an dem Baum gelehnt hatte, war es ihm, als habe er an ihrem Grab gestanden. Die Hoffnung schwand. Sie verlebte sich in dieser glitzernden roten Fläche. Nur ein Funke blieb irgendwo in der Tiefe. Er selbst glaubte zu wissen, dass sie das nicht überlebt haben konnte. Aber vielleicht war das auch die Angst. So viel Rot überall. Es konnte nur ihr Blut sein, dachte er. Und wieder starb ein Stückchen von ihm selbst.

Anke war völlig erschöpft, als sie endlich gegen halb eins ins Bett fiel. Sie war nicht mehr die Jüngste und Anstrengungen waren einfach nichts für sie. Sie nahm sich vor, das Leben demnächst etwas ruhiger angehen zu lassen.

Sie musste sich jetzt auch wieder mehr um Heiner kümmern. Er war so blass in letzter Zeit. Er arbeitete einfach zu viel. Seine Frau schien nicht wirklich auf ihn zu achten. Vielleicht lag ihr nicht mehr so viel an ihm. Ankes Gedanken kreisten. Sie sah sich an seiner Seite, liebevoll, rücksichtsvoll, ihn umsorgend wie sie es hier in der Praxis tat. Er konnte das doch vierundzwanzig Stunden am Tag haben. Warum erkannte er das nicht? Sicher, er war sehr verantwortungsvoll. Er würde seine Frau nicht im Stich lassen, selbst wenn er erkannt hatte, dass Anke und er viel besser zusammenpassten.

Sie sah es an seinen Augen. Zwischenzeitlich hatte sie gedacht, er habe sich von ihr entfernt, aber heute hatte er sie wieder so angesehen wie früher. Da war ihr Herz dahingeschmolzen. Selbst wenn sie ihn nur von Ferne lieben konnte, sie würde alles für ihn tun. Alles, damit es ihm gut ging und alles, damit er merkte, dass er zu ihr gehörte.

Die Hunde hatten das Blut schon von Weitem gerochen. Sie waren begierig darauf, die Stelle zu erreichen. Holger Pinell und sein Kollege gaben den Tieren die Möglichkeit, den Geruch intensiv aufzunehmen, indem sie ein Taschentuch mit dem Blut tränkten und die Hunde daran schnüffeln ließen. Sofort begannen die belgischen Schäferhunde in der nahen Umgebung zu suchen und entfernten sich mit ihren Hundeführern von der Blutstelle.

Eine Spur schien in die Richtung zu gehen, aus der Hetzer und Kruse gekommen waren, die andere in Richtung Straße.

Hetzer hatte Pinell kurz informiert, doch das meiste wusste er schon von Schichtführer Kunze. Pinell hatte etwas Bedenken wegen des Regens.

„Wenn es weiterhin so stark regnet wie jetzt, verwischen die Spuren etwas, sie werden undeutlich. Die Hunde haben auch in dieser Situation gute Nasen, aber sie riechen dann wie durch einen Schleier. Mal sehen, ob wir heute Nacht noch etwas erreichen können."

Hetzers Blick wurde ernst.

„Wir haben nicht viel Zeit. Falls das Opfer noch lebt, müssen wir es so schnell wie möglich finden. Der Blutverlust könnte kritisch sein", sagte Hetzer eindringlich.

Kaum dass die Hunde außer Sichtweite waren, kam Kruse mit froher Miene aus dem Dunkel. Zunächst war nur der Schein seiner Taschenlampe zu sehen gewesen. Dann formte sich nach und nach seine große Gestalt.

„Komm Wolf", sagte er, „wir sehen uns den Tatort noch mal genau an." Dabei beobachtete er Hetzers Reaktion genau.

„Ich habe genug gesehen!" Wolf schüttelte den Kopf. Tropfen flogen aus seinen Haaren. „Wenn du dir ein detaillierteres Bild machen möchtest, bitte sehr. Ich rufe inzwischen Kunze an, ob er den Mann von Ma... Frau Schulze erreicht hat, oder vielleicht sogar sie selbst."

Aisha hatte sich inzwischen wieder etwas beruhigt. Die Diensthunde waren von ihr verbellt worden. Jetzt stand sie neben dem Busch, in dem sich die Leine verfangen hatte und schüttelte sich. Ihr Fell hatte durch die Feuchtigkeit eine wellige Struktur bekommen. Das hatte etwas komisches.

„Gleich gehen wir nach Hause!", sagte Hetzer zu ihr.

Gut, dass es nicht kalt war, dachte er, obwohl die Nässe selbst in dieser Spätsommernacht überall hinkroch und die dunklen Stunden ungemütlich machte. Er würde Aisha erst mal zu Moni bringen. Dort konnte sie sich akklimatisieren, ohne gleich mit Gaga oder den Katern konfrontiert zu werden. Moni wäre bestimmt nicht sauer, wenn er sie in der Nacht wecken würde. Sie war immer hilfsbereit. Das wusste er und hatte sofort ein schlechtes Gewissen, weil er ihr in den letzten Tagen aus dem Weg gegangen war. Er schob den Gedanken fort und wählte die Nummer der Bückeburger Wache.

„Schon was Neues, Kunze? Habt ihr den Mann erreicht? Ist sie irgendwo aufgetaucht?"

„Negativ, Wolf, dem Mann habe ich auf die Mailbox seines Handys gesprochen. Die Kollegen unten in

Neuperlach versuchen, ihn zu Hause zu erwischen. Er hat dort eine Zweitwohnung. Normalerweise fährt er freitags nach Bückeburg, um das Wochenende mit seiner Frau zu verbringen, aber diesmal habe er erst Samstag fahren wollen, sagte mein bayerischer Kollege. Von Frau Schulze ist weit und breit nichts zu hören. Die Nachbarn wissen auch nicht, wo sie sein kann. Es sei allerdings ungewöhnlich, dass der Hund nicht da sei, meinte der Nachbar. Du weißt schon, der mit der kranken Frau. Er hat auch einen Schlüssel. Im Haus war alles unversehrt, keine Einbruchsspuren oder dergleichen - aber auch kein Hund."

„Und wieso ist das ungewöhnlich? So einen Hund kann man doch auch irgendwo mit hinnehmen."

„Kann man schon, aber Frau Schulze ließ ihn meistens zu Hause, es sei denn, sie ging mit ihm spazieren. Ihr Nachbar meinte, sie sei der Ansicht gewesen, dass man Nichthundebesitzern keinen so großen, haarigen Vierbeiner antun könne. Und andere könnten bestimmt auf einen zweiten verzichten."

„Merkwürdige Einstellung!", erwiderte Wolf.

„Ach ja, sie hat noch eine Freundin in Vehlen. Anna Ebeling. Aber da ist sie auch nicht. Weder sie noch der Hund, denn Frau Ebeling hat eine russische Katze." Kunze lachte in den Hörer. Irgendwo im Wald bellte ein Hund.

„Wieso russische Katze? Eine Russisch Blau?", fragte Hetzer.

„Nee, sie heißt Ludmilla." Kunze prustete. „Die beiden wollten nicht testen, ob die Viecher sich verstehen. Wahrscheinlich hätten sie auch nicht dieselbe Sprache gesprochen - der eine arabisch, der andere russisch. Auf jeden Fall hat die Ebeling keine Ahnung, wo ihre Freundin sein könnte, aber sie macht sich Sorgen. Das sei ungewöhnlich für ihre Freundin meinte sie, sich so einfach in Luft aufzulösen, normalerweise sei sie sehr häuslich."

Von einigen nächtlichen Besuchen abgesehen, dachte Hetzer und sagte: „Gut, halte mich bitte auf dem Laufenden, Carsten. Wenn du irgendetwas Neues hörst, egal was, melde dich bitte sofort. Holger Pinell und sein Kollege sind inzwischen losgegangen."

„Ja, ist gut. Du, ich muss jetzt auflegen. Es ist ein zweites Gespräch in der Leitung." Im Hintergrund klopfte es an. Es war Nadja. In diesem Moment kam ein Lichtkegel um die Ecke und mit ihm Holger Pinell. Der Hund hatte etwas gefunden.

Von den Wänden tropfte es. Es liefen ganze Rinnsale von den Steinen hinab und bildeten Pfützen. Oder waren es Spinnen?

Sie lag einfach da. In einem Gefühl zwischen Traum und Wirklichkeit. Die Isomatte über der alten Matratze schützte so wenig vor der Kälte wie die Decke unter der sie lag. Das Einzige, was sie in der Realität hielt, war der Schmerz. Ohne ihn wäre ihr schwacher Körper vom Schlaf besiegt worden. Ein Schlaf, der vielleicht endgültig geworden wäre. Aber der Schmerz war so stark, dass er ein Wegdämmern verhinderte, obwohl sie alles dafür gegeben hätte, nachzugeben. Nur weg ins selige Nichts, wo alles warm und gut war, wo nichts mehr wehtat, wo Frieden herrschte für Körper und Seele. Denn nichts war mehr wichtig. Nicht sie, nicht er, noch irgendwer oder irgendetwas. An dieser Schwelle zwischen Leben und Tod erkannte sie ihre eigene Belanglosigkeit.

Anke Tatge wusste genau, dass Marie-Sophie einen Monatskalender führte. Dieser lag unter der Schreibtischauflage an ihrem Arbeitsplatz. Sie hatte alles genau berechnet. Gestern, am Donnerstag, war der letzte Tag gewesen, an dem sie ihrer Kollegin das blutverdünnende Medikament verabreicht hatte. Die Wirkung würde noch gut zehn Tage anhalten und eine schwere Regelblutung bei Marie-Sophie zur Folge haben. Sie würde sich dadurch schlapp und müde fühlen, feixte Anke. Und wenn sie Glück hatte, dann wäre es sogar möglich, dass Marie-Sophie ein paar Tage ausfallen würde. Das wäre die Krönung ihres kleinen Plans.

Heute hatte sie außerdem noch etwas anderes vor. Es gefiel ihr nicht, wie sich die, die früher ihre Freundin gewesen war, an Heiner heranmachte. Sogar einen Kaffee hatte sie ihm vorhin gebracht. Dabei wusste jeder, dass nur ihr dieses Privileg zustand. Sie musste die Rivalin bei Heiner in Misskredit bringen. Und sie hatte auch schon eine Idee, wie sie das machen wollte.

Zu Beginn der Nachmittagssprechstunde zog Marie-Sophie immer die Spritzen für die Allergiker auf. Dabei musste penibel darauf geachtet werden, dass die genaue Dosis eingehalten wurde. Anke wusste, dass Heiner die exakte Menge immer noch einmal kontrollierte, bevor er sie seinem Patienten spritzte. Es konnte fatale Folgen haben, ja sogar das Leben eines Menschen kosten, wenn hier ein Fehler geschah.

Nachdem Marie-Sophie die fünf Spritzen vorbereitet hatte, stellte sie sie wieder in den Kühlschrank.

Jede lag auf einem kleinen Tablett, fertig präpariert mit Tupfer, Pflaster und Kanüle. Die Spritzen selbst, steckten noch auf der Flasche mit dem Mittel, das der jeweilige Patient bekam. Anke wartete ab, bis Marie-Sophie wieder auf der Toilette war. Sie kicherte in sich hinein. Sie wusste schon warum. Das Bluten hatte begonnen, und sie sah sie jede Viertelstunde rennen. Einmal hatte sie sich sogar schon umgezogen.

Als der Moment günstig war, nahm sie sich eine der Spritzen und zog eine höhere Dosis in den Kolben. Sie war zufrieden. Niemand hatte etwas bemerkt. Danach stellte sie das Tablett wieder in den Kühlschrank und wartete ab.

Sie brauchte gar nicht lange zu warten, weil Simon gleich der zweite Patient war. Oh je, dachte sie mit dem Anflug eines schlechten Gewissens, als Heiner von hinten schrie. Sie hatte ausgerechnet die Flasche des Kindes erwischt.

Als sie bei ihm im Sprechzimmer die Tür öffnete, verabschiedete ein hochroter Heiner den kleinen Simon mit den Worten „Aber du bleibst noch eine halbe Stunde im Wartezimmer, nicht vergessen!" Seine Mutter nickte und beide verabschiedeten sich.

Mit großer Beherrschung fragte Heiner, wer denn die Spritzen heute aufgezogen habe. Die Dosis sei falsch gewesen.

Sie sah, dass er gleich platzen würde und dass dieser Vorfall Folgen haben würde.

„Das war Marie-Sophie, wie immer", antwortete sie, „aber ich kann mir gar nicht vorstellen, dass sie sich da vertan haben soll."

„Mit der Dosis hätte der Kleine einen Schock bekommen können. Schick sofort Frau Schulze zu mir."
Anke machte ein betroffenes Gesicht und nickte.

Marie-Sophie, die schon wieder von der Toilette kam, sagte: „Mensch, ich weiß überhaupt nicht, was los ist. Meine Regel ist so stark, dass ich mich schon zweimal umziehen musste. Wenn ich wieder durch bin, muss ich nach Hause fahren."

„Das ist jetzt Nebensache!", sagte Anke mit wichtigem Ton in der Stimme. „Du sollst sofort zum Doktor kommen."

In Marie-Sophies Hirn ratterte es. Sie konnte sich nicht erinnern, etwas falsch gemacht zu haben.

„Was ist denn los?", fragte sie.

„Das wirst du gleich wissen", gab Anke zur Antwort und ging in Richtung Anmeldung.

Vorsichtig klopfte Marie-Sophie an Dr. Wiebkings Tür.

„Ja!"

Sie schlüpfte durch den Spalt.

„Haben Sie heute die Desensibilisierungsspritzen aufgezogen?"

„Ja", antwortete sie.

„Auch die für Simon?"

„Ja!"

Ihr wurde heiß und kalt.

„Die Dosierung war falsch. Wenn ich nicht aufgepasst hätte, hätte ich ihm viel zu viel gespritzt. Die Folgen dessen sind Ihnen ja bewusst, oder?"

„Ja", hauchte sie und war den Tränen nahe. Sie war sich sicher, dass sie sich nicht geirrt hatte. Immer kontrollierte sie die Dosis noch einmal, bevor sie die Spritzen wieder in den Kühlschrank stellte.

„Das ist grob fahrlässig, ich muss Ihnen eine Abmahnung erteilen. Wenn so etwas noch einmal vorkommt, müssen Sie sich eine andere Stelle suchen. Haben Sie mich verstanden?"

Das „Ja" war kaum noch zu verstehen, das über ihre Lippen kam.

„Sie können jetzt gehen."

Marie-Sophie drehte sich um und ging durch die Tür. Sie wusste nicht, wo sie hin sollte. Am liebsten wollte sie sich verstecken oder im Erdboden versinken. Hinter ihr war der Doktor, der die Lüge glaubte. Vorne war Anke, die ihr schaden wollte. Oder noch irgendjemand anders, der sie und ihre Arbeit schlechtmachen wollte.

Gegen diese Strukturen bist du hilflos, dachte sie. Es ist unmöglich, sich zu wehren. Hätte sie eben Einwände erhoben, hätte sie gesagt, dass sie genau gearbeitet hatte und dass sich jemand an den Flaschen zu schaffen gemacht haben musste, was hätte das geändert? Es hätte nur so ausgesehen, als suche sie Ausflüchte für ihre Fehler. Als wolle sie nicht zugeben, etwas falsch gemacht zu haben. Das hätte alles noch schlimmer gemacht. Sie hatte keine Beweise.

In der Stunde vor dem Wochenende hielt sie sich im Hintergrund und war froh, als der letzte Patient gegangen war. Sie wusste, dass ihr Leben so nicht weitergehen konnte. Ihr fehlte die Kraft. Gegen diese Strukturen kam sie nicht an. Ein Plan musste erdacht werden. Sie musste sich auf ihre ganz eigene Art wehren.

Und dann überschlugen sich die Ereignisse. Glühendes Metall brannte sich durch ihren Fuß und blieb in der Sohle stecken.

Als er Schichtführer Kunze weggedrückt hatte, meldete sich sofort Nadja in der Leitung.

„Hallo Wolf, ich wollte dir die Erkenntnisse gleich durchgeben. Also das Blut stammt wirklich von dieser Marie-Sophie Schulze. Wir haben einen Schnellabgleich gemacht, der ist zwar nicht so genau, aber in diesem Fall war die Übereinstimmung so groß, dass wir davon ausgehen können, dass unser Opfer diese Frau aus Bergdorf ist."

Wolf schluckte.

„Und? Kannst du sagen, ob sie noch eine Chance hat? Weißt du schon mehr über das Blut?"

„Auch hier erst eine schnelle Analyse. Einige der Proben waren tatsächlich ziemlich verwässert. Die Untersuchung wegen der Gerinnung läuft noch. Ich habe da so einen Verdacht. Da müsste ich aber bald mehr wissen. Drogen und Alkohol haben wir im ersten Screening nicht gefunden. Die Frage, ob sie überlebt haben könnte, kann ich dir trotz allem nicht beantworten, Wolf. Das wäre echt Kaffeesatzleserei. Da kannst du mir auch eine Kristallkugel geben."

„Verstehe!", sagte Wolf resigniert.

„Die Haare aus ihrer Bürste waren übrigens bis auf eine Ausnahme mit denen vom Tatort identisch."

„Was für eine Ausnahme?"

„Wir haben ein anderes gefunden, dass schon von der Farbe her nicht passt."

„Das ist ja interessant. Super Arbeit, Nadja!"

„Bedank dich bei Seppi, er hat die Fragmente aufgesammelt. Ich lasse nur die Maschinen laufen."

„Schon klar, Nadja! Meldest du dich wieder, wenn es etwas Neues gibt?"

„Sicher, ich rufe dich sofort an, Wolf!"

„Danke", sagte er, und Nadja fragte sich, wieso er so wehmütig geklungen hatte.

Die Schritte wurden lauter. Mit einem Mal formte sich Holger Pinells Gestalt aus dem Dunkel. Er hielt eine durchsichtige Plastiktüte in der Hand und kam auf Wolf zu.

„Was ist das?“ fragte Hetzer mit Blick auf das metallische Ding.

„Eine Schere, aber ich glaube, keine gewöhnliche. Der Hund hat sie entdeckt. Sie lag so rund fünfundsiebzig Meter von hier entfernt. Es sieht so aus, als habe sie Blutanhaftungen, aber das muss die SpuSi klären.“

„Ist gut, ich gebe sie Seppi, vielen Dank. Sonst habt ihr noch nichts entdeckt?“

„Spuren schon, aber die eine scheint da vorne auf dem Weg zu enden. Eine verletzte Person haben wir bisher nicht gefunden, auch kein weiteres Blut – bis auf das an der Schere.“

„Gut“, sagte Wolf und fand überhaupt nichts gut, „brechen wir heute Nacht ab und machen morgen früh weiter. Ich bin schon bis auf die Knochen nass.“

„Vielleicht hört der Regen bis dahin auf“, sagte Pinell.

„Wollen wir es hoffen. Wann treffen wir uns wieder hier? Es ist jetzt kurz nach halb drei.“

„Nicht zu früh. Sagen wir so gegen neun?“

„Ja, das passt mir auch ganz gut. Ich will vorher noch kurz alles zusammentragen, was wir jetzt haben und mich mit Kruse besprechen.“ Der fluchte schon von Weitem. Er hatte die letzten Sätze gehört, als er näherkam.

Sie nickten sich zu. Alle drei waren froh, dieser Nacht den Rücken zukehren zu können.

Wie zwei nasse Pudel standen Wolf Hetzer und Aisha einige Zeit später bei Moni vor der Tür. Es war fast halb vier Uhr nachts. Wolf wollte schon resigniert kehrtmachen, als endlich ein Lichtschein zu sehen war und eine ungläubige Moni durch das Türfenster schaute. Sie öffnete und sagte:

„Mein Gott, was ist los? Wie siehst du denn aus? Und wo ist Gaga? Sie wird doch nicht plötzlich Schlappohren bekommen haben. Was ist das für ein Hund?"

„Lass uns rein, dann erzähle ich dir alles. Hast du ein altes Handtuch für das nasse Fell?"

„Deins oder seins?"

„Ihrs! Sie heißt Aisha und ist im Moment herrenlos."

„Ah, daher weht der Wind. Du suchst eine Bleibe. Nun kommt erst mal rein. Du könntest auch ein Handtuch oder besser noch ein heißes Bad gebrauchen."

„Kann sein, aber ich habe oben nur eine Dusche." Er strauchelte, als er im Flur aus seinen Schuhen stieg und hielt sich am Türrahmen fest. Moni ließ ihn nicht aus den Augen.

„Gut, ich hole dann mal ein Handtuch für Madame." Von Ferne hörte er sie einen Schrank öffnen, dann rauschte es irgendwo.

„Zieh dich aus!", sagte sie, als sie zurückkam, „und schmeiß deine Klamotten in die Küche. Das Wasser läuft schon. Wenn du jetzt kein heißes Bad nimmst, dann kannst du die nächsten Tage mit einer Erkältung im Bett verbringen. Aber so wie es scheint, hast du dafür keine Zeit, stimmt's?"

„Da hast du recht", murmelte Wolf willenlos. Er wollte eigentlich nur noch ins Bett. „Soll ich mich hier jetzt etwa einfach so ausziehen?"

„Warum nicht? Du wärst der erste Mann, den ich sofort anspringe, nur weil er nackt vor mir steht. Darauf solltest du es ankommen lassen."

Das entlockte selbst Hetzer ein Schmunzeln, auch wenn ihm nicht danach zumute war.

„Mensch, wir sind Freunde, oder etwa nicht?", fügte Moni hinzu.

„Also runter mit der Wäsche! Ich kann mich auch umdrehen."

„Du Doofe!", sagte Hetzer, aber Moni hatte sich schon abgewandt, um den Hund zu frottieren. Sie stellte Aisha eine Schüssel mit Wasser in die Küche und zog den Gürtel ihres Bademantels fester.

„Du weißt ja, wo das Bad ist", rief sie ihm zu, „steig ein, bevor die Wanne überläuft!" Sie hörte, wie sich seine nackten Füße leise auf dem Fliesenboden in Richtung Badezimmer bewegten.

„Brauchst du noch irgendwas?" Er hatte die Tür offen stehen lassen. Sie hörte, wie er sich ins Wasser ließ und wohlig seufzte.

„Höchstens einen Schnaps, aber dann bin ich wahrscheinlich hinterher tot", rief er.

„Egal", sagte Moni, „jetzt lebst du auch kaum." Hetzer fand, dass sie recht hatte.

Aisha ging mit ins Wohnzimmer. Ein Cardenal Mendoza wäre jetzt genau das Richtige, dachte Moni und goss den spanischen Cognac in zwei Gläser. Sie klopfte am Türrahmen des Badezimmers.

„Komm ruhig rein", sagte Wolf, der unter einem Schaumteppich lag. „Kannst du dich zu mir setzen? Ich brauche jetzt einen Freund, aber ich will nicht reden. Nur so viel, kann Aisha heute Nacht bei dir bleiben?"

Die Hündin hatte es sich auf dem Badezimmerteppich gemütlich gemacht, lag auf der Seite, alle viere von sich gestreckt. Moni lächelte und prostete Hetzer zu.

„Sicher, ich denke, sie fühlt sich wohl."

Wolf nahm einen Schluck Mendoza und fühlte ihn warm die Kehle hinunterrinnen. Seine Augen waren geschlossen. Er hatte genug gesehen, genug gefühlt und gelitten. Dass sie leicht feucht wurden lag an seiner inneren Leere, die so gar nicht zu all dem Warmen passen wollte, das ihn umgab. Er verstand nichts mehr, vor allem nicht sich selbst. Trieb dahin in einem Nichts. Abrupt stand er auf. Er brauchte sein Bett und das selige Vergessen im Schlaf, auch wenn es sich fast nicht mehr lohnte. Doch der Kreislauf machte ihm einen Strich durch die Rechnung. Wäre Moni nicht aufgesprungen und hätte ihn gestützt, als er zusammensackte, hätte er sich bestimmt verletzt. So war die einzige Folge dieser hastigen Aktion, dass sich das Wasser aus der Wanne auf Moni und den Boden verteilte. Aisha machte einen Satz zur Seite.

Als sich Wolf kurze Zeit später vom Wannenrand erheben wollte, schüttelte Moni den Kopf.

„Du bleibst jetzt schön da sitzen. Hier hast du ein Handtuch." Sie warf ihm ein frisches, trockenes zu. „Und dann wartest du, bis ich dir hochhelfe."

Wolf brummte, ärgerlich über seine Schwäche, dass er noch keine hundert sei. Doch dann ließ er sich nach nebenan führen.

„Das ist dein Schlafzimmer!", protestierte er.

„Ja und? Das weiß ich, aber du glaubst doch nicht, dass ich dich in dem Zustand nach Hause lasse!" Sie schubste ihn sanft ins Bett. „Los rück rüber, sonst kühlst du wieder aus.“ Sie ließ den nassen Bademantel von ihren Schultern gleiten.

Wolf kam sich vor wie auf einem Schiff. Er wusste nicht, ob das Schwanken vom Bett oder ihm selbst kam, aber es war angenehm und warm. Nur eine leichte Brise streifte ihn, als Moni ihn zudeckte. Er war stolz auf seine erste eigene Jacht. Albatrosse kreisten. Das Meer glitzerte unter ihm. Es war Sommer. In dem Moment, als sie sich an ihn schmiegte, glitt er in das Wasser der lauwarmen Bucht, das ihn umfing. Er fühlte sich wohl.

Als Kruse nach Hause kam, bereute er die Riesenpizza nicht länger. Die Nacht hatte ihren Tribut gefordert. Er hatte wenigstens eine gute Grundlage gehabt. So langsam meldete sich wieder ein leichtes Hungergefühl. „Mit leerem Magen sollte man nicht zu Bett gehen", dachte er und griff in den Kühlschrank nach einem Bier. Im Schrank hatte er noch diese kleinen Salami-Snacks und ein paar Brotchips mit Zwiebeln. Das würde eine leckere Nachtmahlzeit sein, fand er.

Er ließ sich in seinem Ohrensessel nieder, schmunzelte über den lächerlichen Horrorfilm, der ihn gähnen ließ und wachte erst auf, als die Sonne wieder am Himmel stand. Das Bier war schal, die Brotchips weich. Sie hätten ihm eh zum Frühstück nicht geschmeckt, dachte er und sann nach einer Alternative. Es war halb acht.

Zeit genug für eine Dusche, den Kaffee konnte er auf der Bückeburger Wache einnehmen. Auf dem Weg zum Wagen hatten Hetzer und er in der Nacht vereinbart, sich dort um Viertel nach acht zu treffen. Vorher, überlegte Kruse, sollte er noch beim Tankhof Harting vorbeifahren. Dort gab es die leckersten Nougat- und Marzipan-Croissants. Ja, so konnte der Morgen gut beginnen. Leicht müde, aber mit der Aussicht auf ein schmackhaftes Frühstück, sang er unter der Dusche „I'm a Gigolo". Es war ihm endlich gelungen, sich mit Nadja zum Essen zu verabreden. So wie jetzt das Wasser seine breiten Schultern massierte, würden es vielleicht demnächst ihre Hände sein, träumte er. Er hatte den Moment genutzt, als er sie in der Nacht zum Auto gebracht hatte. Sie hatten sich endlich auf einen konkreten Abend festgelegt. Kruse hoffte, dass keine Leiche dazwischenkam.

Sie hatten Arm in Arm im Tiefschlaf gelegen, als es an der Tür klingelte.

Sven stöhnte: „Mann, wer klingelt denn hier mitten in der Nacht?"

„Keine Ahnung!", erwiderte Thomas und zog seinen Bademantel über. „Bleib ruhig im Bett. Ich schaue mal nach."

Schon durch den Spion sah Thomas Schulze die Uniformen. Das konnte nichts Gutes bedeuten. Der Schreck fuhr ihm in die Glieder. Er öffnete mit besorgtem Blick.

„Guten Morgen, sind Sie Thomas Schulze?"

Er nickte.

„Dürfen wir reinkommen?"

Er nickte wieder und ließ die Beamten eintreten. Die Worte fehlten ihm.

„Mein Name ist Engel, das ist mein Kollege Finzl. Wir sind wegen Ihrer Frau hier. Sie ist verschwunden."

„Das muss ein Irrtum sein. Ich habe gestern noch mit ihr telefoniert."

Raimund Engel zog ein Notizbuch aus der Tasche. „Wann genau haben Sie mit ihr gesprochen?"

„Das muss so am Nachmittag gegen halb drei gewesen sein. Ich wäre normalerweise nach Hause gefahren, aber ich hatte hier ein wichtiges Projekt, das meine dringende Anwesenheit erforderte. Marie-Sophie wusste Bescheid."

„Dann sind sie also hiergeblieben?"

„Ja, ich wollte heute Morgen früh aufstehen und mich dann auf den Weg nach Hause machen."

„Ist das nicht ganz schön stressig, über diese Distanz zu pendeln?", fragte Franz Finzl, der sich das überhaupt nicht vorstellen konnte. Er liebte seinen gemütlichen Feierabend im Kreise seiner Familie.

„Nein, überhaupt nicht. Ich fahre gerne Auto, und es hält die Liebe frisch, wenn man sich nicht zu oft sieht."

Engel machte sich Notizen und sagte: „Haben Sie eine Ahnung, wo sich Ihre Frau aufhalten könnte?"

Schulzes Blick verdüsterte sich fast unmerklich.

„Vielleicht bei einer Freundin? Sie hat eine in Vehlen, noch aus der Schulzeit. Früher gab es auch mal eine Kollegin aus Obernkirchen, mit der sie sich oft traf und eine andere, mit der malt sie, glaube ich."

„Haben Sie auch Namen für uns?"

„Also die aus Vehlen heißt Anna Ebeling." Schulze überlegte und zog die Stirn kraus. „Die Dicke aus Obernkirchen hieß, soweit ich mich erinnern kann, Anke mit Vornamen, aber fragen Sie mich nicht nach dem Nachnamen. Ja, und die Künstlerfreundin hatte irgendwie so einen englischen Namen. Keine Ahnung, wie der war, aber sie arbeitete auch dort im Labor bei Dr. Wiebking. Fragen Sie doch einfach da mal nach."

„Das werden wir, beziehungsweise unsere Kollegen in Norddeutschland. Wir geben Ihre Angaben gleich an das Kommissariat weiter", sagte Franz Finzl. „Wann wollen Sie denn heute nach Bückeburg fahren? Die Beamten vor Ort haben sicher noch einige Fragen an Sie."

Schulze sah auf die Uhr.

„Ehrlich gesagt, so richtig lohnt es sich jetzt nicht mehr, ins Bett zu gehen. Ich denke, ich mache mich fertig, frühstücke noch eine Kleinigkeit und düse dann los. Etwas verstehe ich allerdings noch nicht. Machen Sie immer so ein Aufhebens, wenn eine Person mal nicht zu Hause anzutreffen ist?"

„Keineswegs!“, erwiderte Engel. „Jedenfalls nicht, wenn nicht vorher auf sie geschossen worden ist.“

„Wie? Was meinen Sie? Ich verstehe nicht!“, sagte Schulze erstaunt.

„Ihrer Frau ist doch am Donnerstag in den linken Fuß geschossen worden. Hat sie Ihnen das nicht gesagt?“, fragte Finzl.

„Nicht ein Wort! Was ist denn genau passiert?“

„Das wissen wir noch nicht so genau“, erklärte Engel, „möglicherweise ein Versehen, aber jetzt sieht die Sache anders aus.“

„Entschuldigen Sie, ich bin fassungslos.“

„Kam das öfter vor, dass Ihre Frau Dinge vor Ihnen geheim hielt?“, fragte Finzl.

„Nicht, dass ich wüsste. Ich kann mir nur vorstellen, dass sie mich nicht in der Ferne beunruhigen wollte“, erklärte Thomas Schulze.

„Das könnte sein. Für uns hat sich die Lage verschärft, jetzt, wo Ihre Frau verschwunden ist“, sagte Engel

„Das verstehe ich schon, aber wie kommen Sie überhaupt darauf, dass sie weg ist? Irgendwer muss meine Frau doch vermisst gemeldet haben. Ich war es nicht! Ich hatte ja keine Ahnung, dass sie nicht zu Hause ist. Und der Hund wird ja wohl kaum bei der Polizei angerufen haben“, sagte Thomas Schulze mit einem schiefen Grinsen.

„Ihre Frage ist verständlich“ entgegnete Finzl, „eigentlich wollten wir Ihnen keine weiteren Details mitteilen. Sie haben noch eine lange Fahrt vor sich, und wir leisten nur Amtshilfe für unsere norddeutschen Kollegen. Aber nun gut, es lässt sich nicht ändern. In gewisser Weise war es doch der Hund, der auf das Verschwinden Ihrer Frau aufmerksam gemacht hat.“

„Wieso das?"

„Ein Jogger hat ihn gehört, als er nachts im Wald unterwegs war. Die Leine des Hundes hatte sich in einem Busch verfangen. Von Ihrer Frau fehlte aber jede Spur."

„Vielleicht ist Aisha einfach abgehauen. Das kommt doch auch vor. Und sie ist nach Hause gegangen."

„Tut uns leid!", sagte Engel. Die Beamten standen auf und gaben ihm die Hand. „Zu Hause war Ihre Frau nicht. Ein paar Meter neben dem Hund fand sich eine ganze Menge Blut, wahrscheinlich von Ihrer Frau. Als wir mit dem Kollegen gesprochen haben, stand das noch nicht eindeutig fest. Wir versuchen, sie dringend zu finden. Wir hoffen, dass sie noch lebt, aber sie wird Hilfe brauchen."

Schulze war starr vor Schreck. Er stammelte. „Versuchen Sie es bei Anna! Bei Gott, ich hoffe, dass sie dort ist. Oder bei Ihren Eltern. Die heißen Voigt und wohnen ebenfalls in Bergdorf. Ich fahre sofort los."

„Fahren Sie vorsichtig. Sie können nichts weiter tun. Wenn Ihnen noch etwas einfällt, melden Sie sich bitte auf der Bückeburger Wache. Hier ist die Nummer."

Finzl gab ihm einen Zettel und verabschiedete sich. Als die Beamten die Wohnung verlassen hatten, musste sich Thomas Schulze setzen und sammeln. Sven kam aus dem Schlafzimmer. Er hatte mitgehört.

„Willst du jetzt wirklich sofort losfahren?"

„Ja!"

„Glaubst du, dass deine Frau noch lebt?" Hoffnung lag in seinen Augen, und Thomas wusste nicht, wie er diesen Ausdruck deuten sollte.

„Ich hoffe, dass sie noch lebt!", sagte er mit Nachdruck. „Ich liebe euch beide, jeden auf seine Art."

Sven nickte, aber Thomas spürte, dass das nicht die Antwort gewesen war, die er sich erhofft hatte.

Auch Schatten müssen schlafen. Bei Neumond oder zur Mittagszeit am Äquator. Sie schlafen, wenn es ganz hell oder ganz dunkel ist. Und doch sind sie da – man sieht sie nur nicht.

An jenem Abend, als der Schatten seine Wache wieder aufnahm, wunderte er sich über das Nichts. Es war das Nichts, das passierte. Kein Geräusch, keine Bewegung, kein Türklappen und später kein Licht. Er tastete sich näher, brachte sich fast in Gefahr, entdeckt zu werden, aber das Nichts war allgegenwärtig. Nicht einmal der Hund bellte.

Er zog sich weiter ins Dunkel zurück, als ein Streifenwagen den Nordkamp hochfuhr und direkt vor dem Haus mit den zwei Dächern parkte.

Die Beamten klingelten, doch das Geläut verklang im Nichts. Der Schatten wunderte sich, als die Polizisten auch bei den Nachbarn anfragten, und er begriff, dass das Nichts eine Bedeutung haben musste.

Er wollte herausfinden, welche.

Kaffeeduft

Der Kaffeeduft weckte Wolf Hetzer auf besondere Art und Weise. Er war es nicht mehr gewohnt, dass solche Düfte auch von anderen Menschen verursacht werden konnten, als von ihm selbst.

Vorsichtig und misstrauisch blinzelte er in den Tag. Irgendetwas war komplett anders als sonst. Er schreckte hoch. Das war nicht sein Schlafzimmer. Es war irgendjemandes Schlafzimmer. Vorsichtig blickte er sich um. Als er sich bewegte, schwankte alles um ihn herum. Er ließ sich zurückfallen, der Untergrund bewegte sich. Während er darüber nachdachte, ob er krank sei oder ob ihm jemand Drogen gegeben hatte, schaute Moni durch die Tür.

Dieses Gesicht hatte er am allerwenigsten erwartet. Er schluckte und musste ganz besonders doof ausgesehen haben, denn Moni lachte lauthals.

„Guten Morgen, Wolf. Na, gut geschlafen?"

Mit einem Mal fiel ihm alles wieder ein.

„Danke, du hast mich gerettet!"

„Das kann man wohl sagen, und nicht nur dich."

In diesem Moment kam Aisha neben ihr zum Vorschein.

Hetzer wollte sich aufsetzen, um aus dem Bett zu steigen. Alles schwankte.

„Ich glaube, du hast Probleme mit meinem Wasserbett!", schmunzelte Moni.

„Nee, geht schon. Ist ein bisschen ungewohnt. Danke, dass du extra auf dem Sofa geschlafen hast, meinetwegen."

Moni stutzte, beließ es aber dabei.

„Komm, lass uns frühstücken. Mit der Lady war ich schon Gassi und diese Dame hier“, sie zeigte neben sich, „war bereits im Garten. Jetzt sind wir dran.“

„Ja, ich komme gleich. Wo war noch mal dein Bad? Ach ja, ich weiß schon.“

Mit diesen Worten nahm er Schwung und stand auf. Die Decke war zur Seite geglitten. Sie ließ ihn völlig nackt zurück.

„Äh, Verzeihung. Ich habe nichts an.“

„Ich weiß, ist auch nicht zu übersehen. Aber gestern warst du auch schon nackt, und ich bin nicht umgefallen. Ich habe dir ein paar frische Klamotten ins Bad gelegt. Die habe ich von drüben mitgebracht, nachdem ich mit Gaga spazieren war.“

„Mensch Moni, du bist ein echter Schatz!“

Sie lächelte vielsagend. „Ich warte in der Küche mit dem Frühstück auf dich. Deine Brötchen habe ich mitgebracht.“

Hetzer fühlte sich so wohl, wie es für diesen Morgen möglich war. So langsam kam die Erinnerung der letzten Nacht zurück, aber er hatte etwas mehr Distanz. Darüber war er froh.

Als er sah, dass Moni auch seine Zahnbürste mitgebracht hatte, schmunzelte er und fühlte sich fast wie neugeboren, als er die Küche betrat. Hier war der Duft von Kaffee und frischem Gebäck noch intensiver.

„Es stört dich hoffentlich nicht, dass ich deine Brötchen und das Croissant noch einmal kurz aufgebacken habe?“, fragte Moni.

„Nicht im geringsten! Schon der Duft ist verlockend, aber meist habe ich dafür keine Zeit.“ Hetzer sah auf die Uhr. „Ich muss auch gleich los, aber keine Sorge, ich frühstücke erst“, sagte er, als er ihren Blick sah.

„Ohne ein ordentliches Frühstück geht bei mir gar nichts."

Ohne ein weiteres Wort beendeten sie die erste Mahlzeit des Tages, aber das Schweigen war angenehm. Es war kein belastendes Schweigen, sondern ein vertrauensvolles, das nur in einer Atmosphäre der Geborgenheit möglich war, wie es sie zwischen Freunden gab. Er war froh, dass Moni ein Gespür dafür hatte, wann er denken musste und nicht sprechen konnte. Und sie wusste, dass er ihr erzählen würde, was ihn bewegte, wenn die Zeit dafür reif war.

„Tschüss, Moni", sagte er zum Abschied, „kommst du klar mit den zwei Hunden? Ich versuche, zwischendurch vorbeizukommen. Mal sehen, was wir mit Aisha machen. Möglicherweise kommt ihr Besitzer nach Hause."

„Mach dir keine Gedanken, ich habe nichts vor und kann das Hundesitting in beiden Fällen übernehmen. Ich will sie nur nicht so gerne zusammenlassen. Du weißt ja, wie Hündinnen untereinander sein können."

„Nee, das lass auch mal lieber. Das können wir höchstens zusammen versuchen, aber vielleicht ist das gar nicht nötig. Wir werden sehen."

Er winkte zum Abschied, stieg in seinen Wagen und fuhr los.

Moni blickte ihm nach. In ihr bebte noch die Erinnerung an die gemeinsame Nacht, in der sie sich an ihn geschmiegt und gespürt hatte, dass sie ihn begehrte.

Der schreckliche Regen hatte endlich aufgehört. Thomas Schulze war froh, denn auf der A7 war für einen Samstagmorgen viel Betrieb.

Er dachte auf der linken Spur über sein Leben nach, über Sven, über Marie-Sophie und wie er weitermachen sollte.

Sein Problem war, dass er sie beide liebte. Er hätte sich gut eine Beziehung zu dritt vorstellen können, aber das war weder mit Marie noch mit Sven möglich. Sie wollten ihn nicht teilen. Und irgendwo konnte er sie auch verstehen. Wenn er überlegte, dass er einen von beiden mit jemand anderem teilen sollte, sträubten sich ihm ebenfalls die Nackenhaare. Das war das Verrückte an der Situation. Sie war aus dem einen Blickwinkel verständlich und aus dem anderen verwerflich. Er lebte in Parallelwelten. Im Grunde betrog er weder seine Frau noch seinen Freund. Sein Lieben existierte gleichwertig. Er liebte zwei Menschen. Herrgott, das war doch auch bei Eltern möglich. Sie liebten mehrere Kinder, die Kinder liebten beide Eltern. Scheiterte das Lieben unterschiedlicher Personen zur gleichen Zeit daran, dass es auch um Sex ging? Oder daran, dass man sich des anderen nicht unverbrüchlich sicher war?

Sven hatte zwar verstanden, dass er sich Sorgen um seine Frau machte, aber ihm war sie egal. Was wäre, überlegte er, wenn sich die beiden auch liebten, also jeder jeden. Wäre dann eine Dreierbeziehung machbar und möglich?

Ein Wagen zog auf seine Spur, er musste stark abbremsen. Das riss ihn kurz aus seinen Gedanken.

Würde er denn mit Frau und Freund gleichzeitig ins Bett gehen wollen, fragte er sich? Wollte er, dass der jeweils andere miterlebte, was er mit dem einen teilte? Oder dass er sah, was sie miteinander trieben?

Er stellte sich vor, wie sie alle nackt waren auf einem großen Bett. Er sah ihre Brüste wippen und streichelte in Gedanken ihren Po mit der linken Hand. Mit der rechten fühlte er Svens Rundungen vom Bein bis hinauf zum Rücken. Er verglich die beiden Gesäße unter seiner Hand und fügte sie zu einem Ganzen zusammen. Gleiches machte er mit ihrer beider Brüste. Die eine weich und warm, die andere fest und muskulös. Er fühlte, wie die Erregung in ihm aufstieg und sich ausbreitete. Nein, es störte ihn nicht, wenn sie miteinander schliefen. Im Geiste sah er sie und massierte sich dabei.

Was, so dachte er, wäre das Vollkommene? Ein Rausch zu dritt. Sich an Sven zu reiben und mit ihm gemeinsam in ihr zu kommen.

Er war ganz erfüllt von diesem Gefühl allumfassender Lust, die in seinem Kopf explodierte. Nur Lust und Genuss spürte er in seiner Sterbesekunde, als sei dies der einzig wahre Höhepunkt. Danach war nichts. Nichts als Blech und Blut.

Als Wolf Hetzer an der Haustür seines Kollegen klingelte, rührte sich nichts. Hetzer stöhnte. Kruse würde doch nicht verschlafen haben? Sie wollten sich um neun Uhr im Wald mit Holger Pinell treffen. Der Regen hatte endlich aufgehört. Sie wollten die bessere Witterung und das Tageslicht nutzen, um die Gegend rund um den Tatort noch einmal abzugehen.

Er klingelte Sturm und zog gleichzeitig sein Handy aus der Tasche. Wechselweise rief er auf Peters Festnetz und seinem Mobiltelefon an, bis endlich ein spärlicher, aber wüster Haarschopf, der Nadjas würdig gewesen wäre, aus dem Fenster sah und fluchte.

„Sack und Asche, Hetzer, du alter Leuteschinder!"

Wolf konnte sich ein Grinsen nicht verkneifen. „Jetzt lass mich endlich rein, wir können uns auch hier besprechen. Dann hast du wenigstens was im Magen, und ich muss deine schlechte Laune nicht ertragen."

Kruses Kopf verschwand, und kurze Zeit später ging die Tür auf.

„Komm rein, ich koch' Kaffee!", sagte er mit müden Augen. „Wenigstens ausschlafen müsste man noch dürfen, aber danke, dass du mir ein Frühstück gönnst. Du hast wahrscheinlich schon, oder?"

„Sicher, du weißt doch, dass ich nicht ohne etwas zu essen aus dem Haus gehe. So, jetzt lass uns mal die Fakten zusammentragen. Was haben wir bisher?" Wolf gab sich Mühe, möglichst unberührt zu erscheinen.

„Blut", sagte Peter, „wir haben viel Blut und einen Fall, von dem wir noch nicht wissen, was er ist. Entführung? Mord? Totschlag? Unfall? Du würdest sagen, es könne viele Gründe geben für diesen befleckten Ort."

„Mensch, Kruse, das ist ja eine fast poetische Beschreibung für diesen martialischen Tatort. Es stimmt, wir wissen einfach zu wenig. Ob die Schere, die Holger Pinell gefunden hat, ein weiteres Puzzleteil ist, ist ebenfalls fraglich."

„Hatte nicht Nadja noch ein Haar gefunden, das eindeutig nicht von Frau Schulze stammte?", fragte Peter. „Ich glaube, du erwähntest gestern so was."

„Stimmt, aber haben keine Ahnung, von wem es sein könnte. Wir stehen ganz am Anfang von etwas, dessen Ausmaße wir nicht einschätzen können. Ach ja, eine Sache erwähnte Holger gestern noch. Die Spur, die der Hund verfolgt hatte, endete irgendwo unterhalb der Löschteiche an einer Schranke. Das ist vielleicht ein Hinweis. Jemand könnte mit einem Auto dorthin gefahren sein."

„Genau", warf Peter ein, „beispielsweise, um eine Leiche abzutransportieren."

Hetzer fühlte einen Stich in seiner Körpermitte und sagte mehr zu sich selbst „Oder jemanden, der schwer verletzt war."

Peter beäugte seinen Kollegen von der Seite. Wolfs Stimme war wehmütig gewesen. Er schien wieder einmal in seinen Gedanken versunken zu sein. Er hatte plötzlich den Eindruck, als ermittle er nicht nur mit Hetzer, sondern auch gegen ihn – auf eine unangenehme Art. Vielleicht war „ermitteln" nicht der richtige Ausdruck, aber Wolfs Verhalten war seltsam. Im Grunde war es seit dem Moment merkwürdig, als sie das Teehaus betreten hatten. Irgendetwas, das Peter spüren konnte, ging in Hetzer vor. Er war auf unerklärliche Art und Weise in diesen Fall verwoben. Mit einem Mal wusste er genau, was es war. Wolf war zu sehr beteiligt. Er hatte keine Distanz zu den Geschehnissen. Marie-Sophies Schicksal berührte ihn mehr, als es sollte. Das passte auch zu dem unbedachten Moment, als er sie beim Vornamen genannt hatte.

„Sag mal, Wolf, gibt es irgendetwas, das ich wissen sollte?“, fragte er zwischen zwei Bissen.

„Inwiefern?“

„Etwas, das mit unserer vermissten Person zu tun hat?“

„Wie kommst du denn darauf?“, fragte Hetzer etwas zu vehement.

„Ich meine ja nur, weil ich nicht die ganze Zeit mit dabei war, als du mit Pinell gesprochen hast.“ Mit Bedacht gab Kruse dem Gespräch eine neutrale Wendung. Es war nicht der richtige Zeitpunkt, weiter in Hetzer zu dringen.

„Ach so. Nein, es gab nichts weiter. Oder doch. Einen Verdacht hatte Nadja noch. Wir müssen sie nachher mal anrufen.“

„Das mach ich schon. Ich wollte sie sowieso noch was fragen.“

Wolf grinste und dachte sich seinen Teil.

„Habt ihr jetzt schon einen Tag ausgemacht?“

„Für's Essengehen?“

„Für was auch immer!“

„Du wirst es nicht glauben, aber das haben wir!“ Kruse wuchs noch einen Zentimeter. „Nächsten Sonntag, na, was sagste nun?“

„Gut gewählt“, antwortete Hetzer, „da ist die Gefahr geringer, dass es Leichen gibt.“

Peter stutzte und tickte sich dann an die Stirn. „Du meinst wohl, weil Sonntag ist oder was?“

Hetzer nickte.

„Blödmann!“

„Bist du jetzt endlich satt?“, fragte Hetzer und sah auf die Uhr. „Wir wollen Pinell und seinen Hund doch nicht warten lassen.“

„Ich sag' doch, du bist ein Leuteschinder!“, antwortete Peter und stand vom Tisch auf. „Halb verhungert muss man losziehen.“

„Soll ich dir noch was für unterwegs schmieren, während du dich fertigmachst?“, fragte Hetzer und meinte es nicht wirklich ernst.

„Super!“, rief Peter aus dem Bad, „mit Schinken bitte.“

Der Schatten war noch einmal zurückgekehrt. In den frühen Morgenstunden näherte er sich dem Haus vorsichtig vom Garten her. Aber da war immer noch nichts zu hören, nichts zu sehen. Kein Hund bellte. Alles blieb still, obwohl die Rollläden nicht herabgelassen waren. Es war auch kein Licht zu sehen. In einem düsteren Moment dachte er, dass ihm jemand zuvorgekommen sei. Aber das konnte nicht sein. Es war seine Aufgabe.

Nadja glaubte ihren Augen nicht zu trauen, als sie die Blutwerte aus dem Labor in den Händen hielt. Da inzwischen sichergestellt war, dass es sich eindeutig um das Blut von Marie-Sophie Schulze handelte, überraschten die erhöhten Werte der weißen Blutkörperchen nicht. Schließlich hatte ihr Körper mit den Folgen der Schussverletzung zu kämpfen. Auffällig waren der niedrige Hb-Wert und der höchst bedenkliche Gerinnungsfaktor. Er war viel zu niedrig. Die Folge davon war, dass es bei einer Verletzung für diesen Menschen ebenso gefährlich war wie für einen Bluter. Das erklärte unter Umständen auch das viele Blut. Möglicherweise war die Verletzung gar nicht so groß gewesen, aber die Folgen waren bedrohlich, da die Blutung nicht aufhörte. Das alles erklärte auch, warum sich das Blut nicht so klebrig angefühlt hatte.

Nadja schüttelte den Kopf und fragte sich, was dort im Wald passiert sein mochte. Ihrer Ansicht nach war es bei diesem Befund unwahrscheinlich, dass das Opfer überlebt hatte. Hetzer musste das dringend wissen. Wenn sie die Frau bis jetzt noch nicht gefunden hatten, musste man den Fokus eher auf das Auffinden ihrer Leiche legen. Sie seufzte, nahm das Telefon und überlegte, wann sie die Bestätigung ihrer Diagnose auf dem Tisch haben würde. Es klingelte in der Leitung.

Nadja konnte nicht sehen, wie Hetzer fluchte und versuchte, sein Handy während des Fahrens aus der Hosentasche zu ziehen. Als es ihm endlich gelang, drückte er Peter das Telefon in die Hand.

„Kruse an Hetzers Apparat."

„Ach Peter, du bist es, hier ist Nadja. Wieso gehst du an sein Telefon? Ist Wolf auch in der Nähe?"

„Ja, ganz nah, näher als mir lieb ist." Peter lachte. „Er fährt gerade in Richtung Bückeburg, und ich sitze neben ihm. Du musst mit mir vorlieb nehmen. Er hat keine Freisprecheinrichtung. Du kennst den Steinzeitmenschen ja."

Nadja stöhnte grinsend. „Und den Neandertaler namens Kruse kenne ich auch. Ich würde gerne mal deine Magensäure untersuchen. Die ist bestimmt ganz anders zusammengesetzt. Vielleicht ließe sich wirklich eine Verwandtschaft nachweisen. Aber jetzt zur Sache."

„Ist gut, schieß los!"

„Ich habe etwas Interessantes herausgefunden. Eure Vermisste hatte im Prinzip wohl wirklich keine Chance."

„Warte, ich mach mal laut, damit Wolf mithören kann."

„Ich sagte, eure Frau Schulze hatte wahrscheinlich keine Überlebenschance."

„Wieso?", fragte Peter, dem fast das Telefon aus der Hand gefallen wäre, weil Wolf einen Schlenker gemacht hatte. „Pass doch auf, Mensch."

„Worauf soll ich aufpassen?", fragte Nadja verdutzt.

„Nicht du, Wolf. Der bringt uns noch ins Grab mit seiner Fahrweise."

„Also noch mal von vorn", sagte Nadja. „Marie-Sophie Schulze ist höchstwahrscheinlich verblutet. Der Blutfluss kam nicht zum Stillstand, egal durch wen oder was sie verletzt wurde. Die Gerinnung setzte nicht oder nur sehr gering ein. Eine Anomalie im Blut. Es laufen noch Untersuchungen, ob sie ein Medikament zur ‚Blutverdünnung' eingenommen hatte, wie man im Volksmund sagt. Es wird nicht wirklich verdünnt, aber es läuft einfach ohne zu stoppen. Ihr müsst euch das wie bei einem Bluter vorstellen. Es ist höchst fraglich, ob sie noch aus eigener Kraft dort weggekommen ist. Und das scheint ja wohl auch nicht der Fall gewesen zu sein. Seppi hat nur an dieser Stelle Blut gefunden, keine Spur, die vom Tatort wegführte, keine Tropfen auf dem Weg oder so."

„Da ist ja krass. Du meinst", sagte Peter, „dass sie dort verblutet ist und dann weggetragen wurde?"

„Sehr gut möglich. Ein Täter wird kaum zu seinem Auto gelaufen sein, den Verbandskasten geholt und ihr einen Druckverband angelegt haben."

„Wohl kaum", antwortete Peter. Hetzer schwieg.

„Habt ihr schon mal in den Krankenhäusern nachgefragt, ob da jemand mit einem großen Blutverlust eingeliefert worden ist? Ich meine, es besteht immer noch die Möglichkeit, dass sie einen Unfall gehabt hat. Jemand könnte sie gerettet haben."

„Das hatte Kunze in der Nacht noch erledigt, aber wir sollten uns heute nochmals erkundigen. Obwohl ich es für sehr unwahrscheinlich halte, dass Frau Schulze von jemandem an dieser abgelegenen Stelle zufällig gefunden worden ist und das auch noch rechtzeitig. Es sei denn, sie hätte noch rufen können oder der Hund hätte auch da schon gebellt."

Hetzer warf ihm von der Seite einen vernichtenden Blick zu.

„Kannst du eigentlich immer nur negativ denken?"

„Normalerweise nicht, aber die Fakten sprechen doch wohl für sich, auch wenn du das nicht wahrhaben willst und ich noch nicht weiß, warum."

„Ich muss Peter in diesem Fall zustimmen. Sicher gibt es keine hundertprozentige Gewissheit, aber ihre Überlebenschance war schon sehr gering."

„Kannst du dich nicht einmal richtig festlegen?" Hetzer klang genervt. „Immer dieses vage Herumeiern. Nie sagst du konkret, es sei so oder so gewesen."

„Ich werde auch einen Teufel tun. Du nagelst mich doch hinterher darauf fest. Außerdem sind genau diese Ungenauigkeiten unsere Tatsachen, mit denen wir arbeiten müssen. Das kann ich doch auch nicht ändern, und das solltest du bei deiner langjährigen Tätigkeit auch schon mal bemerkt haben."

„Danke Nadja!", sagte Peter und versuchte, die Schärfe aus dem Gespräch zu nehmen. „Sagst du uns Bescheid, wenn sich etwas Neues ergibt?"

„Muss ich ja wohl", brummte sie in die Leitung, „aber jetzt habe ich Wochenende und will meine Ruhe. Tschüss."

„Na, die hast du ja jetzt sauber verärgert!", sagte Kruse und gab Wolf das Telefon zurück, das in diesem Moment schon wieder klingelte. Als Peter die Hand zurückzog und abnahm, dachte Wolf darüber nach, ob sie es wohl mit einem Unfall mit Todesfolge oder mit einem Verbrechen zu tun hatten. Sein Instinkt war getrübt. Er fühlte nichts außer einer großen Leere. Peter hatte recht, der Fall betraf ihn zu sehr. Er war einer Frau zu nah gekommen, die er nicht mehr kennenlernen konnte.

Für Anke Tatge begann der Morgen wie jeder dieser unsäglichen Tage, die Wochenende hießen. Wenn sie allein war mit sich und der Welt. Wenn niemand mit ihr sprach, es sei denn, sie riefe jemanden an, was selten geschah. Bei ihr selbst klingelte das Telefon fast nie.

Im Schlafanzug ging sie auf ihren Balkon und steckte sich eine Zigarette an. Jeder andere Mensch hätte wenigstens seine Sucht genossen, aber selbst das konnte Anke nicht. Sie benötigte höchstens drei Minuten für jeden dieser Glimmstängel, den sie in Windeseile in ihre Lungenflügel sog, als gäbe es etwas zu verpassen.

Doch so ganz ohne richtige Freundschaften war das schwer. Alles definierte sich nur über sie selbst. Sie würde etwas verpassen, wenn sie nicht shoppen ging oder zumindest einen Cappuccino in einem der größeren Möbeleinrichtungshäuser trank. Wenn es eine Freizeitaktivität gab, von der man behaupten konnte, dass sie sie am meisten liebte, dann waren es die Sommer- oder Weihnachtsfeiern der Praxis. Da blühte sie auf. Organisierte, schmückte und saß dann später bis in die Nacht hinein. Sie ging erst, wenn Heiner auch aufbrechen wollte. Vielleicht konnte man behaupten, dass nur dies Momente waren, in denen Anke genießen konnte. Zeiten außerhalb des Praxisalltags, die sie mit ihm verbringen konnte, wenn sie an seinen Lippen hing und nichts um sie herum existierte, außer ihm und ihr.

Später erzählte sie dann den Kolleginnen, die vor ihr gegangen waren, dass noch ein elitärer Kreis zusammengesessen habe. Ja, sie war wichtig, nicht wegzudenken aus der Praxis und über die Maßen auch vom Chef geschätzt. Das wusste sie. Das wussten auch alle anderen. Und sie war wirklich gut in ihrem Beruf.

Wahrscheinlich wäre sie sogar von ihren Kolleginnen geliebt worden, wenn sie nicht über die Jahre vergessen hätte, wie man mit Menschen umgehen sollte, die einem nah sind oder mit denen man sich täglich umgibt. Jegliche Interaktion war immer nach demselben Muster abgelaufen. Wie eine Sanduhr, die zu laufen begann, bis sie leer war.

Zuerst fand sie neue Menschen in ihrem Leben bewundernswert und interessant. Meist waren es Mitarbeiterinnen. Gerne umgab sie sich mit ihnen, zeigte Einsatz und Engagement, bis die Sympathie irgendwann in irgendeinem Moment umschlug. Dann kehrte sie sich ins Gegenteil, weil der Mensch doch nicht so war, wie erwartet. Weil er nicht so reagiert hatte, wie er sollte. Weil es schwieriger war mit ihm, als sie es sich vorgestellt hatte.

Sie empfand plötzlich, dass sich der andere wichtiger nahm, als es ihm zustand und dass sie die Zuneigung desjenigen mit anderen Kollegen teilen musste, weil er auch Interesse für andere zeigte. Vielleicht wäre es ihr noch möglich gewesen, damit umzugehen, aber manche wagten es tatsächlich, ihr arbeitstechnisch zu nahe zu kommen. Wenn sie nach und nach merkte, dass die neue Kollegin ihr durchaus das Wasser reichen konnte und dadurch zur Bedrohung wurde, musste sie handeln. Vor allem, wenn Heiner auch noch eine Vorliebe für die Neue entwickelte.

Der Zeitpunkt, an dem der Hass begann, variierte. Er war nicht genau vorherbestimmbar. Wenn eine Grenze bei Anke überschritten war, gab es kein Zurück mehr - nur Kampf und Hass.

Sie würde sich ihre Position nicht nehmen lassen, als wichtigste Mitarbeiterin und Stütze der gesamten Praxis.

Marie-Sophie hatte den Fehler begangen, all diese Voraussetzungen nach und nach zu erfüllen. Anke nahm sich vor, mit ihren Intrigen fortzufahren, bis sie ihr Ziel erreicht hatte. Das Ziel war die Kündigung ihrer Widersacherin. Und sie wusste genau, dass sie es erreichen würde, genauso wie bei deren Vorgängerinnen Janine Martens oder Barbara Konopka.

Während Hetzer noch darüber nachdachte, ob diese blutige Stelle im Wald für ein Verbrechen oder einen Unfall mit möglicher Todesfolge stand, schwieg Peter mit dem Hörer in der Hand. „Okay, alles klar. Ich sag's Wolf. Danke, dass du uns informiert hast", war alles was er sagte, bevor er auflegte.

Hetzer sah ihn fragend an.

„Tja", sagte Kruse nachdenklich, „einer wird sich jetzt keine Sorgen mehr um Frau Schulze machen."

„Und das wäre?"

„Herr Schulze. Er liegt verteilt auf der A7."

„Ein Unfall?", fragte Hetzer ungläubig.

„Es sieht zunächst so aus, sagten die Kollegen, aber der Wagen wird untersucht."

„Krass", sagte Hetzer, „das ist ein merkwürdiger Zufall. Wir brauchen unbedingt den Unfallbericht. Trotzdem können wir ihn nicht aus dem Kreis der Verdächtigen ausschließen."

„Schon klar", wandte Peter ein, „du kannst ihn nur nicht mehr befragen."

„Sehr witzig!"

Wolf hielt an der Schranke unterhalb der Löschteiche und stieg aus. Er streckte sich in die frische Luft. Sie roch gut nach dem Regen. Wenn er sich nur auch so fühlen könnte, wie nach einem starken Guss, dachte er. Immer wieder sah er ihre Augen vor sich. Sie lebten in seiner Erinnerung, als ob er direkt hineinschauen und sich darin verlieren konnte. Etwas in ihm glaubte zu wissen, dass sie noch lebte. Ihre Existenz schien ihm fast greifbar zu sein. Es war vorbei, redete er sich ein. Sie war tot, noch bevor sie wissen konnte, dass sie Witwe geworden wäre. Er sehnte sich nach einer Fremden, einer Unbekannten, die mit großer Wahrscheinlichkeit nicht mehr lebte. Das war völlig plemplem.

„Ich möchte Mäuschen sein in deinen Gedanken!“, sagte Kruse und riss ihn aus seinen Träumen.

„Lieber nicht!“, erwiderte Wolf.

Holger Pinell, der ihnen mit seinem Hund entgegenkam, ersparte Wolf weitere Diskussionen.

„Wir haben nichts weiter gefunden. Die Spur scheint dort an der Schranke irgendwie unterbrochen zu sein, aber weiter unten an der Straße hat der Hund noch mal angeschlagen. Ich habe die SpuSi verständigt.“

„Das ist aber komisch“, meinte Peter und rieb sich seinen Zwei-Tage-Bart. „Wenn sie hier jemand mit dem Auto abtransportiert hat, wird er sie doch nicht an der Straße noch mal ausgeladen haben.“

„Möglicherweise“, warf Hetzer ein, „hat der Täter etwas aus dem Auto geworfen.“

„Oder das Opfer!“

Pinell schüttelte den Kopf. „Da war so nichts weiter zu sehen. Aber der Hund hat eindeutig den Duft dieser Frau gewittert.“

„Oder einen Hasen…“ Peter fing sich einen bösen Blick von Pinell ein. „Ist schon gut, war nicht ernst gemeint.“

„Also“, Hetzer atmete tief durch, „wir finden Spuren von Frau Schulze, die bis zur Schranke gehen, dann circa hundert Meter nichts und dann wieder eine ganz punktuell. Habe ich das richtig verstanden? Nur an dieser einen Stelle, nichts weiter irgendwo?"

Pinell runzelte die Stirn. „Ich weiß, es klingt unlogisch, aber auf die Hundenase ist Verlass."

„Vielleicht ist sie geflogen und hat unten noch mal kurz aufgesetzt", sagte Peter und grinste breit.

„Du bist wohl heute ein echter Scherzkeks, was?", fragte Wolf, während Holger erst stutzte und dann lachen musste.

„Sei doch froh, dass ich trotz des wenigen Schlafes noch so gut drauf bin."

„Weil du satt bist!", zischte Hetzer leise. Mit diesem Seitenhieb würgte er zunächst weitere Scherze ab. „Hat jemand von euch eine ernsthafte Erklärung?"

„Ehrlich gesagt nicht", sagte Holger Pinell, „weil es überhaupt keinen Sinn macht."

„Und wenn jemand sie hier an der Schranke auf eine Schubkarre geladen hat, weil sie nicht mehr laufen konnte?", warf Peter ein.

„Hmm", Hetzer überlegte, „du meinst, derjenige könnte sie damit zur Straße gefahren haben, um hier im Wald keine Reifenspuren seines Wagens zu hinterlassen? Aber warum sollte er sie dort unten dann ablegen und nicht gleich aus der Karre in den Wagen heben?"

„Vielleicht war sie schwerer als gedacht?", wendete Pinell ein.

„Wir werden das jetzt nicht klären können, aber wir sind uns alle in einem einig. Es muss eine weitere Person gegeben haben, die sich mit dem Abtransport von Frau Schulze beschäftigt hat. Sie ist nicht allein von hier verschwunden. Stimmt ihr mir da zu?"

Beide nickten.

„Damit können wir einen Unfall ziemlich sicher ausschließen. Es sei denn, sie hat mit dem Handy Hilfe gerufen und jemand hat sie abgeholt. Ist das schon kontrolliert worden?"

„Frage ich gleich mal nach, Wolf!", erwiderte Peter und zog sein Telefon aus der Hosentasche.

„Sag mal, Holger", Hetzer rieb sich das Kinn, „war an der Stelle dort an der Straße denn kein Blut zu finden?"

„Nein, wenigstens nicht offensichtlich. Könnte sein, dass die SpuSi noch etwas findet."

„Aber eine so schwer verletzte Person, die so viel Blut verloren hat, müsste doch voll davon sein und also auch welches hinterlassen, wenn sie irgendwo gelegen hat."

„Wahrscheinlich schon. Sehr mysteriös das Ganze, da gebe ich dir recht. Glaubst du, dass sie noch lebt?"

Peter war ein paar Meter weiter den Weg hochgegangen, um in Ruhe zu telefonieren. Wolf war froh darüber, als er antwortete: „Es mag verrückt klingen, aber ich habe so ein unbestimmtes Gefühl, mal davon abgesehen, dass wir sie erst für tot halten dürfen, wenn wir handfeste Beweise haben. Vorher muss unser ganzer Fokus darauf liegen, sie lebend finden zu wollen."

Hetzer sagte dies mit solchem Nachdruck, dass sich Holger im Stillen wunderte, aber nichts erwiderte, weil Wolf im Grunde recht hatte.

„Na dann gutes Gelingen", sagte Pinell, „und trotz all der Arbeit ein schönes Wochenende." Er winkte Peter zu und ging mit seinem Hund davon, der die ganze Zeit friedlich neben ihm gelegen hatte.

Noch immer musste Moni über ihren Nachbarn und Freund Wolf schmunzeln. Er hatte es tatsächlich nicht mitbekommen, dass sie in den wenigen Nachtstunden dicht an seiner Seite geschlafen hatte.

Sie entschied sich, ihn erst einmal in diesem Glauben zu lassen und streichelte Aisha, die ihr auf Schritt und Tritt folgte. Zum Glück blieb die Hündin auch allein. Sie hatte das vorhin zuerst getestet, indem sie zu Gaga hinübergegangen war, um diese in den Garten zu lassen. Es beruhigte sie, dass kein Jaulen aus ihrem Haus drang und dass Aisha noch genau an der Stelle im Flur lag, wo sie sie zurückgelassen hatte. Sie musste später zum Einkaufen fahren, und am Montag hatte sie einen Termin zur Mammographie in Minden. Den konnte und wollte sie nicht absagen. Bei der Vorsorgeuntersuchung hatte der Frauenarzt etwas ertastet, das dringend abgeklärt werden musste. Solange diese diffusen Knötchen in ihren Brüsten nicht als harmlose Kalkablagerungen entlarvt waren, hatte sie in sich selbst keine Ruhe. Es sei wahrscheinlich nichts, waren seine Worte gewesen. Er hatte gut reden. Ihr fiel es schwer, nicht daran zu denken, dass eben doch etwas sein könnte.

Entschieden schob sie die Gedanken zur Seite und überlegte, was sie denn für Wolf und sich kochen könne. So wie es aussah, kam er heute weder zum Einkaufen noch zum Kochen und Peter ebenfalls nicht, fiel ihr ein. Sie entschied sich für einen Auflauf aus Nudeln, Porree und Käse. Für die beiden Männer würde sie separat zusätzlich Frikadellen braten. Sie musste sie ja nicht essen, aber ein rein vegetarisches Essen wollte sie Wolf und Peter nach dieser Nacht nicht antun.

Wolf Hetzer musste lächeln, als er die SMS von Moni bekam. „Essen um eins! Sag Kruse, dass er sich keine Sorgen machen soll. Es gibt Bio-Frikadellen aus Fleisch!“ Sie waren gerade auf dem Weg zu Dr. Wiebking, den sie glücklicherweise an diesem Samstag zu Hause erwischt hatten. In einer halben Stunde sei er für die Herren Kommissare zu sprechen, hatte er gesagt.

„Peter, dein Abend ist gerettet!“

„Wie meinst du das?“

„Moni kocht für uns. Sie hat Mitleid mit uns.“

„Oh weh! Das hat mir heute noch gefehlt, Vegetariererfraß…“

„Keineswegs, sie macht uns extra Frikadellen!“

„Aus Fleisch? Hoffentlich nicht aus so einem Sojamist.“

Hetzer musste laut lachen.

„Mein Gott, bist du misstrauisch. Nein, sie holt extra Biohackfleisch.“

„So ganz ohne Antibiotika? Ich weiß nicht, ob das schmeckt.“

Kruse schmunzelte. Sein Zwei-Tage-Bart juckte ihn.

„Ich habe noch Reste aus der Zeit der Behandlung von Gagas Pfote. Schon ein bisschen abgelaufen, aber für die Frikadellen gehen sie vielleicht noch. Oder wir fragen diesen Dr. Wiebking, ob er noch so ein Würzmittel zu Hause hat.“

Kruse boxte ihn auf die Schulter.

„Untersteh dich, du Gourmet!“

Dr. Wiebking wohnte in einem alten Bauernhaus in Evesen. Mit einem Schwung umrundete Wolf den Pfeiler aus Sandstein und hielt direkt vor der ehemaligen Hoftür, die durch einen Rundbogen aus Glasscheiben ersetzt worden war. Wiebking saß gerade mit einer Tasse Kaffee am Esstisch, als es klingelte.

„Ich gehe schon!", rief ihm seine Frau Marion zu und öffnete. „Hereinspaziert, meine Herren. Kaffee steht schon auf dem Tisch", sagte sie und zog sich zurück.

Als die Kommissare den Raum betraten, erhob sich Dr. Wiebking und ging auf die beiden zu.

„Guten Tag. Das sind ja schlimme Neuigkeiten, die Sie mir am Telefon mitgeteilt haben. Möchten Sie Kaffee?"

„Ja, vielen Dank. Du auch, Peter?"

Peter nickte und Wiebking füllte die Tassen.

„Ich wundere mich", begann der Arzt das Gespräch, „dass Sie von Marie-Sophie als vermisster Person sprechen. Gestern war ich noch bei ihr. Das ist keine vierundzwanzig Stunden her. Und heute suchen Sie schon nach ihr?"

„Wann genau waren Sie bei ihr?", fragte Wolf.

„Am Mittag, so zwischen halb eins und eins. Ich wollte noch mal nach ihr sehen wegen der Schussverletzungen."

„Und, wie sah der Fuß aus?"

„Nun ja, er war jetzt doch ein bisschen geschwollen. Wahrscheinlich war sie mehr herumgelaufen, als sie sollte, oder sie hatte vergessen, ihn hochzulegen. Ich erinnere mich noch, dass ich darüber nachgedacht habe, sie ins Krankenhaus einzuweisen. Vielleicht ist sie mit dem Taxi später selbst dorthin gefahren."

„Das können wir sicher ausschließen", wandte Peter ein. „Wir haben mehrfach in den Krankenhäusern der Umgebung nachgefragt."

„Haben Sie ihr irgendwelche Medikamente verabreicht?" Hetzer sah in Dr. Wiebkings Augen.

„Ich habe ihr ein Schmerzmittel gegeben und ihr dringend angeraten, sich selbst jeden Tag eine Thrombosespritze zu geben. Sie schien davon aber nicht sehr überzeugt zu sein."

„Ist es nicht so", fragte Hetzer, „dass diese Spritzen das Blut verdünnen?"

„So in etwa. Im Volksmund sagt man das wohl so. Es wird die Gerinnungsfähigkeit des Blutes herabgesetzt. Dadurch bilden sich keine Blutgerinnsel."

„Verstehe ich das richtig", hakte Wolf nach, „dass das Blut einfach nicht so klumpt wie sonst?" In seinem Gehirn ratterte es. Hatte nicht Nadja irgendetwas in der Richtung erwähnt? Sie hatte von einer mangelnden Gerinnungsfähigkeit wie der eines Bluters gesprochen.

„Genau", antwortete Dr. Wiebking, „der Nachteil ist nur, dass es auch viel langsamer zu bluten aufhört, wenn man sich frisch verletzt hat." Das bestätigte Hetzers Gedanken. Er warf Peter einen vielsagenden Blick zu.

„Können Sie mir aufschreiben, wie dieses Mittel hieß, das Sie Frau Schulze dagelassen haben?"

„Aber sicher." Er schrieb den Namen der Spritzen auf einen Zettel und gab ihn Wolf. „Verraten Sie mir denn noch, wieso Sie nach so kurzer Zeit zu wissen glauben, dass Marie-Sophie verschwunden ist?"

„Das ist aus ermittlungstaktischen Gründen leider nicht möglich. Was haben Sie denn gestern Abend so ab zehn Uhr gemacht?"

„Drei Kreuze, dass die Woche rum war und mit meiner Frau ein Glas Rotwein vor dem Fernseher genossen. Wir können sie gerne rufen. Ihrem ernsten Blick nach zu urteilen, kann ich wohl nicht damit rechnen, dass Frau Schulze am Montag zur Arbeit kommt?" Heiner Wiebking wirkte bedrückt.

„Ich denke, das können wir ausschließen!", antwortete Peter. „Vor allem, weil sie heute auch noch Witwe geworden ist."

Mit diesen Worten standen die beiden Kommissare auf, als hätten sie sich abgesprochen. Als Hetzer und Kruse „Auf Wiedersehen" sagten, ließen sie einen verstörten Arzt, versunken in seine Gedanken zurück, die sie gerne gekannt hätten.

Nadja war nicht sehr glücklich, zwei Gesichter an ihrer Haustür zu sehen, mit denen sie an diesem Wochenende nicht mehr gerechnet hatte. Aber ihr Hund freute sich. Er freute sich immer über Besuch.

Sie stöhnte leise und öffnete die Tür.

„Was verschafft mir die Ehre?", fragte sie und ignorierte Hetzers zerknirschten Blick.

„Ich wollte mich bei dir entschuldigen. Meine Nerven liegen ein bisschen blank. Der wenige Schlaf und so..."

Kruse streifte ihn mit einem Seitenblick. Dieser listige Wolf hatte seinen Namen zu Recht.

„Schon gut, kommt rein. Kaffee?"

„Nein, danke!", riefen beide wie aus einem Mund, während sie sich in zwei gemütlichen Sesseln niederließen.

„So schlecht ist er auch nicht", antwortete sie zerknirscht. „Was wollt ihr nun wirklich?"

„Wir brauchen deine Hilfe. Du bist eine Koryphäe auf dem Gebiet chemischer Wirkstoffe", sagte Wolf mit unschuldigem Blick. Kruse verdrehte die Augen.

„Jetzt mach mal halblang, Wolf", lachte Nadja. „Ich helfe euch auch, ohne dass ihr mir Honig ums Maul schmiert."

„Fein, dann hätten wir das geklärt", sagte Hetzer frech und lehnte sich zurück. „Nun also zu den wichtigen Dingen. Du hast mir doch am Telefon gesagt, dass die Blutgerinnung von Frau Schulze herabgesetzt war. Du sprachst von einer Anomalie des Blutes und wolltest testen, ob sie irgendein Medikament eingenommen hatte. Das kannst du dir sparen. Sie hat Thrombosespritzen bekommen. Damit ist der Punkt schon mal geklärt."

„Ist er nicht", sagte Nadja mit Nachdruck und versuchte eine Strähne ihrer wirren Haare hinters Ohr zu klemmen.

„Hä?", fragte Peter. „Wieso das nicht?"

„Chemie!", sagte Nadja und grinste.

„Kannst du das etwas genauer erklären? Für Laien zum Beispiel", fragte Hetzer und glaubte kein Wort.

„Na, ich versuch's mal. Eigentlich ist es ganz einfach. Sie hatte kein Heparin im Blut, sondern ein Cumarin-Derivat, genauer gesagt Phenprocoumon."

„Ah ja. Sehr einfach", meckerte Kruse, „denn ich verstehe nur Bahnhof."

„Wenn du ein bisschen Geduld hättest, würde ich ja weitersprechen", beruhigte Nadja ihn. „Also, hätte Frau Schulze Thrombosespritzen bekommen, dann hätte sie Heparin im Blut gehabt. Das ist der gerinnungshemmende Wirkstoff, der in den Spritzen enthalten ist. Sie hatte aber etwas im Blut, das aus der Grundsubstanz des Cumarins gewonnen wird und das heißt, dass sie Tabletten wie Marcumar oder so eingenommen haben muss."

„Ich verstehe den Unterschied nicht oder was er bedeuten soll", sagte Hetzer etwas hilflos.

„Cumarin-Derivate sind keine Mittel, die man einsetzt, weil jemand eine Wunde hat und sich deshalb wenig bewegt. Man braucht es bei schwerwiegenderen Erkrankungen wie Vorhofflimmern, Herzinfarkten oder wenn jemand künstliche Herzklappen bekommen hat. Manchmal auch, wenn bekannt ist, dass der Patient zu Thrombosen neigt, wenn es also in dieser Hinsicht eine schwerwiegende Vorgeschichte gibt. Wisst ihr da etwas? War Frau Schulze schwer krank?"

„Davon hat ihr Chef Dr. Wiebking nichts erwähnt, aber wir können ihn noch mal fragen. Wir kommen gerade von ihm. Warte, ich rufe ihn an, und dann sprichst du am besten mit ihm. Du solltest aber nichts von der Blutlache erzählen. Wir haben ihm bisher nichts davon gesagt."

„Schon gut, Wolf, der Arzt muss ja nicht wissen, woher ich die Blutprobe habe."

Wolf zog sein Handy aus der Hosentasche und wählte die Nummer von Dr. Wiebking. Als der Arzt abhob, erklärte Wolf in kurzen Sätzen, worum es ging und dass die Ärztin der Rechtsmedizin gerne mit ihm sprechen würde. Nadja nahm das Telefon, ging in den Nebenraum und ließ die beiden Kommissare mit fragendem Blick zurück. Von Ferne waren nur Bruchstücke des Gesprächs zu verstehen.

„So", sagte sie, als sie wieder ins Zimmer kam, „ihr hättet bei dem Fachchinesisch eh nur Bahnhof verstanden. Außerdem kann ich es nicht leiden, wenn man mir dazwischenquasselt. Die Sache ist ganz einfach und auch wieder nicht. Frau Schulze ist rundherum gesund. Es hätte keinen Grund gegeben, weswegen sie ein Cumarin-Derivat hätte einnehmen sollen. Dr. Wiebking hat im Geiste die Hände über dem Kopf zusammengeschlagen, denn er hatte sie bekniet, wegen des verletzten Fußes Heparin zu spritzen. Das scheint sie nun aber nicht getan zu haben. Zum Glück!"

„Wäre das doppelt gemoppelt gewesen und darum umso gefährlicher?", fragte Hetzer.

Nadja nickte.

Peter kratzte sich das unrasierte Kinn und sagte: „Hat sie vielleicht das Zeug selbst eingenommen? Ich meine, anstatt dieser Spritzen. Vielleicht mochte sie sich nicht ins Fleisch stechen. Könnte ich gut verstehen. Du hast doch gesagt, das andere Mittel gibt es in Tablettenform."

„Nein. Das geht nicht. Jedenfalls nicht so, wie du denkst. Mit dem Marcumar und anderen Cumarin-Derivaten baust du ganz langsam einen Spiegel im Blut auf. Es wirkt nicht sofort. Der Wert muss beim Einstellen des Patienten dauernd kontrolliert werden. Wie hätte sie das tun sollen, ohne aufzufallen? Sie hätte sich ständig Blut abnehmen und es ins Labor schicken müssen. Sonst ist das viel zu gefährlich. Aber dafür hätte sie keinen offensichtlichen Grund gehabt."

„Und, das Ganze ist auch völlig unlogisch", warf Hetzer ein, „denn wie konnte sie vorher wissen, dass sie später Thrombosespritzen brauchen würde?"

„Manche Frauen haben eine Kristallkugel!", sagte Peter und erntete dafür einen bösen Blick von Wolf und Nadja.

„Niemand macht sich auf diese Art künstlich zum Bluter. Das ist lebensgefährlich. Wenn es unbedingt sein muss, dann erfolgt eine Behandlung mit Derivaten aus Cumarin nur unter strenger ärztlicher Aufsicht!", sagte Nadja bestimmt.

„Aber irgendwie", gab Peter zu bedenken, „ist doch nun das Mittel in ihr Blut gelangt. Wenn sie es also nicht selbst genommen hat, dann muss es ihr jemand verabreicht haben. Habt ihr darüber schon mal nachgedacht?"

„Schon", antwortete Nadja, „aber ich kann es nicht glauben. Und ich wüsste auch nicht, wie ich es benennen sollte. Versuchter Mord?"

„Tja, das wäre die Frage. Zumindest nimmt sie den möglichen Tod billigend in Kauf", hakte Hetzer ein. „Wenn sie sich nicht verletzt, passiert nichts. Dann würden die niedrigen Beweggründe nicht auffallen. Der potentielle Täter würde meiner Meinung nach aber ein Ziel im Auge haben. Er müsste dafür sorgen, dass sie sich verletzt, damit er Erfolg hat."

„Nicht unbedingt", warf Nadja ein, „Frauen bluten auch so von Zeit zu Zeit. Das könnte nach der Gabe von Marcumar oder ähnlichen Mitteln so ziemlich unangenehm werden und eine sehr starke Regelblutung zur Folge haben."

Hetzer grübelte und klemmte sich eine Locke hinters Ohr. „Was wäre, wenn jemand ihr das Zeug heimlich gegeben hat, um genau das zu erreichen? Einfach so, um sie anfällig oder schwach zu machen, damit er hinterher leichtes Spiel mit ihr hätte?"

„Was sagt denn unsere Rechtsmedizinerin dazu?", fragte Peter.

„Das könnte durchaus sein. Ich hatte euch ja schon gesagt, dass der Hämoglobin-Wert im Blut niedrig war. Wobei das relativ ist. Ich weiß nicht, wie ihr Normwert war, aber es spricht eventuell dafür, dass sie durch irgendetwas in der nahen Vergangenheit Blut verloren hat. Vielleicht hat sie einen Regelkalender geführt?"

„Möglich", antwortete Wolf, „aber wer könnte das wissen? Ihre Freundin? Jemand in der Praxis? Ihre Mutter?"

„Das sollten wir herausfinden. Nur nicht mehr heute!" sagte Peter mit Nachdruck und streckte sich. „Es ist Wochenende!"

„Schön, dass ihr das auch so seht." Nadja stand auf. „Dann habt ihr sicherlich dafür Verständnis, dass ich meins jetzt genießen möchte. Nichts gegen euch persönlich."

Hetzer erhob sich ebenfalls.

„Danke, Nadja, du warst uns wirklich eine große Hilfe, auch wenn unser Gespräch noch mehr Fragen aufgeworfen hat. Ich muss erst nachdenken. Aber nicht jetzt. So langsam schlägt die Müdigkeit zu. Ich habe Kopfschmerzen wie bescheuert."

„Und ich habe langsam Hunger!" Peter sah auf die Uhr.

Wolf Hetzer und Peter Kruse entschieden sich, es für heute gut sein zu lassen.

Sie wollten nachdenken, jeder für sich und sich dann beraten.

Noch im Wagen hatten sie darüber gesprochen, ob es gut sei, die Eltern von Frau Schulze über das Ableben ihres Schwiegersohnes zu informieren. Sie entschieden sich dagegen.

Kunze von der Bückeburger Wache hatte ihnen berichtet, dass Frau Voigt bereits unter ärztlicher Aufsicht stand. Das Verschwinden ihrer Tochter hatte sie stark mitgenommen, auch ohne dass sie Einzelheiten wusste. Ein weiteres Unglück würde sie schwer verkraften. Es musste bis morgen warten.

„Keine leichte Aufgabe, die wir da vor uns haben“, sagte Peter, dessen Magen Geräusche von sich gab.

„Das kannst du wohl sagen. Eine Aufgabe, vor der ich mich gerne drücken würde. Vor allem, weil wir das gleich zweimal vor uns haben. Die Eltern von Herrn Schulze leben auch hier in Bückeburg, im Ortsteil Scheie.“

„Oh Schreck. Sollen wir uns aufteilen oder beides gemeinsam machen?“

„Das entscheiden wir morgen“, sagte Hetzer und atmete tief durch.

„Ich bin heute zu nichts mehr fähig. Wir können telefonieren, bevor ich losfahre. Entweder hole ich dich dann ab, oder jeder fährt dann separat.“

„Einverstanden!“, willigte Peter ein, während Hetzer in seine Hofeinfahrt fuhr.

Hinter der Haustür freute sich Lady Gaga schon. Sie fiepte, bis sie Wolf und Peter endlich begrüßen konnte. Schwanzwedelnd lief sie um die beiden Kommissare herum und guckte erwartungsvoll.

„Ich glaube, wir müssen es jetzt mal wagen, die Lady mit zu Moni zu nehmen. Keine Ahnung, ob ich dir das schon erzählt hatte. Ich habe die Hündin von Frau Schulze vorübergehend bei Moni untergebracht."

„Ist das denn ein Problem?"

„Hündinnen untereinander sind sich meist nicht grün. Da aber beide gut hören, sollte es machbar sein."

Als Wolf bei Moni klingelte, hörten sie, dass Aisha bereits den Wachdienst übernommen hatte. Gagas Haare stellten sich im Nackenbereich auf. Sie knurrte leise.

„Aus!", sagte Hetzer und rief Moni durch den Türspalt zu, „nimm Aisha mal ein Stück zurück. Wir kommen jetzt rein."

Moni nickte. Am Halsband führte sie die Hündin ins Wohnzimmer. Hetzer hielt Gaga und ließ sie, nachdem er sich mit Moni durch Blicke verständigt hatte, los. Hochbeinig umrundeten sich die Hunde mit aufgestelltem Fell. Als das erste leise Grollen zu hören war, schritt Hetzer ein und befahl ein donnerndes „Platz und Aus!". Gaga fiel in sich zusammen. Aisha guckte ungläubig und senkte sich nur ganz langsam.

„Leider nicht unkritisch", sagte er zu Moni und sorgte dafür, dass sich seine Schäferhündin ein paar Meter weiter hinter dem Esstisch niederließ. „Wir müssen sie beide im Auge behalten. Vielleicht wird es noch besser." Er atmete auf. Erst jetzt bemerkte er den köstlichen Duft von überbackenem Käse, der noch in der Luft lag.

„Hallo Moni!", sagte Peter. „Danke, dass du uns eingeladen hast."

„Ja, das ist wirklich klasse". Hetzer ließ sich auf einen Stuhl sinken.

„Ich kann echt nicht mehr."

„Na, dann setzt euch mal beide gemütlich hin. Ich hole eben das Essen. Die Eieruhr müsste gleich piepen. Es gibt Lauchauflauf mit Nudeln und frisch gebratene Frikadellen. Die muss ich eben noch mal kurz hochdrehen. Ihr kommt ja zurecht, oder? Nehmt euch schon was zu trinken. Wasser und Apfelsaft stehen auf dem Tisch. Oder wollt ihr ein Bier? Das ist aber noch nicht ganz kalt."

Kruse setzte sich und streckte die Beine aus. „Ein Bier wäre das Paradies zu diesem leckeren Essen!"

„Ich nehme auch eins, egal, wie kalt es ist", rief ihr Wolf hinterher und knuffte Peter in die Seite. „Dann kann ich bestimmt gleich einen schönen Mittagsschlaf machen. Ich spendiere dir nachher eine Taxe!"

„Danke, sehr liebenswürzig! Ich zahle aber selbst. Und wann erzählst du mir mal, was momentan mit dir los ist?"

„Pst!", machte Hetzer und verwirrte seinen Kollegen dadurch noch mehr. „Wenn ich es selbst weiß."

„Das finde ich ein bisschen spät, weil ich mir nicht sicher bin, ob es deine Arbeit beeinträchtigt."

„Wird es nicht", zischte Hetzer gerade noch, bevor Moni mit der dampfenden Auflaufform ins Zimmer kam.

„Und, waren die Hunde ruhig?"

Hetzer nahm ihr die Form ab und stellte sie auf den Untersetzer.

„Ganz friedlich. Sie schlafen", lachte Kruse. „Die haben es gut. Ich werde mich nachher zu Hause auch hinhauen." Vor seinem geistigen Auge schwebte der Ohrensessel vorbei.

„Dein verzückter Blick ist ja köstlich", sagte Moni und ging in die Küche, um die Frikadellen zu holen.

„Entschuldige bitte, Moni, dass wir hier so faul rumsitzen. Du weißt, dass wir sonst nicht so sind."

„Ihr könnt später abräumen!", sagte sie mit der Pfanne in der Hand.

„Bei dem schlagkräftigen Argument fügen wir uns gerne", antwortete Peter und nahm ihr den Stiel aus der Hand. „Wie viele willst du, Wolf?"

„Höchstens zwei, du kannst die anderen vier essen."

Ohne weiteren Kommentar verteilte Peter die Fleischbällchen. Moni gab jedem ein Stück Auflauf auf den Teller.

„Guten Appetit! Ich hoffe, es schmeckt euch."

„Wenn es nur halb so gut ist wie es duftet, dann sollte das kein Problem sein", sagte Kruse.

„Bei dir schmeckt es immer, Moni!", stimmte Hetzer zu.

„Ich weiß, dass du besser kochst, Wolf, aber trotzdem danke!"

Während des Essens erzählten die beiden vom aktuellen Fall. Sie wussten aus der Vergangenheit, dass Moni verschwiegen war und niemals ein Wort nach außen dringen lassen würde.

„Das ist ja merkwürdig mit diesem Blutverdünnungsmittel", sagte Moni und schüttelte den Kopf. „Ich kann mir weder vorstellen, dass sich jemand selbst dieser Gefahr aussetzt, noch dass jemand einen anderen in solche Gefahr bringen wollen könnte."

Peter lachte. „Das ist klar! Das liegt daran, dass dir das Böse fremd ist. Uns aber nicht. Wir können uns alles vorstellen."

Hetzer dachte über das nach, was Peter da gesagt hatte. Er hatte recht, sie waren zu lange durch die Realität verdorben worden, um an das Reine und Gute zu glauben.

Es waren Kräfte am Werk, die er nicht kontrollieren konnte. Der Schatten hatte lange gewartet. Jetzt erkannte er, dass das Warten keinen Sinn mehr haben würde. Sie war fort. Das Haus blieb leer. Daran war nichts zu ändern. Er würde zu einer anderen Zeit wiederkommen. Er hatte keine Eile.

Moni hatte das Essen mit den beiden Freunden genossen. Seitdem Hannes in einer Bielefelder Wohngruppe untergekommen war, waren ihre Tage wieder einsam geworden. Sie verstand ihn, er musste unter jungen Leuten sein. Und sie freute sich für ihn. Er war ein Mensch mit einem unglaublichen Wissensdurst und einer inneren Zufriedenheit, die sie noch nicht oft erlebt hatte.

Aisha hatte wieder ein bisschen Abwechslung in ihr Leben gebracht, aber sie vermisste Lady Gaga. Mit ihr konnte sie nur ohne Aisha kurz spazieren gehen. Allein traute sie es sich nicht zu, mit beiden Hunden zusammen zu sein. Sie hatte Angst, dass es zu einem Kampf kommen könnte und dass sie die Situation nicht beherrschen würde.

Ein Taxi hatte Peter nach Hause gebracht, Wolf war nach nebenan gegangen. Er bräuchte dringend etwas Schlaf, hatte er gesagt. Sie hatte sich nicht getraut, ihm ihr Sofa anzubieten oder sogar das Bett. Wie hätte sie das auch erklären sollen? Sie war sich selbst nicht sicher, was sie eigentlich wollte – wie und wie sehr sie ihn wollte, fand aber, dass die Gedanken, die sie sich darüber machte, schon ein Fortschritt waren. Bisher hatte sie sie niemals wirklich zugelassen.

In den letzten Tagen war ihr Wolf leicht verändert vorgekommen. Zerstreut und irgendwie distanziert, aber das hatte möglicherweise daran gelegen, dass die Ereignisse sich überschlagen hatten. Sie überlegte, wie sie ihn während der Ermittlungen entlasten könnte. Für den Abend nahm sie sich vor, ihn mit etwas Wein und Käse zu überraschen. Sie hatte noch eine Flasche San Lorenzo. Passend dazu lagen im Kühlschrank ein Stück Feuer- und etwas Bockshornkleekäse. Das hätte etwas von Rotkäppchen, wenn sie später mit einem Korb, Wein, Käse und Ciabatta bei Hetzer klingeln würde. Na, eher Graukäppchen, dachte sie bei sich und musste sich eingestehen, dass sie vom Alter her der Großmutter näher war als dem Kind. Warum also maßte sie sich an zu glauben, dass ein jüngerer Mann an ihr Interesse finden würde?

Es beschäftigte Anke immer noch, dass sie nicht wusste, ob Marie-Sophie möglicherweise eine Thrombosespritze bekommen hatte. Nicht dass sie sich übermäßig Sorgen um ihre Kollegin gemacht hätte, aber sie wollte nicht erwischt werden.

Unter einem Vorwand rief sie Heiner an und hatte stattdessen seine Frau Marion am Apparat. Das war das Letzte, was sie an diesem Sonnabend gewollt hatte. Er sei auf dem Weg zur Praxis, sagte seine Frau, und nur mobil erreichbar. Das passte ihr gut. Schnell zog sie sich eine andere Hose an. Die schwarze stand ihr am besten, sie machte schlank. Dann lief sie die Treppe hinab, setzte sich in ihren Wagen und fuhr los.

In der Praxis traf sie auf einen etwas konfusen Heiner. Sein Schreibtisch lag wie immer voll, aber er wirkte unruhig und fahrig.

„Ach, grüß dich, Heiner!“, sagte sie. „Bist du auch hier?“

„Ja“, antwortete er zerstreut und schaute auf seinen Bildschirm.

„Ich wusste nicht mehr, ob ich den Steri ausgemacht hatte und ob das Wasser abgedreht war. Da bin ich lieber noch mal hergefahren. Auf dem Handy konnte ich dich nicht erreichen.“

„Komisch, ich hab kein Klingeln gehört“, sagte er. „Mein Telefon ist in der Jackentasche. Ich gucke gleich mal nach. Was wolltest du denn?“

„Dich bitten, ob du nachsehen kannst. Dann hätte ich mir den Weg sparen können, falls du sowieso hergefahren wärst. Bist du ja auch."

„Warum hast du dann nicht hier angerufen?"

„Da geht doch gleich der AB ran."

„Ach ja, stimmt!" Er war mit seinen Gedanken ganz woanders.

„Ist irgendwas, Heiner? Du bist so komisch."

„Die Polizei hat gerade bei mir angerufen. Marie-Sophie ist verschwunden!"

„Wie verschwunden? Gestern war sie doch noch da. Vielleicht ist sie unterwegs. Oder zu ihrem Mann nach München gefahren. Oder bei der Nachbarin?" Anke wurde heiß und kalt zugleich.

„Keine Ahnung. Das hat mich ja auch gewundert. Aber irgendetwas veranlasst die Beamten, trotzdem schon nach ihr zu suchen. Sie haben mir merkwürdige Fragen gestellt. Und bei ihrem Mann kann sie leider auch nicht sein… Hoffe ich wenigstens", fügte er noch an.

„Ich verstehe nur Bahnhof. Du sprichst in Rätseln, aber ich spüre, dass du dir große Sorgen machst." Sie kam näher, setzte sich auf die Ecke seines Schreibtischs und legte ihm die Hand auf die Schulter. „Nun sag mal, was dich wirklich bedrückt."

„Marie-Sophies Mann ist tot. Sie selbst ist spurlos verschwunden. Das ist alles, was ich weiß. Dann haben sie mich noch gefragt, ob Marie Marcumar oder etwas Ähnliches genommen hat. Hast du dafür eine Erklärung? Sie soll auch einen unglaublich niedrigen HB-Wert gehabt haben. Bei den letzten Laborwerten aus Dezember waren die Werte ganz in Ordnung. Ich habe eben nachgesehen. Die Ärztin von der Rechtsmedizin wollte die Werte zugemailt haben."

„Das ist ja furchtbar!", rief Anke aus und nahm Heiners Hand. Ihr selbst war der Schreck in die Glieder gefahren. „Und diese komischen Fragen, was können die bedeuten?"

Heiner stand auf und sagte: „Sie müssen doch wohl irgendwie Blut von ihr gefunden haben. Sonst könnten sie es nicht untersucht haben. Lass uns mal nachdenken. Diese Frau, Dr. Serafin von der Rechtsmedizin, fragte nach Marcumar. Also müsste sie ein Cumarin-Derivat im Blut gefunden haben. Aber das kann nicht sein, sie muss sich geirrt haben."

„Das kann ich mir auch nicht vorstellen. Wieso sollte sie das genommen haben? Und du hast ihr doch Heparin gepritzt", erinnerte ihn Anke.

„Hab ich nicht. Vielleicht hat sie es später selbst gemacht, aber ich hatte nicht den Eindruck, dass sie das vorhatte. Sie war irgendwie zögerlich und fand, dass eine Thrombosespritze nicht unbedingt notwendig sei, da sie sich ausreichend bewegte. Das glaube ich ihr sogar, denn der Fuß sah nicht so toll aus. Sie hätte ihn mehr hochlegen sollen."

Heiner nahm sein Handy aus der Jackentasche. „Nichts drauf. Vielleicht hast du dich vertippt?"

„Unwahrscheinlich, ich habe deine Nummer doch eingespeichert. Na, wie auch immer", sagte sie und wollte vom Thema ablenken.

Es beruhigte sie ein bisschen, dass sich Marie-Sophie die Thrombosespritze anscheinend nicht auch noch gegeben hatte.

„Meinst du, die Blutarmut und damit der zu niedrige Hämoglobin-Wert kamen daher, dass sie kurz zuvor reichlich Blut verloren hatte? Zum Beispiel, als ihr in den Fuß geschossen worden war?" Sie ging näher zu ihm. Er ließ das Handy wieder in die Jacke gleiten und bemerkte nicht, dass er ihre Brust berührte, weil sie so dicht neben ihm stand.

Anke jedoch genoss diesen Zustand aus Angst, Nervenkitzel und Erregung. Ein Cocktail, der ihr gut gefiel. Sie überlegte, ob sie sich noch weiter vorwagen konnte und wie sie das geschickt anstellen konnte.

„Durch die Schüsse hat sie kaum Blut verloren", erklärte Heiner. „Du musst dir das eher vorstellen wie bei einer Verbrennung. Durch die Geschwindigkeit des Geschosses wird das Gewebe großer Hitze ausgesetzt. Nur der Streifschuss am Knöchel hat ein bisschen mehr geblutet, aber nicht so viel, dass er diese schlechten Werte rechtfertigen würde. Ich mache mir ernsthaft Sorgen um Marie-Sophie. Ich habe das Gefühl, dass etwas ganz Schreckliches passiert ist. Sie klangen so ernst, die Kommissare, fast so, als ob sie nicht mehr leben würde."

Tränen schossen in Ankes Augen. Es waren Tränen der Wut und der Eifersucht. Aber sie nutzte sie zu ihren Zwecken, als Heiner sagte: „Na, na, wer wird denn da so weinen!" und nahm sie in die Arme.

Sie schluchzte und schmiegte sich eng an ihn. Das war schön und grausam zugleich. Zeit spielte keine Rolle mehr. Sie stand einfach still. Anke roch seinen Duft, fühlte seine Wärme und musste sich verstellen. Musste die Besorgte spielen. Dabei begehrte sie ihn. Ihr Körper reagierte auf seine Nähe.

„Nun beruhig dich mal wieder!", sagte Heiner und versuchte, sich aus der Umklammerung zu befreien. „Ich dachte, dass sich eure Freundschaft in letzter Zeit etwas abgekühlt hätte."

Erneut schluchzte sie auf und presste sich fester an ihn. Ihr Kopf lag auf seiner Schulter. Er spürte ihren Atem, der stoßweise hervorgepresst heiß seinen Hals streifte. Es hatte keinen Sinn. Er musste warten, bis sie sich beruhigt hatte.

Den ganzen Samstag hatte Sven in Thomas' Bett zugebracht. Er konnte ihn noch spüren, seinen Duft noch riechen - in den Laken und auf sich selbst. Für einen kurzen Moment war er enttäuscht gewesen, als Thomas so schlagartig aufbrach, aber das gab sich schnell. Die Art, wie Thomas ihn berührt und angesehen hatte, seine Worte, all das hatte sich in ihn eingebrannt und ihn froh gemacht. Sie teilten etwas ganz Kostbares. Er wusste, dass das durch nichts und niemanden jemals zerstört werden konnte. Sein Ziel, ihn ganz für sich zu besitzen, war in greifbare Nähe gerückt.

Mit Wein, Ciabatta und Käse bewaffnet, machte sich Moni gegen sieben Uhr auf den Weg zu Wolf. Sie knuddelte Aisha noch und zog dann die Tür zu. Den Schlüssel zu seinem Haus hatte sie vorsichtshalber in der Tasche. Es konnte sein, dass er noch schlief. Sie würde sich heimlich in die Küche schleichen und alles vorbereiten. Erst dann würde sie nachschauen, ob er sich wecken ließ.

Noch bevor sie den Schlüssel ins Schloss steckte, wedelte Lady Gaga schon hinter der Tür. Mit einem „Pst!" schob sie sich durch den Spalt, zog die Schuhe aus und schlich auf Zehenspitzen in Wolfs Wohnzimmer.

Was für ein schönes Stillleben, dachte sie, als sie die Kater in trauter Eintracht auf der Chaiselongue sah. Von Hetzer fehlte jede Spur. Er war wahrscheinlich direkt ins Bett gegangen.

Da sie nicht wusste, wie lange Wolf schon schlief, ließ sie Gaga in den Garten und wartete, bis sie zurückkam. Anschließend bereitete sie in der Küche eine Käseplatte vor. Ein paar Weintrauben legte sie zwischen die duftenden Stücke, die sie schon vor zwei Stunden aus dem Kühlschrank genommen hatte. Das Ciabatta hatte sie schon zu Hause geschnitten und in einen Korb getan. Aus Sicherheitsgründen wählte sie zwei Wassergläser für den San Lorenzo und stellte alles auf Hetzers Olivenholztablett. Sie zuckte zusammen, als sich plötzlich eine Hand auf ihre Schulter legte. Sie hatte niemanden kommen hören.

Dr. Wiebking war froh gewesen, als Anke die Praxis verlassen hatte. Er atmete tief durch. Noch immer sah er ihre verheulten Augen vor sich. Und noch immer verstand er nicht so ganz, was sich jetzt gerade da vor seinen Augen abgespielt hatte.

Es war irgendwie jenseits der Normalität gewesen, fand er. Sie hatte total überzogen reagiert. Er erinnerte sich noch genau daran, dass Anke und Marie-Sophie zuletzt ein eher gespaltenes Verhältnis zueinander gehabt hatten. Sicher, es hatte keinen großen Stress gegeben, wenigstens nicht nach außen hin, aber Anke hatte sich oft über ihre Kollegin beschwert und kein gutes Haar an ihr gelassen.

Marie-Sophie hatte um ein persönliches Gespräch gebeten, aber dazu war es ja nun nicht mehr gekommen. Sie war verschwunden, hatten die Beamten gesagt. Und niemand wusste, wohin. Auch er nicht, aber er wusste, dass er nun ein Problem haben würde. Auf Dauer war der Praxisbetrieb ohne eine zweite Kraft vorne an der Rezeption nicht zu meistern. Er konnte aber auch keinen Ersatz einstellen, denn dann hätte er ein weiteres Gehalt bezahlen müssen. Vielleicht würde seine Frau Marion gelegentlich einspringen können.

Starke Gefühle tobten immer noch in Anke Tatge, als sie sich in ihren Wagen setzte. Sie liebte ihn, mit jeder Faser ihres Körpers und ihrer Seele, aber sie hasste diese beiden Weiber, die den Liebsten von ihr fernhielten.

Es war so wunderbar gewesen, in seinen Armen zu liegen und ihn zu fühlen. Ihre Lippen hatten seinen Hals gefühlt, ohne sich zu bewegen. Sie schmeckte ihn noch.

Als Anke bei sich zu Hause auf den Parkplatz einbog, war sie immer noch erregt. Er hatte gar nicht bemerkt, dass sie sich während des Weinens, quasi in der Erschütterung des Schluchzens, an ihm gerieben hatte. Mit jedem Seufzen hatte sie sie gesteigert, die Lust.

So schnell sie mit ihrem massigen Leib konnte, stieg sie die Treppe hinauf und schloss die Wohnungstür hinter sich. Sie schmiss alles von sich, schleuderte die Schuhe von den Füßen und zog sich aus. Breitbeinig legte sie sich vor den Spiegel in ihrem Schlafzimmer und rieb sich. Dabei stellte sie sich vor, wie sie ihn anfasste und ihm hineinhalf in sich selbst.

Moni drehte sich um und atmete erleichtert auf.
„Wolf, musst du mich so erschrecken?"

„Danke gleichfalls", antwortete Hetzer und lachte. „Ich bin es auch nicht gewohnt, dass jemand in meiner Küche klappert, während ich schlafe."

„Verzeihung!", sagte Moni zerknirscht. „Ich dachte nicht, dass du es bis oben hörst, wenn ich Schubladen aufziehe oder den Kühlschrank öffne."

„Berufskrankheit", erwiderte Wolf und schnupperte. „Was haben wir denn da Feines?"

„Och, nichts besonderes, nur ein bisschen Käse und Wein, wenn du magst. Eigentlich wollte ich dich überraschen."

„Keine Frage, das hast du, Moni. Wo sollen wir das Abendmahl denn einnehmen?"

Moni zuckte zusammen, denn ursprünglich hatte sie vorgehabt, es ihm am Bett zu servieren.

„Äh, draußen ist es zu kalt und ungemütlich", antwortete sie. Wolf hatte ihr Zögern bemerkt und amüsierte sich. „Leider habe ich keine Badewanne", sagte er, „sonst könnte ich mich revanchieren. Und unter der Dusche verwässert der Wein."

„Vielleicht gibt es einen anderen gemütlichen Ort?", fragte sie mit einem Augenzwinkern.

„Gemütlich?", fragte Hetzer, der barfuß in T-Shirt und Boxershorts neben Moni stand, „da fallen mir nur zwei Plätze ein."

„Tut mir leid, einer davon ist besetzt!", sagte Moni schmunzelnd und ging in Richtung Sofa. „Komm mit und sieh selbst!"

Die Kater Max und Moritz hatten sich in ihrer ganzen Schönheit auf dem Chaiselongue ausgestreckt.

„Meinst du nicht, sie haben uns den Platz nur vorgewärmt?"

Moni schüttelte den Kopf. „Du willst doch die beiden jetzt nicht vertreiben, oder?"

„Dann Madame, müssen Sie mit der oberen Etage vorlieb nehmen. Hier unten am Esstisch ist es mir in diesem Outfit zu kalt. Ich mache dir einen Vorschlag, der bitte nicht unsittlich zu verstehen ist. Wie wäre es, wenn wir zusammen ins Bett gehen? Du oben, ich am unteren Fußende je mit einem Kissen, darüber die Decke und dazwischen das Tablett?"

„Ich habe aber kalte Füße!", gab Moni zu bedenken.

„Na, wenn das dein einziges Problem ist. Da können wir Abhilfe schaffen."

Ohne eine weitere Antwort abzuwarten, schnappte sich Hetzer das Tablett und ging die Treppe nach oben hinauf.

Auf dem Weg schwenkten seine Gedanken kurz zu Marie-Sophie. Er schob sie fort und öffnete die Schlafzimmertür.

„Bitte sehr, meine Liebe, fühl dich wie zu Hause. Schuhe aus, Socken aus, Hose aus – um den Status quo ante wieder herzustellen."

Moni schmunzelte und entledigte sich ihrer äußeren Kleidungsschichten.

„So ganz sittlich ist das aber nicht", bemerkte sie, „wenn man halbnackt zusammen ins Bett steigt."

„Findest du? Aber unser Hauptaugenmerk liegt doch jetzt auf dem Verzehr von Wein und Käse."

Sie schlüpften unter die Decke.

„Her mit den kalten Füßen!", sagte Wolf.

„Das ist mir peinlich."

„Unter Freunden ist überhaupt nichts peinlich. Du hast mich heute Nacht gerettet. Jetzt rette ich dich vor dem Erfrieren. Das ist reine Nachbarschaftshilfe! Prost!"

Beide nahmen einen Schluck Rotwein, während Wolf unter der Decke erst Monis einen Fuß und dann den anderen rieb.

„Meine Herrn, was hast du für kleine Füße? Kann man darauf überhaupt laufen?"

„Schon etliche Jahre", gab Moni zurück.

„Wie viele genau?", fragte Hetzer spitzbübisch.

„Hab ich vergessen", sagte sie frech.

„Ist auch nicht wichtig!"

Das Gespräch verebbte über dem Bockshornkleekäse. Hetzer musste immer wieder zu Moni hinschauen. Es war so etwas Verletzliches an ihr. Sie zwinkerte ihm freundlich zu, aber etwas war hinter dem Zwinkern, das sie verbarg. Er hatte sich schon immer in ihrer Gegenwart wohlgefühlt. Auch jetzt, wo sie so in seinem Bett unter der Decke zusammensaßen, war alles so natürlich und vertraut. Mit Fug und Recht konnte er behaupten, dass sie sein bester Freund war, sein Kumpel, dass ihre Freundschaft über jeden Zweifel erhaben war. Sie war etwas ganz Besonderes.

Jetzt sah er mit einem Mal, dass sie auch eine Frau war.

„Schmeckt dir der Wein?", fragte sie in seine Gedanken.

„Ausgezeichnet!", antwortete er. „Aber jetzt werde ich nie ganz genau wissen, ob deine warmen Füße sein oder mein Verdienst sind."

„Wegen der Nachbarschaftshilfe?"

„Auch!"

„Weswegen noch?“

Er konnte nichts sagen. Sein Innerstes war durcheinandergeraten. Er fühlte. Mit einem Mal erkannte er den Blick in ihren Augen. Für einen kurzen Moment blitzte er durch. Vielleicht auch wegen des Weines... Vielleicht fiel für einen Flügelschlag der Zeit ihre Maskerade. Es war Sehnsucht. Tiefe, innere und schmerzende Sehnsucht. Es war Maries Blick, es war seiner, es war ein Blick, der kein Gesicht brauchte und er machte ihm für einen kurzen Moment Angst.

„Sag nichts!“, bat sie. „Ich gehe jetzt, solange meine Füße noch warm sind.“

„Nein, bitte bleib“, sagte er, und sie fragte nicht, warum.

Peter Kruse rieb sich seinen steifen Nacken, als er irgendwann kurz nach Mitternacht wieder in seinem Ohrensessel aufwachte. Er fluchte, schleppte sich mühselig ins Bad und putzte die Zähne. Danach schimpfte er immer noch. Jetzt hatte er Hunger. So ein Mist. Aber er war zu faul, um sich noch etwas zu essen zu machen. Da fiel ihm die Tüte Chips wieder ein oder waren es Erdnusslocken, die er liebevoll „Würmer" nannte. Das konnte nicht schaden. Es war besser, als mit leerem Magen einzuschlafen. Irgendwie war er jetzt auch zu wach. Er beschloss, die Würmer in eine Schüssel zu füllen und noch ein wenig fernzusehen. Genüsslich nahm er wieder im Ohrensessel Platz und schaltete das Gerät an.

„Klasse", dachte er bei sich und zappte durch mehrere Abenteuerfilme, bis er bei einer alten Folge Enterprise hängen blieb. Die Würmer schaffte er noch weit vor der Schlussmelodie und konnte sich auch dann nicht aus dem Sessel losreißen, weil er in wohliger Sattheit immer tiefer gerutscht und eingeschlafen war.

Sie hatte nicht gefragt, wie die Farbkleckser auf sein Hemd gekommen waren, als sie abends noch eine Maschine mit weißer Wäsche befüllt hatte. Ihr wären die Flecken vielleicht auch gar nicht aufgefallen, wenn es nicht ganz oben drauf gelegen hätte.

Marion begutachtete die dunklen Stippen, die sich im Schulterbereich des weißen Hemdes befanden. Sie nahm es in die Hand und roch daran. Es roch nach Männerparfüm, aber sie war trotzdem nicht beruhigt.

Zögerlich nahm sie seine Unterhose aus dem Wäschekorb, doch auch da fanden sich keine verräterischen Spuren oder Gerüche.

Sie nahm sich vor, beim Essen ein belangloses Gespräch zu beginnen.

Es musste nichts gefragt oder gesagt werden. Moni stellte das Tablett aus dem Bett, weil Wolfs Augen nichts sehen konnten. Er hatte sich auf sein Kissen gelegt. Vorsichtig kroch Moni hinter ihn und nahm ihn in den Arm. Es war kaum zu bemerken, dass er leise weinte, aber Moni fühlte es.

Als er sich irgendwann erklären wollte, sagte sie nur „Sch…“ und er verstummte dankbar. Sie hielt ihn, bis sein Atem gleichmäßiger wurde und weit darüber hinaus. Das Halten war das Schönste.

Irgendwann in der Nacht nahm sie leise ihre Sachen und ging in ihr Haus zurück. Sie hatte Angst vor dem Morgen.

Der Sonntag begann allerorts friedlich, außer bei Peter Kruse, der sich seinen Nacken endgültig verlegen hatte. Er brauchte zwei Kopfschmerztabletten.

Heiner Wiebking hatte davon abgesehen, seiner Frau am Abend zuvor von Ankes Kurzbesuch in der Praxis zu erzählen, der bei ihm ein komisches Gefühl hinterlassen hatte.

Anke selbst hatte festgestellt, dass die Befriedigung einen schalen Nachgeschmack hinterlassen hatte. Es war nur ihre Lust allein gewesen und die Vorstellung von etwas, das in der Realität nicht existierte. Er gehörte ihr nicht, aber er sollte auch keiner anderen gehören.

Das belanglose Gespräch hatte Marion nicht weitergebracht. Sie konnte nicht herausfinden, woher die Fliegenbein-Abdrücke auf Heiners Hemd gekommen waren, aber sie nahm sich vor, ihn ein bisschen besser im Auge zu behalten.

Nadja schlief noch. Sie träumte von Blutlachen, in denen die Blutkörperchen herumsprangen und mir ihr sprachen.

„Wir haben zu wenig Eisen", riefen sie. „Wir kriegen keine Luft!" Dann fiel sie wieder in einen tieferen und traumlosen Schlaf.

Sven war am Samstagabend wieder in seine Wohnung gefahren. Er wollte sich mit ein paar Kumpels treffen.

Gemeinsam hatten sie ein bisschen zu tief ins Bierglas geschaut. Darum war ihm auch nicht aufgefallen, dass sich Thomas bisher noch nicht gemeldet hatte. Er schlief bierselig und unwissend.

Moni war nach langem Grübeln doch noch eingeschlafen, aber trotzdem früh wieder aufgewacht. Sie hatte beschlossen, einen ausgedehnten Spaziergang mit Aisha zu machen, um den Kopf freizupusten und wieder einen klaren Gedanken fassen zu können. Der Zustand stellte sich auch nach zwei Stunden nicht ein.

Als Hetzer aufwachte, war er erstaunt und traurig darüber, dass er allein war. Er brauchte einige Minuten, um sich zu sammeln. Das musste nichts Negatives bedeuten, sagte er sich und nahm sich vor, ein paar Brötchen zu holen. Er vermisste Moni, obwohl die Sorge um Marie-Sophie noch genauso stark war. Das verwirrte ihn.

Dass Moni am nächsten Tag wie immer war, verstand Wolf überhaupt nicht. Es war, als sei nichts geschehen. Also sagte er nichts, aber es fiel ihm schwer. Er sehnte sich nach ihr.

Wie sollte er das auch verstehen? Sie hatte diese Untersuchung vor sich, von der er nichts wusste. Und sie hatte Angst. Angst, vielleicht doch Krebs zu haben. Darum wollte sie nichts beginnen, nichts zu nah werden lassen, falls sie Abschied nehmen musste.

Die nächsten zehn Tage gingen dahin. Sie begannen mit dem Überbringen der Todesnachricht von Thomas Schulze und gingen später über in Befragungen und erste Verhöre. Es waren so viele Menschen, mit denen sie sprechen wollten. Kollegen, Auszubildende, Verwandte, Nachbarn. Nach und nach trugen Hetzer und Kruse immer mehr Einzelheiten zusammen und konnten beginnen, ein gedankliches Bild von Marie-Sophie und ihrer Umgebung zu entwerfen.

Nur eine erreichten sie nicht. Anke Tatge. Sie hatte sich am Montagmorgen nach Marie-Sophies Verschwinden krank gemeldet. In der Praxis war seitdem „Land unter“. Sogar Dr. Wiebkings Frau war inzwischen eingesprungen, damit wenigstens das Telefon besetzt war. Bis jetzt war Frau Tatge noch nicht wieder zur Arbeit gekommen. Sie habe einen Bandscheibenvorfall im Nackenbereich und würde auch länger ausfallen, hieß es.

Hetzer und Kruse hatten tagelang versucht, mit ihr Kontakt aufzunehmen, per Telefon, per Mail. Aber sie war bei den unterschiedlichsten Ärzten, und immer waren die Kommissare zu spät. Sie hatten auf dem Handy angerufen und waren persönlich bei ihr vorbeigefahren. Sie machte nicht auf und schrieb später nur auf eine SMS zurück, dass es ihr aufgrund ihrer gesundheitlichen Situation derzeit nicht möglich sei, Fragen zu beantworten und dass sie sich wieder melden würde, wenn es besser sei. Irgendwann war es ihnen gelungen, ein paar vage Auskünfte per Telefon zu bekommen, mit denen sie nicht wirklich etwas anfangen konnten. Anke Tatge war nichts aufgefallen. Sie konnte wenig zu Marie-Sophie sagen. In der Praxis sei alles harmonisch gewesen.

Das war sehr unbefriedigend für die Kommissare, denn sie hatten ein starkes Interesse daran, eben genau mit dieser Anke Tatge intensiv zu sprechen. Denn etwas war merkwürdig gewesen, als sie deren Kollegen befragt hatten. Niemand wollte etwas Schlechtes über Frau Tatge sagen, und doch kam in Nebensätzen oder Anspielungen zutage, dass sie nicht bei jedem menschlich gut angesehen war. Es war direkt zu spüren, dass etwas nicht Greifbares in der Luft lag.

Arbeitstechnisch sei sie ein Ass gewesen, hieß es. Darin waren sich alle einig. Menschlich dagegen ein Aas. Das traute sich niemand zu erwähnen. Außer einer, Leslie West aus dem Labor. Nur sie wagte auszusprechen, was alle anderen mehr oder weniger dachten.

Hier hatten Hetzer und Kruse eingehakt und noch einmal der Reihe nach den Kollegen und Azubis einzeln und ohne Mithörer auf den Zahn gefühlt.

Das Ergebnis war interessant, denn es entstand vor ihren Augen auf einmal ein ganz anderes Bild dieser Frau.

Es war das Bild einer unzufriedenen, missgünstigen Frau, mit der es im Grunde niemand lange aushielt, es sei denn, er war darauf angewiesen.

In der Praxis hatte sie sich eine Machtposition erarbeitet, die ihr schon längst niemand mehr streitig machen konnte. Ihr gutes Verhältnis zum Chef und dass sie ihn als Einzige duzen durfte, war die eine Sache, dass sie es geschafft hatte, niemandem so in ihren Arbeitsbereich Einblick zu gewähren, dass sie angreifbar war, eine andere. Beides zielte jedoch auf denselben Profit ab - Macht und Einfluss, wie bei einer Diktatur. Wer ihr huldigte und schön tat, wer kleiner war als sie, dem war sie wohlgesonnen. Die anderen vernichtete sie mit Worten, Blicken und Intrigen.

Dr. Wiebking empörte sich, als Wolf ihn mit dem Vorwurf des Mobbings konfrontierte. So etwas habe es in seiner Praxis noch nie gegeben. Anke Tatge sei völlig integer. Die Befragung der Mitarbeiter ergab jedoch, dass schon etliche Kolleginnen gegangen waren, weil sie es nicht mehr ausgehalten hatten oder weil Frau Tatge sie so verunsichert hatte, dass sie immer mehr Fehler machten und schließlich von Heiner Wiebking zum Wohle der Praxis entlassen werden mussten.

Nachtgedanken

Wieder einmal hatte Wolf in der Nacht wach gelegen. Seine Gedanken waren bei Moni oder auch bei Marie. Manchmal konnte er beides nicht wirklich trennen.

Plötzlich keimte in ihm ein schrecklicher Verdacht, der ihm selbst trotz allem unwahrscheinlich vorkam. Doch man konnte nicht sicher sein, dass auch das Absurdeste möglich war. Das hatte ihn seine langjährige Dienstzeit gelehrt.

Bisher hatte die Untersuchung der Fingerabdrücke auf der Schere noch keine Übereinstimmung mit einer der Personen rund um Marie-Sophie ergeben. Es war die Schere, die sie im Wald gefunden hatten. An ihr haftete das Blut von Marie. Anke Tatge war die Einzige, bei der es ihnen noch nicht gelungen war, Fingerabdrücke abzunehmen. Es war auch bisher nicht so wichtig gewesen, da kein Tatverdacht bestanden hatte. Erst jetzt hatte sich herauskristallisiert, was für ein Missverhältnis zwischen beiden Frauen bestanden hatte. Marie-Sophie sei von ihrer Kollegin schlecht behandelt worden und habe sich nicht gewehrt. Das war das Ergebnis tagelanger Befragungen. Die Tatsache, dass Anke Tatge selbst die Stimmung in der Praxis als „harmonisch" bezeichnet hatte, trug dazu bei, sie verdächtig erscheinen zu lassen.

Er hatte eine Idee. Frau Tatge hatte in der Praxis einen Schrank. Dort würden sie zweifelsohne Vergleichsabdrücke finden, auch ohne deren Wissen, und möglicherweise ein Haar.

Es war ein Dienstagmorgen, an dem Peter und Wolf in Hetzers altem Büro in Bückeburg saßen und über die Fakten sprachen, die sie zusammengetragen hatten. Peter fand die Idee mit den Fingerabdrücken genial. Sie hatten Seppi von der Spurensicherung schon informiert. Er war mit seinem Koffer in die Praxis von Dr. Heiner Wiebking gefahren und hatte innerhalb ihres Spindes reichlich Material gefunden, mit dem er etwas anfangen konnte. Das hatte er Wolf am Telefon gesagt.

Ein echter Fortschritt, dachte Hetzer bei sich und war zufrieden.

Mit einem Mal klopfte es, und Kunze schaute durch den Türspalt.

„Hetzer, hier ist ein Umschlag für dich. Den muss jemand vor die Tür gelegt haben."

Wolf nahm den braunen Papierumschlag an sich und sagte: „Danke! Steht gar kein Absender drauf."

„Wie gesagt, keine Ahnung, wer den vorbeigebracht hat", sagte Kunze und verschwand.

„Pass auf, vielleicht ist es eine Briefbombe von dieser Anke Tatge, weil sie nicht befragt werden will."

Peter lachte über seinen Scherz und hielt sich den Bauch.

„Tolle Idee, willst du ihn aufmachen?"

„Keineswegs! Man immer ran an den Speck!"

Dass Peter mit seinem Speck nicht ganz so unrecht hatte, hätten die Kommissare allerdings nicht wirklich vermutet. Aus dem Umschlag purzelte ein vertrocknetes Stück Fleisch, das sich als das Endglied eines Fingers entpuppte.

„Ihh, wie unschön", rief Peter. „Gut, dass ich schon satt bin."

Hetzer nahm einen Plastikbeutel und hob den Finger damit vom Schreibtisch auf. Er drehte ihn hin und her und überlegte, ob er ihn kannte. Den Umschlag ließ er in einen weiteren durchsichtigen Beutel gleiten. Dann griff er zum Telefon.

„Seppi?"

„Ja!"

„Bist du schon wieder in Stadthagen?"

„Nicht ganz, ich bin in Nienstädt."

„Kannst du noch mal umkehren? Wir sind hier in Bückeburg auf der Dienststelle."

„Wieso?"

„Ich hab hier was für dich, oder eher für Nadja."

„Und das wäre?"

„Sieht wie ein totes Fingerstück aus."

„Wo hast du den her?"

„Hab ich in einem Umschlag bekommen. Der lag hier vor der Tür der Wache."

„Dann kannst du mir auch gleich die DVD der Überwachungskamera besorgen. Ich drehe um."

„Alles klar. Peter wird sich darum kümmern." Hetzer legte auf.

Als Seppi eintraf, begutachtete er den Finger in der Tüte und sagte: „Hmm, klein und zierlich. Sieht wie von einer Frau aus. Der ist auf keinen Fall frisch. Mal sehen, was Nadja meint. Sie ruft euch dann an. Den Rest werte ich aus und melde mich, sobald ich mehr weiß." Nach diesen Worten verschwand er so schnell wie er gekommen war. Nur sein roter Bart wehte ihm noch hinterher.

„Denkst du das, was ich denke?“, fragte Peter.

„Ja! Jede andere Vermutung liegt nicht so nahe.“ Hetzers Schmerz kroch aus den Tiefen seines Innersten ins Bewusstsein zurück. Wenn die DNA-Überprüfung ihnen recht gab, würde er jede Hoffnung begraben müssen.

„Jetzt sag mir doch bitte mal, was da war zwischen dieser Frau Schulze und dir. Halt mich doch nicht für blöd. Das hat doch ein Blinder mit dem Krückstock bemerkt, dass sie dir nicht egal war. Ich möchte wissen, womit ich es hier zu tun habe. Wir arbeiten schließlich zusammen.“

Hetzer atmete tief durch.

„Es war eigentlich nichts“, fing er an, „bis auf ein paar Blicke. Sie hat mich auf eine Art berührt, ach, das kann ich nicht erklären. Man könnte es vielleicht als Seelenverwandtschaft auf einer besonderen Ebene bezeichnen.“

„Und? Hattest du weiteren Kontakt zu ihr, von dem ich nichts weiß?“

„Nur einmal ganz kurz, als ich sie beschattet habe.“

„Du hast was? Bist du bescheuert? Das hättest du mir sagen müssen. Und, hast du etwas beobachtet?“

„Erst mal hat sie mich erwischt, weil ich im Auto eingeschlafen war. Dann habe ich mich woanders hingestellt und gewartet.“

„Warum?“

„Sie war geschminkt und sie hatte gesagt, sie sei gerade aus der Dusche gekommen und wolle jetzt ins Bett. Das passte nicht zusammen.“

„Und, kam noch jemand zu ihr?“

„Nein, sie fuhr weg, und ich bin hinterher.“

„Ach du heilige Scheiße. Wo ist sie denn hin?“

„Sie fuhr nach Rolfshagen und ist dort für ein paar Stunden in einem Bauernhaus verschwunden. Mich hätte dann fast noch so ein Idiot auf der Straße übergemangelt."

„Das hätte ich nicht bedauert, du Hornochse von einem Wolf! Wer wohnte denn da? Haben wir den oder die etwa schon befragt?"

„Ging ja nicht, wie hätte ich das erklären sollen? Aber ich habe selbst recherchiert, da wohnt ein Mann, ein arbeitsloser Musiklehrer. Ich denke, dass sie mit ihm ein Verhältnis hatte."

„Denken heißt aber nicht wissen. Ich fasse es nicht. Aus lauter Peinlichkeit und Schamgefühl behinderst du die Ermittlungen? Ich kann ja verstehen, dass du nicht öffentlich rumtratschen wolltest, dass du dich in die Frau verknallt hast, aber *mir* hättest du es sagen müssen. Mensch Alter, hast du's noch nicht kapiert? Ich bin dein Freund!"

Hetzer hatte ein schlechtes Gewissen. Es stimmte. Er war ein Idiot gewesen, aber er hatte selbst nicht gewusst, was da in ihn gefahren war. Bis heute hatte er das Ganze noch nicht richtig begriffen, falls das überhaupt möglich war.

„Verzeihung!", sagte er. Peter brummte. „Doch, echt, ich bitte dich um Entschuldigung. Du hast recht, ich war ein Vollidiot. Das wird nie wieder vorkommen!"

„Das will ich hoffen!", sagte Peter und schüttelte den Kopf. „Sonst lasse ich mich nämlich versetzen. Ich kann keinen Kollegen brauchen, auf den ich mich nicht verlassen kann. Wir sollten den Kerl schleunigst befragen. Vielleicht bringt uns das weiter."

Aber es sollte alles ganz anders kommen.

Die Wohnung war leer. Sie war schon immer leer gewesen, denn sie spiegelte ihr Innerstes.

Alles hatte seinen Platz, war sauber, aufgeräumt, farblich aufeinander abgestimmt und doch war kein Leben darin. Die Gemütlichkeit wollte sich nie einstellen, selbst dann nicht, als Manuel noch mit bei ihr lebte. Kein Wir! Zwei Individuen, die sich in Räumlichkeiten zusammengefunden und diese für eine begrenzte Zeit geteilt hatten.

Jetzt lag sie auf dem orangenen Sofa und sah ins Freie. Es regnete schon wieder. Es regnete eigentlich andauernd in diesem Sommer. Aber das war ihr ganz recht. Sie hasste Hitze, weil die ihrem Kreislauf schadete.

Eine Woche lang war sie nun schon mehr oder weniger in dieser Wohnung gefangen gewesen. Seit sie am Sonntag eine unbedachte Bewegung gemacht hatte, hatte sie nur noch Schmerzen. Diese waren im Laufe der Nacht unerträglich geworden. Am Morgen war dann ihr Vater zu ihr gekommen und hatte sie zur Praxis gebracht. Das leise Kribbeln in ihrem rechten Arm war ihr zunächst nicht besonders aufgefallen. Der Schmerz im Nacken war zu stark. Doch nach und nach kämpften sich Kribbeln und zunehmende Taubheit in ihr Bewusstsein. Das machte ihr Angst.

Heiner hörte ruhig zu und untersuchte sie nur vorsichtig. Wahrscheinlich ein Bandscheibenvorfall, diagnostizierte er und drang auf Abklärung bei mehreren Spezialisten. Ihr Weg führte über den Orthopäden zum Radiologen. Ein Marathon begann, der aus den unterschiedlichsten Stationen der Diagnostik bestand und später die Gewissheit brachte, dass sich die Bandscheibe zwischen dem fünften und sechsten Halswirbel vorgewölbt hatte.

Und da lag sie nun auf dem Sofa mit ihrer Halskrawatte und sah das Leben an sich vorbeiziehen. Gerade jetzt hätte Heiner sie so sehr gebraucht. Sie vermisste ihn. Vor allem, nachdem er gestern Abend bei ihr gewesen war. Sogar eine Pizza hatte er ihr mitgebracht und ihr mit einer Spritze wenigstens für ein paar Stunden die Schmerzen gelindert. Nein, es liefe bestens, hatte er gesagt. Aber das sagte er nur, um sie zu beruhigen. Alles würde in der Praxis drunter und drüber gehen, jetzt, wo sie nicht da war.

Ihre Kollegin Marie-Sophie war immer noch nicht wieder aufgetaucht. Dafür hatten diese rücksichtslosen Kommissare immer wieder versucht, sie zu befragen, aber sie konnte bei diesen Schmerzen keinen klaren Gedanken fassen und hatte abgewehrt. Außerdem hatte sie ein schlechtes Gewissen. Sie konnte nicht sicher sein, ob ihre kleine Schikane nicht doch mehr angerichtet hatte als beabsichtigt gewesen war. Nicht dass sie Marie-Sophie wirklich bedauerte. Ihr würde es in keinem Fall so schlecht gehen wie ihr selbst.

Beim nächsten Mal würde sie die Herren Kommissare nicht mehr abwimmeln können, aber sie musste auf der Hut sein.

Wie auf heißen Kohlen saß Kommissar Wolf Hetzer, während er auf den Anruf aus der Rechtsmedizin wartete. Kruse beobachtete ihn aus den Augenwinkeln und sagte:

„So wie es aussieht, macht es keinen Sinn mehr zu hoffen, dass Frau Schulze noch am Leben ist, oder was denkst du?"

„Da könntest du wohl recht haben!", antwortete Wolf.

„Ein schlimmer Gedanke."

„Ja."

„Besonders für dich."

„Hmm..."

„Was heißt das?"

„Ach, ich bin so hin- und hergerissen. Einerseits hat mich diese Frau total umgehauen, andererseits weiß ich auch nicht, was ich von ihr halten soll. Es entwickelt sich kein klares Bild von ihr. Weißt du, was ich meine?"

„Man kann sie nicht richtig fassen?"

„So ungefähr. Sie hatte einen Mann, aber augenscheinlich gleichzeitig einen Liebhaber. Mich sieht sie so an, als wäre ich der Mensch, auf den sie immer gewartet hat. Dann verschwindet sie einfach."

„Na ja, wenigstens das Letzte kannst du ihr nicht vorwerfen."

„Ich will ihr auch sonst nichts vorwerfen. Es ist nur so, dass ich selbst nicht weiß, was mich an ihr so fasziniert hat. Sie war selbst so zerrissen. Vielleicht können wir deshalb kein genaues Bild von ihr zeichnen?"

„Innerlich so zerrissen wie du?“

„Wieso ich?“

„Bist du das denn nicht? Möglicherweise wusste sie auch nicht, wo sie hingehört.“

„Ich verstehe nicht, wie du das meinst, Peter! Eigentlich halte ich mich für einen sehr ausgeglichenen Menschen.“

„Ja, aber nur eigentlich. In deinem Gefühlsleben läuft einiges unrund. Erst die lange Trauer um deine Verlobte, jetzt die um Frau Schulze. Kein Wunder, dass dich das blind macht.“

Sehnsucht und Schmerz schossen in Hetzers Magengegend. Sie lähmten ihn und verhinderten, dass Peters letzter Satz in seinem Gehirn ankam.

Er war wieder im Wald, starrte in diese Blutlache wie in einen Spiegel und sah sein Gesicht. Er sah sich selbst. Hohlwangig, blutig, tot.

Peter störte ihn nicht in seinen Gedanken. Es war Nadja, die sich dazwischenklingelte und den Prozess unterbrach. Hetzer erkannte die Nummer und hob ab.

„Hallo Nadja, na, was kannst du uns sagen? Schieß los! Ich mache den Lautsprecher an, damit Peter zuhören kann.“

„Hallo Wolf, hallo Peter. Danke, mir geht es gut! Und euch?“

„Oh, Verzeihung, dass ich auf diese höflichen Floskeln verzichtet habe“, sagte Hetzer, „später wieder. Kannst du sagen, zu wem der Finger gehört hat?“

Nadja stöhnte kaum hörbar.

„Ja, kann ich.“

„Und? Nun lass dir doch nicht schon wieder jedes Wort aus der Nase rausziehen.“

„Er gehörte mal Marie-Sophie Schulze.“

„Du sprichst in Rätseln. Heißt das, dass sie tot ist? Dass jemand den Finger abgetrennt hat, um uns wissen zu lassen, dass sie nicht mehr lebt?“ Wolf versuchte, so unbeteiligt wie möglich zu klingen.

„Möglich.“

„Kann es nicht auch sein, dass man ihn einfach amputiert hat, um uns ein Zeichen zu senden? Eine Warnung?“

„Theoretisch auch möglich, aber in den letzten Tagen war kein Leben mehr in ihm.“

„Im Finger? Du meinst, man habe ihn schon vor einiger Zeit abgeschnitten?“

„Nein, der Schnitt sieht ziemlich frisch aus, sonst wären die Ränder mehr verwelkt.“

„Jetzt verstehe ich gar nichts mehr“, sagte Peter.

„Ich auch nicht!“, stimmte Hetzer zu.

„Das ist doch ganz einfach. Der Finger war schon totes Fleisch, als man ihn abgetrennt hat. Mit einem scharfen Messer übrigens oder dem Skalpell eines Großtierarztes. Ich habe auch Zellen von einem Rind gefunden. Wahrscheinlich aber eher aus einer Küche oder einem Schlachthaus.“

„Ja, aber dann heißt das doch, dass sie tot ist?“, warf Peter ein. „Ich meine, wenn der Finger abgestorben war und erst später entfernt worden ist. Ein Körperteil verschrumpelt doch nicht am lebendigen Menschen.“

„Das Einzige was ich sagen kann ist, dass der kleine Finger von etwas Totem abgeschnitten worden ist. Man kann an den Wundrändern exakt feststellen, ob das Gewebe von einem lebenden Organismus entfernt wurde oder eben nicht, so wie hier.“

„Ah, interessant!“, sagte Peter. Wolf schwieg. „Und heißt das nun, dass sie tot ist?“ Peter konnte beharrlich sein.

„Bei genauer Betrachtung der Sachlage - ich meine jetzt das viele Blut und diese Fingergeschichte - würde ich sagen, sie sei eher tot, aber hundertprozentig kann ich das nicht garantieren."

„Du legst dich doch nie fest, Nadja", gab Hetzer zu bedenken.

„Ja, und ich weiß auch, warum. Es gibt immer viele Möglichkeiten, wie Dinge passiert sein können. Wenn ihr wüsstet, was für irre Geschichten es in der Rechtsmedizin schon gegeben hat, dann wärt ihr auch vorsichtig mit euren Aussagen. Ich gebe aber zu, dass ihr wohl damit rechnen müsst, die Frau nicht mehr lebend zu finden."

„Das sehe ich auch so! Und wir sollten dies jetzt als Tatsache akzeptieren", sagte Peter und sah Wolf intensiv an. „Nach der langen Zeit hätte es sonst auch schon irgendwie ein Lebenszeichen gegeben."

Wolf holte tief Luft und nickte.

„Habt ihr schon was wegen des Blutes herausgefunden?", fragte Nadja

„Zum Teil", antwortete Hetzer, „in der Praxis konnte uns niemand Auskunft geben, wieso sie ein Mittel wie Marcumar eingenommen haben könnte. Wir haben auch ihre anderen Ärzte befragt. Es gab absolut keine Indikation für die Verwendung eines blutverdünnenden Mittels. Die Blutarmut, also der niedrige Hämoglobin-Wert in ihrem Blut, ließe sich aber vielleicht erklären. Sie hat kurz zuvor ihre Menstruation gehabt."

„Möglich, aber dafür war der Wert schon ziemlich niedrig. Da muss sie eine sehr starke Regelblutung gehabt haben", gab Nadja zu bedenken. „Wie habt ihr das denn rausgefunden?"

„Ihre Kollegin Leslie wusste, dass sie einen Kalender führte. Auf dem haben wir nachgesehen."

„Gut", sagte Nadja und sie konnten direkt spüren, wie es in ihr arbeitete. „Wenn sie das gerinnungshemmende Mittel schon einige Zeit lang im Blut hatte, wäre eine sehr starke Regel möglich. Dazu muss ich euch Folgendes sagen. Ich war bisher davon ausgegangen, dass sie vielleicht erst begonnen hatte, so etwas wie Marcumar einzunehmen. Das Blut war in der Gerinnung gehemmt, aber nicht so weit, wie es eine therapeutisch sinnvolle Einstellung gefordert hätte. Es kann natürlich auch sein, dass sie das Zeug schon länger nahm und dabei war, es abzusetzen. Das dauert seine Zeit, bis die Gerinnung wieder normal funktioniert."

„Sehr interessant", warf Hetzer ein, „oder sie hat eine sehr kleine Dosis eingenommen."

„Oder eingegeben bekommen", sagte Peter, „denn wenn es keinen Grund gab, warum hätte sie sich in Gefahr bringen sollen."

„Ja", stimmte Nadja zu, „sie war medizinisch kein Laie. Sie wusste genau, was das Einnehmen eines solchen Medikamentes zu Folge haben würde. Es ist sehr unwahrscheinlich, dass sie es freiwillig eingenommen hat."

„Das heißt dann aber, dass es ihr jemand verabreicht hat!", sagte Peter.

„Genau!" Hetzer war mit einem Mal, als hätten sie einen Durchbruch erzielt. „Und das bedeutet auch, dass es ihr jemand gegeben hat, der ihr schaden wollte."

„Ja, das scheint mir eine gute Richtung zu sein, in die ihr da denkt", meinte Nadja. „Etwas kann man sicher auch noch sagen. Derjenige, der ihr da etwas untergemischt hat, wusste auch, was er tat. Damit reduziert sich eventuell die Zahl eurer Verdächtigen."

„Nur gering“, bedauerte Wolf, „die meisten Menschen in ihrer nahen Umgebung arbeiten im medizinischen Bereich.“

„Wer sagt denn“, überlegte Peter laut, „dass es sich nur um einen Täter handelt?“

Nadja lachte und verabschiedete sich mit den Worten. „Na, dann hat euch meine Fingergeschichte auch nicht sehr viel weitergebracht. Aber wer kann diese Frau so gehasst haben, oder was muss sie für ein Mensch gewesen sein, dass mehrere ihr schaden wollten? Es gibt so viele Ungereimtheiten. In eurer Haut möchte ich nicht stecken.“ Dann legte sie mit einem „Tschüss, ihr zwei!“ auf.

Anna Ebeling lag mit ihrer Katze Ludmilla in der Sonne. Es waren die ersten Sonnenstrahlen seit Tagen. Sie mussten ausgenutzt werden. Auch Ludmilla fand das. Sie lag auf Annas Bauch und schnurrte. Das beruhigte. Anna musste trotzdem an Marie-Sophie denken und an Thomas, dessen Beerdigung sich noch verzögern würde, bis alle Untersuchungen abgeschlossen waren. Marie würde nicht teilnehmen können.

Das Schicksal war ein launischer Genosse.

Sie dachte daran zurück, wie Marie-Sophie damals bei Dr. Heiner Wiebking angefangen hatte. Voller Elan hatte sie alles geben wollen und wuchs im Team schnell zu einer wertvollen Kraft heran. Sie fühlte sich dort wohl. Neben ihrem eigenen Arbeitsbereich übernahm sie nach und nach auch Aufgaben ihrer Kollegin Anke. Die war oft krank und fiel aus. Heiner hatte Marie-Sophie unter anderem deswegen eingestellt.

Anna erinnerte sich auch daran, dass sie am Anfang etwas eifersüchtig auf die neue Kollegin gewesen war, weil sich die beiden so oft getroffen hatten. Doch das legte sich schon bald. Später hörte sie mit Verwunderung, wie sich Ankes Verhalten Marie-Sophie gegenüber auf einmal verändert hatte.

Aus Erzählungen wusste sie, dass diese Anke die ganze Praxis dominierte und nach ihrem Willen lenkte. Im Grunde war auch Heiner eine ihrer Marionetten, wenn er auch einen Rest Eigenleben in sich hatte. Es hätte alles ganz anders kommen können, wenn Dr. Wiebking nur ein offenes Ohr für Marie-Sophie gehabt hätte. Oder wenn er ausreichend weibliche Intuition gehabt hätte, die Machenschaften zu erspüren, die um ihn herum in Gang gebracht worden waren.

Doch so war es nicht gewesen und das Schicksal hatte seinen Lauf genommen.

Am Nachmittag standen Wolf Hetzer und Peter Kruse wieder einmal vor Anke Tatges Haustür. Heute jedoch würden sie sie sprechen können. Sie waren angekündigt.

Wolf ärgerte sich ein bisschen, dass Seppi die Auswertung der Fingerabdrücke noch nicht durchgegeben hatte. Er selbst hatte mehrfach versucht ihn anzurufen, hatte ihn aber nicht erreicht.

Bevor sie klingelten, flüsterte Wolf seinem Kollegen noch zu, dass sie diesbezüglich einen kleinen Bluff starten sollten und Peter nickte. Der Türöffner surrte. Sie wurden eingelassen.

Im zweiten Stock öffnete ein älterer Herr die Tür.

„Guten Tag, meine Herren, Tatge mein Name. Ich bin der Vater. Ich darf Sie doch bitten, etwas rücksichtsvoll vorzugehen. Meine Tochter leidet immer noch unter entsetzlichen Schmerzen."

„Selbstverständlich. Wir fassen uns kurz", versprach Hetzer.

„Danke! Bitte kommen Sie herein."

Anke Tatge lag mit einer dicken Halsmanschette auf dem Sofa und rührte sich mit keinem ihrer Kilos. Sie hob nur kurz die Hand und zeigte auf den Platz ihr gegenüber.

„Tut mir leid, wenn ich Sie beim Sprechen nicht anschauen kann. Ich kann und darf den Kopf nicht drehen."

Ihre Augen starrten zur Decke.

„Oh, dann stellen wir uns hinter die Lehne", schlug Peter vor.

„Meinetwegen", antwortete sie, „aber bitte fassen Sie sich kurz. Ich kann kaum klar denken."

In diesem Moment klingelte Hetzers Mobiltelefon.

„Sie verzeihen?", sagte er und stellte sich etwas abseits.

Sie konnten nicht verstehen, was er sagte. Das Gespräch war auch nur kurz. Dann kehrte er zum Sofa zurück, beugte sich über die Lehne und sagte:

„Frau Tatge, gerade am Telefon hat sich eine interessante Neuigkeit ergeben. Aber zuerst hätten wir gerne gewusst, wie Ihr Verhältnis zu Marie-Sophie Schulze war."

„Ganz gut so weit. Es war nicht mehr dieselbe Verbundenheit wie im ersten Jahr, als sie bei uns angefangen hatte, aber wir verstanden uns gut."

„Ihre Kolleginnen haben aber ausgesagt, dass Spannungen zwischen Ihnen beiden bestanden haben sollen."

„Ach, das wird oft überbewertet", gab Anke Tatge zurück, „da wird konzentriertes und konsequentes Arbeiten mit Schroffheit verwechselt. Nein, wir hatten keine wirklichen Probleme, aber auch keine Gemeinsamkeiten."

„Würden Sie sagen, dass Sie ein neutrales Verhältnis hatten?"

„Ja, als solches könnte man es vielleicht bezeichnen. Kollegial, mehr nicht."

„Und das war einmal anders gewesen?"

„Ein bisschen, zu Anfang. Da dachte ich, dass wir ähnliche Interessen hätten, aber das stellte sich als falsch heraus."

„Können Sie schießen, Frau Tatge?"

„Nein, und falls Sie meinen, ich hätte etwas mit den Schüssen auf meine Kollegin zu tun, muss ich Sie enttäuschen. Ich habe zahlreiche Zeugen, dass ich zu dieser Morgenstunde in der Praxis war."

„Sie hätten für wenige Minuten die Praxis verlassen haben können. Es sind nur ein paar Meter bis zur Parkpalette."

„Das habe ich aber nicht. Und schießen kann ich auch nicht. Mein Vater kann Ihnen das bestätigen. Ich habe noch nie geschossen."

Albert Tatge nickte.

„Sie hätten es heimlich lernen können."

„Klar, und dann bin ich unter dem Vorwand zur Toilette zu gehen, mit einer Waffe rausgeschlichen, habe mich hinter einem Pfeiler versteckt und auf sie geschossen."

„Möglich ist alles", sagte Kruse. „Wenn Sie wüssten, was wir schon alles erlebt haben!"

„Haben Sie noch andere Dinge vorzubringen, außer Ihren Räuberpistolen?", schaltete sich Ankes Vater ein. „Meine Tochter ist krank. Sonst würde ich Sie bitten, jetzt zu gehen."

„Moment", sagte Hetzer, „wir haben in der Tat noch ein interessantes Detail. Ihre Kollegin ist verschwunden. Man hat Blut im Harrl gefunden. Die Schere, die wir unweit des möglichen Tatortes im Wald gefunden haben, war von Ihren Fingerabdrücken übersät. Wie können Sie sich das erklären?"

„Gar nicht. Ich weiß von keiner Schere. Was soll denn das für eine Schere sein?", fragte Anke Tatge.

„Es handelt sich dabei eindeutig um eine Schere aus der Praxis von Dr. Wiebking. Er hat in seine Instrumente ein Zeichen eingeritzt."

„Das weiß ich, dass er sie markiert hat, aber ich habe keine Schere aus der Praxis entwendet. Wie soll also eine in den Wald gekommen sein? Fingerabdrücke von mir finden sich bestimmt überall in der Praxis. Das ist doch ganz logisch. Was soll das beweisen?"

Ankes Augen nahmen einen triumphierenden Ausdruck an.

„Dann haben wir noch festgestellt, dass jemand Ihrer Kollegin irgend so ein blutverdünnendes Mittel wie Marcumar ins Essen oder in ein Getränk gemischt haben muss. Können Sie uns dazu etwas sagen? Haben Sie etwas bemerkt?"

Anke wurde heiß und kalt. Sie hoffte, dass das niemandem auffiel.

„Wie kommen Sie denn darauf? Das macht doch niemand. Wissen Sie, wie gefährlich das ist? Vielleicht hat sie einfach zu viel Zimt gegessen. Sie liebte diese Zimtbrötchen aus dem Bioladen."

„Ach, davon wird die Gerinnung des Blutes auch herabgesetzt?", fragte Peter.

„Ich esse manchmal gerne Milchreis mit Zucker und Zimt."

„Soweit ich weiß, schon", sagte Anke. „Es heißt doch auch, man solle nicht so viel Zimt zu sich nehmen. Also schön in Maßen, Herr Kommissar."

„Sie können sich also nicht vorstellen, wie das gerinnungshemmende Mittel in Ihre Kollegin hineingekommen ist?", fragte Hetzer.

„Auf keinen Fall! Wie sollte ich?", sagte Anke Tatge vehement.

Hetzer schüttelte sich innerlich. Da lag dieses Walross von einer Frau gehandicapt auf dem Sofa und strahlte immer noch eine Dominanz aus, dass sich ihm die Nackenhaare aufstellten.

„Eine Frage noch“, schloss Hetzer das Gespräch, „wo waren Sie an dem besagten Freitagabend, als Ihre Kollegin Marie-Sophie Schulze verschwand?“

„Na, wo wohl, hier zu Hause.“

„Allein?“

„Ja“, gab Anke Tatge schroff zurück, „ich kann mir ihretwegen jetzt kein Alibi schnitzen, und ich brauche auch keins.“

Die Kommissare Kruse und Hetzer verabschiedeten sich von Anke Tatge und ihrem Vater.

„Hast du die komische Reaktion auch bemerkt?“, fragte Hetzer.

„Sicher, war doch nicht zu übersehen. Ihr standen doch direkt Schweißperlen auf der Stirn. Außerdem schien sie ziemlich genau Bescheid zu wissen, über Zimt und so. Man könnte vermuten, dass sie sich damit beschäftigt hat.“

Noch bevor sie beim Wagen waren, zog Wolf sein Handy aus der Tasche und rief noch einmal bei Nadja an.

Als die Kommissare Ankes Wohnung verlassen hatten, nahm der Vater ihre Hand und sagte:

„Aber du hast doch wirklich nichts mit dem Verschwinden deiner Kollegin zu tun, oder? Ich weiß doch, wie sehr du unter ihr gelitten hast!"

„Nein, Papa, was denkst du von mir!"

„Ich dachte nur an deinen Nacken und daran, was wohl den Bandscheibenvorfall verursacht haben könnte. Ich könnte es verstehen."

„Wieso? Ach, du meinst… nein, das kann ich nicht glauben, dass du mir das zutraust."

„Nein, mein Kind, das tue ich auch nicht, ich wollte es nur von dir bestätigt haben."

In die Augen sehen konnte sie ihm nicht, obwohl er aufstand und ihr direkt ins Gesicht sah. Sie glaubten sich gegenseitig nicht.

Irgendetwas war da, das sie ihm nicht erzählte. Vielleicht hatte sie Marie-Sophie nicht direkt selbst verschwinden lassen, aber jemanden beauftragt? Oder sie hatte etwas getan, was in der Folge zu deren Verschwinden geführt hatte. Es blieb ein mulmiges Gefühl, das nicht weggehen wollte, weil er ihr nicht glaubte und sie dies spürte.

„Papperlapapp!“, hatte Nadja gesagt, als Hetzer wieder anrief. „Zimt!“, lachte sie in die Muschel. „Ein typischer Fall von medizinischem Halbwissen!“

„Es stimmt also nicht?“, fragte Wolf.

„Nein, der Wirkstoff im Zimt, übrigens besonders stark in Cassia-Zimt, ist das Cumarin. Soweit stimmt die Sache. Aber die Mittel zur Gerinnungshemmung werden aus Cumarin-Derivaten wie zum Beispiel Warfarin oder Phenprocoumon gemacht. Das ist etwas ganz anderes und wirkt einfach auch anders.“

„Dann hemmt Cumarin die Gerinnung also nicht?, wollte Kruse wissen.

„Nicht die Bohne! Du kriegst vielleicht Kopfschmerzen, Erbrechen und Schwindel, aber damit hat es sich dann auch schon. Apropos Bohne, in der Tonka-Bohne ist auch viel Cumarin. Man verwendet es als Duftstoff.“

„Mist!“, sagte Hetzer. „Das wäre doch sonst eine gute Möglichkeit gewesen, jemandem etwas unterzumischen.“

„Das sehe ich nicht so, denn jeder hätte es geschmeckt.“

„Stimmt auch wieder, Nadja.“

„Dann hätte man schon lieber Rattengift nehmen sollen. Da ist auch Wafarin drin. Aber ich weiß aus dem Kopf nicht, ob es für Menschen in dieser Konzentration schädlich ist. Wahrscheinlich nicht, falls es frei verkäuflich ist.“

„Dann hatte diese Anke also keine Ahnung, dass es da einen Unterschied gibt. Können wir sie deshalb als Täter ausschließen?“, überlegte Hetzer laut.

„Das denke ich nicht. Sie wird die Arzneimittel der Allgemeinmedizin gekannt haben und hatte Zugriff auf diese Medikamente. Oder kennt ihr einen Arzt, der alles wegschließt? Von Betäubungsmitteln einmal abgesehen. In den Schubladen der niedergelassenen Ärzte findest du als medizinische Fachangestellte alles, was du brauchst. Vom Bluthochdruckmittel angefangen über Entwässerungstabletten und Antibiotika oder Magensäureblocker. Mit viel Glück erwischst du sogar mal einen schönen Tranquilizer. Sie wusste mit Sicherheit, was Patienten für Medikamente brauchen, die ihre Gerinnung andauernd im Labor kontrollieren lassen müssen. Darauf könnt ihr Gift nehmen!"

„Gut", sagte Hetzer, „oder auch überhaupt nicht gut, denn das hat uns wieder keinen Schritt weitergebracht. Aber danke, Nadja. Du bist wirklich ein chemisches Ass."

„Kein Thema!", sagte sie lächelnd und legte auf.

In diesem Moment klingelte das Telefon und Wolf Hetzer hätte es beinahe fallen lassen. Er sah aufs Display. Endlich, es war Seppi.

Sven war noch nicht wieder aus seinem Koma erwacht.

Seitdem er im Betrieb mehr oder weniger durch Zufall vom tödlichen Unfall seines Freundes gehört hatte, war für ihn eine Welt eingestürzt.

Wie in Trance hatte er die Firma verlassen und war in seine Wohnung gegangen. Auf dem Weg schaffte er es gerade noch, sich eine Flasche Wodka zu besorgen. Den soff er, bis er nichts mehr sah und einfach nach hinten kippte.

Aber es brachte nichts. Am nächsten Tag war das Bewusstsein wieder da, und er fühlte sich zusätzlich schlecht.

Ein Arzt, den er später aufsuchte, verschrieb ihm eine Dosis Tavor gegen die Panikattacken und Schlafstörungen.

Ein Mensch sei gestorben, der ihm mehr als nahe stand, hatte er gesagt und auch, dass er damit nicht fertigwerde. Der Autounfall, er habe ihn direkt vor Augen. Überall sähe er Blut und höre Schreie.

Doch das entsprach nicht der Wahrheit. Er selbst war gestorben mit Thomas, den er mehr liebte als sich selbst. Nur den Körper betäubte er, aber die Leere in ihm blieb wach.

Es interessierte ihn auch nicht mehr, was der Schatten über Marie-Sophie zu berichten hatte. Er hatte ohnehin ihre Spur verloren.

Ob Thomas' Frau noch lebte, wusste er nicht. Es war nicht mehr wichtig, weil es niemanden mehr gab, um den es zu kämpfen lohnte.

Das Gespräch mit Seppi von der Spurensicherung ergab, dass auf der Schere tatsächlich die Fingerabdrücke von Anke Tatge vorhanden waren. Auch das Haar war eindeutig von ihr. Peter hörte per Lautsprecher mit.

Sie mussten Seppis Freude allerdings dämpfen. Er hatte sich den großen Durchbruch mit seiner Entdeckung erhofft.

„Das Haar ist letztendlich auch kein handfester Beweis. Die Frauen arbeiteten zusammen. Frau Tatges Fingerabdrücke können auch schon vorher auf der Schere gewesen sein, bevor jemand sie genommen hat, um Frau Schulze zu verletzen“, gab Hetzer zu bedenken.

„Sicher, das ist möglich, aber sie waren schon sehr klar zu erkennen, wenn auch einige diffus verwischt waren“, wandte Seppi ein.

„Hätte ein Mörder denn seine Spuren nicht beseitigt, also die Schere abgewischt?“, fragte Peter.

„Na, ich würde es tun!“, lachte Seppi, „aber ich bin kein Maßstab.“

„Vielleicht wollte der Mörder ja, dass Spuren von Frau Tatge auf der Schere zu finden sein würden“, sagte Wolf.

„Du meinst, es will sie jemand bewusst beschuldigen?“ fragte Peter.

„Nun ja, richtig beliebt war sie ja nicht, oder?“ Hetzer dachte nach. „Wir sollten Dr. Wiebking fragen, wer in der Praxis für die Pflege der Instrumente zuständig war. Dann wissen wir mehr.“

„Sagt mal“, warf Seppi ein, „und dieser Arzt, könnte der nicht auch als Täter infrage kommen? Vielleicht hatte die Schulze ein Verhältnis mit ihm und er wollte sie loswerden.“

„Unwahrscheinlich“, sagte Peter. „Wenn ich mich recht erinnere, hatte er auch ein Alibi für den Abend.“

„Hatte er“, bekräftigte Wolf, „durch seine Frau. Ich glaube auch nicht, dass er etwas damit zu tun hat, aber wir müssen ihn sowieso noch mal befragen.“

„Gut“, sagte Seppi resigniert, „dann war mein Einsatz leider für die Katz.“

„Nicht unbedingt, Seppi.“ Hetzer rieb sich das Kinn. „Würdest du sagen, dass die zum Teil verwischten Abdrücke dadurch entstanden sein könnten, dass jemand die Schere mit Handschuhen benutzt oder angefasst hat?“

„Ja, das könnte möglich sein.“

„Halt, Wolf“, unterbrach Peter, „ich weiß, was du jetzt denkst, aber auch das beweist gar nichts.“

„Was denke ich denn?“

„Du glaubst, jemand habe bewusst diese Anke beschuldigen wollen, aber es könnte auch sein, dass der Täter nichts davon gewusst hat, dass Ankes Fingerabdrücke auf der Schere waren.“

Hetzer stöhnte. „Wir drehen uns wieder im Kreis, Leute!“

„Dann macht mal schön weiter!“, frotzelte Seppi. „Falls ihr wieder meine Zeit stehlen wollt, meldet euch einfach.“

„Peinlich“, sagte Wolf, als er aufgelegt hatte.

„So ein Quatsch“, antwortete Peter. „Das ist doch ganz klar, dass manche Wege ins Leere laufen, aber man muss doch in alle Richtungen denken dürfen.“

„Stimmt schon, wir sollten jetzt erst noch mal diesen Arzt befragen, ob sein Personal freien Zugang zu den Medikamenten hatte und wer für die Instrumente verantwortlich war. Da fällt mir noch etwas Aberwitziges ein", grübelte Wolf laut vor sich hin, „was, wenn Frau Tatge genau diesen Umstand ausgenutzt hat, dass ihre Fingerabdrücke sowieso auf den Instrumenten sind."

Peter lachte. „Super Wolf, auch eine klasse Idee, die uns nicht weiterbringen wird!"

Moni saß auf dem Sofa und hatte Angst. Nackte Angst. Ein diffuses Gefühl, dass etwas über ihr zusammenschwappen würde wie ein Tsunami, ein Drama, das sie selbst nicht mehr beherrschen konnte und in dem sie Hauptdarstellerin war.

Nein, sie hatte sich nichts anmerken lassen. Wolf durfte davon auf keinen Fall etwas wissen. Er hätte sich Sorgen gemacht, aber jetzt musste sie ihn einweihen.

Am Freitag schon sollte sie stationär ins Mindener Klinikum aufgenommen werden. Proben sollten aus den mysteriösen Knoten in ihren Brüsten entnommen werden, die bei der Mammographie auffällig gewesen waren. Wenn Aisha nicht gewesen wäre, wäre Wolf so eine kurze Abwesenheit vielleicht gar nicht aufgefallen. Er nahm Lady Gaga immer mit, wenn sie mal ein, zwei Tage fort war, aber nun war zusätzlich die Hündin von Frau Schulze zu betreuen.

Zuerst hatte sie überlegt, ob sie flunkern solle, hatte den Gedanken aber rasch wieder verworfen. Sie waren Freunde, und Moni war ein ehrlicher Mensch.

Seit jener Nacht hatte sie Wolf immer wieder von der Seite angesehen, wenn er gedacht hatte, sie merke es nicht. Aber sie fühlte seine Blicke und litt. Wie gerne hätte sie ihren Gefühlen nachgegeben und wäre zu ihm gegangen, hätte sich angelehnt und geweint. Nein, sie durfte ihn nicht zusätzlich belasten. Er trug schon so schwer an seinen Gedanken und an dem Fall, der ihn so mitnahm. Da wollte sie nicht zu einer weiteren Last auf seiner Seele werden.

Wenn er heute zum Abendessen kam, würde sie ihm ganz nüchtern reinen Wein einschenken. Er musste Aisha dringend woanders unterbringen. Sie konnte die Versorgung nicht übernehmen, wenn sie frisch operiert war.

Die Angst lastete schwer auf ihr. Sie fühlte sich, als ob ihre Brüste nicht länger zu ihr gehörten. Sie waren Träger und Unterschlupf des Unheils. Solange nicht eindeutig bewiesen war, dass die Knoten nichts weiter als harmlose Ablagerungen waren, gehörte sie zu ihnen. Zu jenen, die auf einmal bemerkten, dass das Damokles-Schwert des Todes immer über allem Lebendigen schwebt.

Zwischen zwei Patienten empfing Dr. Wiebking die Kommissare Hetzer und Kruse. „Bitte fassen Sie sich kurz, meine Herren, Sie sehen ja, wie voll das Wartezimmer ist“, bat Heiner Wiebking.

„Wir haben nur wenige Fragen“, sagte Wolf Hetzer und dankte dem Arzt, dass er sich die Zeit nahm. „Sagen Sie, wer in der Praxis ist für die Pflege der Instrumente verantwortlich?“

„Bisher Frau Tatge, manchmal auch Frau Schulze, jetzt hat es Frau West aus dem Labor übernommen.“

„Wie wird da vorgegangen, technisch meine ich?“, fragte Wolf.

„Benutzte Instrumente werden zunächst in eine Reinigungslösung gegeben, dann werden sie abgewaschen und abgetrocknet. Anschließend kommen sie in Hüllen aus Papier und Kunststoff, die dann in den Sterilisator gelegt werden. Nach ungefähr dreißig Minuten im Gerät sind sie steril, müssen dann aber noch trocknen“, erklärte der Arzt.

„Werden bei der Arbeit Handschuhe getragen?“, wollte Peter wissen.

„Zum Teil“, Wiebking legte seinen Stift aus der Hand, „beim Abwaschen sollten auf jeden Fall noch Handschuhe getragen werden. Wenn die Instrumente in die Sterilisationstüten gesteckt werden, könnte ich mir vorstellen, dass diese Tätigkeit ohne Handschuhe verrichtet wird, da die Tüten zugeklebt werden müssen. Sonst bleibt man leicht mit dem Latex am Klebestreifen hängen. Aber da fragen Sie am besten Frau West, bevor Sie gehen.“

„Ja, vielen Dank, das werden wir!", sagte Peter.

„Eine Frage noch", Hetzer hinderte Peter am Aufstehen, „die Medikamentenmuster, die Sie in Ihrer Praxis aufbewahren, sind die für jeden Mitarbeiter leicht zugänglich?"

„Sicher, sie müssen doch von meinen Damen immer in die Schubladen absortiert werden. Sie sind alphabetisch geordnet."

„Dann könnte sich also jede bedienen, wenn sie etwas für sich selbst braucht?", fragte Hetzer.

„Das will ich nicht hoffen", sagte Wiebking empört, „aber es ist schon vorgekommen, dass meine Angestellten gefragt haben oder ich ihnen etwas ausgehändigt habe, wenn sie krank waren."

„Es könnte also sein, dass sich jemand ein gerinnungshemmendes Mittel aus der Schublade genommen hat?", hakte Wolf nach.

In Dr. Heiner Wiebking schlugen die Gedanken Purzelbäume.

„Das wäre ohne vorheriges Fragen Diebstahl und hätte eine fristlose Kündigung zur Folge. Was vermuten Sie denn?"

„Sie erinnern sich doch, dass unsere Rechtsmedizinerin Frau Dr. Serafin Sie gefragt hat, ob Frau Schulze ein Medikament eingenommen hat, das ihre Blutgerinnung herabsetzt."

„Ja", antwortete Wiebking, ihm schwante etwas Schreckliches.

„Können Sie sich vorstellen, dass jemand aus Ihrer Praxis ein solches Medikament entwendet und Frau Schulze heimlich verabreicht hat?" Genau vor dieser Frage hatte sich Heiner Wiebking gefürchtet.

„Auf keinen Fall! Selbst wenn es unter den Damen gelegentlich Unstimmigkeiten gegeben haben sollte, so etwas würde niemand wagen, das ist lebensgefährlich!“

„Ihr Wort in Gottes Ohr!“ warf Kruse pathetisch in den Raum.

„Wie können Sie so sicher sein?“ fragte Hetzer.

„Das kann ich natürlich nicht, aber es ist völlig abwegig“, erwiderte Wiebking bestimmt. „Wenn Sie keine weiteren Fragen haben, würde ich jetzt gerne mit der Sprechstunde weitermachen.“

„Wir dürfen uns doch wieder an Sie wenden, Herr Dr. Wiebking, wenn noch neue Fakten auftauchen?“

„Selbstverständlich, am besten natürlich nicht unbedingt, wenn ich Patienten habe, aber manchmal lässt sich das wohl nicht vermeiden.“

„So ist es!“, sagte Wolf Hetzer und stand auf. Peter folgte ihm und musste sich fast bücken, als er durch den Türrahmen ging. Seine Haare streiften bereits das Metall.

Als Dr. Wiebking endlich seine Praxis zuschließen konnte, atmete er auf. Das Gespräch mit den Kommissaren hatte ihn den ganzen Nachmittag beschäftigt. Er beschloss, bei Anke einen Hausbesuch zu machen. Eigentlich hatte er erst am Freitag wieder nach ihr sehen wollen, aber diese unselige Geschichte mit dem Marcumar ging ihm nicht aus dem Kopf.

Als es klingelte, überlegte Anke, ob sie es sich überhaupt antun sollte, zur Tür zu gehen. Jedes Aufstehen und wieder Hinlegen war eine Tortur. Sie erwartete niemanden.

Ihr Vater, der inzwischen nach Hause gefahren war, hatte einen Schlüssel. Es gab also keinen Grund, sich aufzuraffen. Sie blieb liegen.

Wenig später klopfte es an ihrer Wohnungstür. Dr. Wiebking hatte beim Nachbarn geklingelt. Er hatte gemeint, das Flimmern des Fernsehers bei Anke gesehen zu haben und war überzeugt, dass sie da sein müsse. Es klopfte lauter.

„Moment!", rief sie und nahm im Zeitlupentempo eine halbwegs aufrechte Haltung an. Die Halskrawatte stützte ihre Wirbelsäule zwar, aber das Gewicht des Kopfes war so unangenehm, als ob ihr jemand zusätzlich zwei Zentner aufgeladen hatte. Sofort schoss der Schmerz in den rechten Mittelfinger. In beiden Armen kribbelte es. Schwerfällig schleppte sie sich zur Haustür und fragte:

„Wer ist denn da?"

„Hallo Anke, ich bin's, Heiner. Ich wollte mal nach dir sehen."

Heiß und kalt durchzog es sie. Sie war seit heute Morgen nicht frisch gewaschen und konnte jetzt kein Deo mehr benutzen. Ihre Haare hatten sich aus dem Zopf gelöst. Sie war ungeschminkt.

„Warte, Heiner, ich hole den Schlüssel."

Das sagte sie, um Zeit zu gewinnen. Er steckte längst in der Tür. Im Flurspiegel machte sie sich so gut sie konnte zurecht, flocht den Zopf neu, kniff sich in die Wangen. Dann zog sie am Schlüssel, steckte ihn wieder ins Schloss und drehte ihn herum.

Als die Tür aufging, war Heiner erschüttert, wie schlecht sie aussah. Er versuchte den Eindruck zu überspielen und sagte: „Anke, also du machst ja Sachen. Wie geht es dir?"

„Schlecht!", antwortete sie. „Ich muss unters Messer, wenn ich keine bleibenden Schäden haben will. Und du weißt, wie ungern ich zu Hause bin. Ich würde hundert Mal lieber in der Praxis sein, von mir aus auch am Wochenende. Bloß kein untätiges Rumliegen. Da drehe ich durch."

„Hast du die Bilder vom MRT da und die vom Röntgen?", fragte er mit trauriger Stimme.

„Sie liegen auf dem Esstisch. Tu dir keinen Zwang an. Die Fotos vom Wrack liegen in dem braunen Umschlag. Du entschuldigst, wenn ich mich wieder hinlege?"

„Sicher, soll ich dir helfen?"

„Nein. Das schaffe ich noch."

Heiner nahm den großen Umschlag vom Tisch. Er enthielt einige schwarz-weiße Röntgenbilder und eine DVD mit den MRT-Aufnahmen.

„Ich hole mal eben meinen Laptop aus dem Wagen“, sagte er. „Die Tür lehne ich an. Bis gleich.“

Wenige Minuten später war er wieder da. Sein Handy klingelte.

„Wiebking.“

„Hier ebenfalls! Sag mal, wolltest du nicht heute pünktlich zum Essen zu Hause sein?“

„Mist!“, entfuhr es Heiner, er sah auf die Uhr. „Gib mir noch eine halbe Stunde. Ich bin gleich da.“

„Dann musst du dir das Essen warm machen. Wo bist du denn?“

„Bei Anke auf Hausbesuch. Ich gucke mir gerade die Bilder vom MRT an.“

„Aha, das konntest du nach dem Essen nicht?“, fragte sie ironisch.

„Doch, entschuldige bitte, ich erkläre dir das später.“

„Nicht nötig!“, sagte sie. „Du wirst deine Gründe haben.“

„Ja“, gab er zerknirscht zurück. „Bis später!“

„Na, Stress zu Hause?“, fragte Anke.

„Wie man's nimmt. Ich bin zu spät dran, wegen des Essens.“

„Dafür sollte deine Frau aber doch Verständnis haben.“

„Hat sie ja auch.“

„Das war ein Aber-Satz.“

„Sie hatte mir extra gesagt, dass ich pünktlich sein soll, aber ich wollte eben noch schnell nach dir sehen.“ Er dachte an das Marcumar.

„Danke!“, sagte sie und strahlte ihn an. Ihm wurde mulmig bei diesem Blick. Er wechselte das Thema und vertiefte sich in die Aufnahmen.

„Ja, das muss wirklich operiert werden“, sagte er und nickte dabei. „Du wirst sehen, hinterher bist du wie neu!“

„Klar“, flüsterte sie, „wenn alles gut geht! Wenn nicht, bin ich ein Krüppel und lande im Rollstuhl.“

„Nun sieh mal nicht alles so schwarz!“

„Ich habe eine Scheiß-Angst, Heiner. Kannst du das nicht verstehen? Runderneuert hin oder her, wofür das alles?“

„Na, für dich!“, sagte er. „Du hast doch noch dein ganzes Leben vor dir!“

„Ach ja, und was ist das für ein Leben?“ Sie legte ihre Hand auf die seine. Da begriff er endgültig, was zu wissen er immer verdrängt hatte.

„Das muss jeder für sich selbst herausfinden. Ich habe mich für eins mit meiner Frau, unseren Kindern und der Praxis entschieden.“ Er sagte dies mit Nachdruck, zog seine Hand zurück und tätschelte vorsichtig ihre Schulter.

Wie bei einem Pferd, dachte sie und wäre gerne weggegangen, wenn ihr Nacken nicht gewesen wäre. Tränen stiegen in ihre Augen.

„Sag mal“, fing Heiner an, der die heraufziehende Feuchtigkeit nicht bemerkt hatte, „gibt es irgendetwas, was du mir sagen solltest? Hast du irgendwas auf der Seele?“ Er wollte ihr eine letzte Chance geben, ihr Gewissen zu erleichtern.

„Das willst du nicht hören“, gab sie zurück und dachte an ihre Sehnsucht nach ihm.

„Dann ist da also etwas Wahres dran?“, fragte er. „Ich kann es nicht glauben!“

„Für seine Gefühle kann man doch nichts“, erwiderte sie und begann zu weinen, weil er sie nicht in die Arme nahm.

„Ja, aber deswegen musstest du ihr doch kein Marcumar untermischen! Du weißt doch, wie gefährlich das ist." Er war fassungslos, dass Anke Marie augenscheinlich als Konkurrenz empfunden hatte.

„Was?", schrie sie und das Kribbeln in ihren Armen nahm zu. „Das denkst du von mir? Geh bitte! Und ich dachte, du seist mein Freund."

Er erhob sich. Ihre Worte glaubte er ihr nicht. „Du hast sie gehasst und wolltest sie loswerden. Sie war dir ein Dorn im Auge. Ich hätte Frau Schulze zuhören sollen, als sie zu mir kam, aber ich hätte es nie für möglich gehalten, dass…"

„Hau ab!", schrie sie, blind vor Tränen. „Ich will dich nie wiedersehen. Alles habe ich immer nur für dich getan. Geh zurück zu deiner tollen Marion und fick sie alle schön, die Praxishäschen, aber keine wird dich jemals so lieben wie ich! Keine! Auch diese Marie nicht, falls sie noch lebt. Schönheit ist nicht alles…"

„So, du meinst, der Charakter zählt?", fragte er kalt und zog seinen Mantel fester um sich. „Das stimmt! Darum wärst du auch nie für mich als Partnerin infrage gekommen, vor allem jetzt nicht, wo ich dich richtig kennenlernen durfte. Ich möchte dich nie wiedersehen. Leb wohl, wenn du kannst!"

Mit diesen Worten nahm er seinen Laptop unter den Arm und knallte die Tür.

Er war hin- und hergerissen. Was sollte er tun? Es war nicht zu beweisen, aber er war sicher, dass sie Marie-Sophie das Marcumar gegeben hatte. Das war unverzeihlich, lebensgefährlich – eine Straftat in seinen Augen und Diebstahl war es auch. Sollte er sie anzeigen? Nein, sie war schon genug bestraft mit sich selbst, mit ihren Krankheiten, die vielleicht ein Spiegel ihrer

Seele waren. Er würde morgen die fristlose Kündigung schreiben.

Auf der Fahrt nach Hause musste er tief durchatmen. Was für eine Schlange hatte er da an seinem Busen genährt? Ein böses Weib, das sich auch noch einbildete, er könne etwas für sie empfinden.

Sie war immer eine gute Mitarbeiterin gewesen. Das hatte er wenigstens gedacht, aber die Ermittlungen der Polizei und jetzt auch seine eigenen Erfahrungen zeigten eine ganz andere Frau.

Er schüttelte sich, als wolle er die letzte Stunde loswerden wie Regentropfen, die sich in seinen Haaren verfangen hatten.

„Wie findest du eigentlich diese Freundin Anna?", fragte Peter Kruse ganz nebenbei, als sie in Richtung Kleinenbremen fuhren.

„Och, ganz nett so weit, wieso?"

„Nur so, ich fand sie auch ganz in Ordnung. Das ist nur ein Eindruck aus der Befragung von neulich. Irgendwie ein Lichtblick in diesem ganzen Gemobbe und Gezicke. Du kannst doch sagen, was du willst. Oberflächlich mag in dieser Praxis ja alles wunderbar gewesen sein, aber in Wirklichkeit hat doch die Tatge alle geknechtet - mehr oder weniger."

„Ja, und die Leslie West aus dem Labor scheint im Untergrund zu Marie-Sophie gehalten zu haben. Gut, dass wir nur zu zweit sind, wir müssen uns mögen!" Hetzer lachte.

„Und trotzdem kommen wir nicht weiter. Wir haben wahrscheinlich ein Verbrechen, möglicherweise einen Mord, aber keine Leiche und etliche Verdächtige. Meinst du nicht, diese Anna weiß noch mehr? Sollten wir sie nicht noch mal befragen?"

„Na, wer wird denn da gedanklich seiner Nadja untreu? Apropos Nadja… wart ihr eigentlich zusammen essen?"

„Äh ja, also nein, wir mussten das Ganze verschieben. Sie bekam überraschend Besuch von einer Freundin aus Hannover."

„Und da gibst du gleich auf und hältst nach neuen Ufern Ausschau?" „Nee, so kannst du das auch nicht sagen, aber ich bin ja nicht verheiratet oder blind!" Peter zog eine Grimasse.

„Toll, dass du das beides in einem Atemzug erwähnst!", sagte Wolf und stach seinen Kollegen in die Seite. Er hatte eben vor Peters Haus angehalten. „Endstation, Alter, raus mit dir!"

„Ach ja, ich krieg ja heute von dir gar nichts zu essen. Ich hab noch Schweinebraten von Tante Gerda", sagte Peter genüsslich.

„Und ich esse heute bei Moni." Hetzer streckte sich.

„Das mir das nicht überhand nimmt mit euch beiden", lachte Kruse laut beim Aussteigen, „aber fleischliche Genüsse sind zumindest ihr fremd."

Hetzer lächelte süffisant. „Na, das lass mal meine Sorge sein."

Als Wolf Hetzer in seine Einfahrt einbog, sah er Lady Gaga und Moni schon an der Haustür stehen. Er wunderte sich kurz und hoffte, dass nichts Unvorhergesehenes geschehen war. Sie hatte doch für ihn kochen wollen, oder hatte er das falsch verstanden?

„Komm rein, Wolf!", sagte sie. Ihm stieg ein köstlicher Duft in die Nase.

„Ach, hast du bei mir gekocht?"

„Ja, ich dachte, die Kater und Gaga kämen sonst zu kurz. Ich hoffe, es war dir recht."

Wolf nickte, freute sich und streichelte Gagas haarigen Kopf zwischen den Stehohren.

„Gute Idee", sagte er, „was gibt es denn?"

„Pizza - natürlich selbst gemacht."

„Lecker!"

„Du kannst dich schon setzen und uns Wein einschenken."

Hetzer ging ins Wohnzimmer. Er fand, dass das ein lustiges Gefühl war, dass er nach Hause kam und jemand in seiner Küche für ihn gekocht hatte. Er fühlte sich ein bisschen so, als ob er in seinen eigenen vier Wänden eingeladen war. Die Perspektive hatte sich für einen Moment verändert.

Moni hatte den Tisch liebevoll gedeckt und mit frischen Sommerblumen dekoriert. Die Kater hatten sich bereits ein Blatt Queckengras aus dem Strauß gezogen. Sie kauten unter dem Tisch. Wolf lächelte. Für jeden war gesorgt. Er setzte sich auf seinen gewohnten Platz und goss den San Lorenzo in zwei Gläser. Moni kam mit zwei dampfenden Tellern.

„So, bitte sehr Wolf, lass es dir schmecken!", sagte sie.

„Es duftet köstlich. Guten Appetit."

„Dir auch."

„Sag mal, hab ich irgendwas verpasst? Ist heute ein besonderer Tag?"

Sie lächelte. „Nein, es ist ein Tag wie immer", und wollte das selbst glauben, wenigstens während des Essens.

„Dann ist ja gut, nicht dass ich irgendetwas Wichtiges vergessen hätte."

„Genieß einfach das Essen, Wolf, und denk nicht so viel. Prost!"

Sie brachten die Gläser zum Klingen und tranken den dunkelroten Wein. Etwas stimmte nicht. Moni war nicht sie selbst. Er wusste nicht, woran das lag. An der Nacht und dem Schweigen danach? Sie hatten nur aneinandergelegen, wie früher auf dem Sofa. Es war nichts passiert, wenigstens nicht offensichtlich, aber vielleicht doch in ihnen. Dass sie nie darüber gesprochen hatten, stand das wie eine Mauer zwischen ihnen? Er hatte nie gefragt. Sie hatte nichts gesagt. Der Fall, vielleicht eher Marie-Sophie, hatte ihn beschäftigt. Plötzlich wusste er, was ihn störte. Die Situation fühlte sich wie ein Abschied an. Ein undefinierbares Ziehen machte sich in seinem Körper breit. Der Gedanke tat weh.

„Wolf? Wo bist du mit deinen Gedanken?"

Er wagte die Flucht nach vorn. Die Dinge mussten geklärt werden. „Bei uns!"

Sie zuckte zusammen.

„Wie meinst du das?“

„Wir haben noch nicht über die Nacht von neulich gesprochen.“

„Das müssen wir auch nicht.“

„Und wenn ich es möchte?“

„Warum willst du das? Wir sind Freunde. Wir haben schon oft zusammen auf dem Sofa übernachtet. Es war nur ein anderer Ort.“

„Hat es sich für dich gleich angefühlt?“ Wolf tat alles weh bei dieser Frage, weil er die Antwort nicht kannte. Er traute sich nicht, ihr in die Augen zu sehen, aber sie sagte nichts. Da sah er sie an, sah, dass sie leise weinte.

„Morgen muss ich ins Krankenhaus.“ Ihre Stimme war fast unhörbar. „Wir müssen eine andere Bleibe für Aisha finden.“

Wolf war sprachlos. Die Angst, die er gefühlt hatte, manifestierte sich. Weil sie weinte. Sie bekam Gesichter, formte sich aus den Tränen in das von Moni und Marie oder seiner Verlobten. Ich bin ein Fluch für die Menschen, die ich liebe, dachte er. Sie sind zum Sterben verurteilt. Ich sollte aufhören zu lieben. Noch bevor er wusste, weswegen Moni fort musste, war er sicher, dass es etwas Endgültiges war. Er hätte sie gerne in den Arm genommen, aber er konnte sich nicht bewegen. Seine Beine gehorchten ihm nicht. Er war regungslos.

„Hast du gehört, was ich gesagt habe?“, riss Moni ihn aus seinen Gedanken. „Wir müssen jemanden für Aisha finden, heute noch!“

Es klang dringend.

„Weshalb?“, fragte er gelähmt.

„Weil ich ins Krankenhaus muss.“

„Nein“, sagte er monoton, „ich wollte wissen, warum du dorthin musst.“

„Ich habe Knoten in der Brust. Sie müssen nachschauen, ob es Krebs ist.“ Monis Stimme zitterte, aber sie nannte die Dinge beim Wort. Es machte keinen Sinn, um den heißen Brei herumzureden. Zeit war kostbar geworden.

„Ich liebe dich!“, sagte er und war selbst von seinen Worten überrascht, die ganz aus dem Innersten kamen und endlich gesagt werden mussten. „Und ich möchte dich nicht verlieren.“ Mit einem Mal wusste er, dass das für sein Leben ganz entscheidend war. Nichts war je wichtiger gewesen. Von allen Menschen, die er je geliebt hatte, war sie die Einzige gewesen, die er selbst so nahtlos in sein eigenes Leben eingefügt hatte, als ob ihre Anwesenheit selbstverständlich war. Wie Wasser oder Luft. Warum musste er das erst jetzt erkennen? Die Verbindung zwischen ihnen war untastbar gewesen. Er hatte sich nie die Frage gestellt, wie es ohne sie wäre, weil der Gedanke so absurd war.

Moni war bei seinen Worten zusammengezuckt. Sie stand auf und ging in die Küche. Das Messer der Furcht in ihm bohrte sich tiefer. Er folgte ihr, stand hinter ihr und der Spüle.

„Moni“, sagte er sanft, „ich wollte dir nicht zu nahetreten, aber ich wollte, dass du es weißt, jetzt, wo ich es endlich begriffen habe.“ Er legte ihr eine Hand auf die Schulter. „Es ändert sich nichts zwischen uns, wenn du es nicht willst!“

„Ich bin fast sechzig“, sagte sie resigniert, „und vielleicht krank.“

„Und“, fragte er, „was soll mir das sagen? Glaubst du, das beeinflusst meine Gefühle?“

Sie drehte sich um und sah ihn an. „Ich habe Angst!“, sagte sie. „Angst, zu alt für dich zu sein, Angst, krank zu sein, Angst, dich zu lieben, weil ich nicht weiß, wie viel Zeit uns noch bleibt.“

Er kam näher, nahm ihr nasses Gesicht in seine Hände und flüsterte: „Und das hält dich vom Lieben ab?“

„Nein…“

„Dann tu's doch einfach!“

Sie lächelte. Er wischte die Tränen von ihrer Wange und drückte sie an sich. Es fühlte sich gut und richtig an.

„Komm“, sagte er, „wir lassen alles stehen und liegen für etwas ganz Wichtiges.“

Dann nahm er ihre Hand, führte sie zum Sofa.

„Ich möchte einfach deine Nähe spüren. Lass uns langsam beginnen, einander neu kennenzulernen.“

Sie nickte und legte sich auf die Seite. Er kroch hinter sie, wie sie es schon oft gemacht hatten, aber heute war es anders. Wie ein Bild, das endlich vollkommen war. Es war vertrauter und intimer als alles andere, was sie noch vor sich hatten, wenn die Zeit gekommen war.

Tränen liefen über Ankes Gesicht, noch bevor Heiner ihre Wohnung verlassen hatte. Es waren Tränen der Wut, der Traurigkeit und des Schmerzes. Schmerz konnte so viele Gesichter haben. Er hatte sie ihr ganzes Leben lang begleitet, in gescheiterten Beziehungen, Krankheiten und Ängsten.

Die Praxis war ihr Mittelpunkt gewesen, ihr Lebenshalt, ihr Lebensinhalt - und das Arbeitsverhältnis zu Heiner die einzig feste Beziehung, die sie jemals gehabt hatte. Bis jetzt, bis durch einen dummen Zufall herausgekommen war, dass sie um ihren Platz im Leben gekämpft hatte. Was war denn so schlimm daran gewesen, fragte sie sich? Das musste doch jeder einsehen.

Aber Heiner hatte es nicht verstanden. Der, von dem sie immer geglaubt hatte, er sei so wie sie. Loyal, arbeitsversessen und treu. Sie konnte nicht fassen, dass er sich in einem Moment von ihr losgesagt hatte, im Bruchteil einer Sekunde gemeinsame Jahre fortgeworfen hatte, als hätten sie ihm nie etwas bedeutet.

Aber vielleicht hatte sie ihm nie etwas bedeutet, grübelte sie? Vielleicht war alles Einbildung gewesen, jede Geste, jeder wissende Blick? Vielleicht hatte er das nur ausgenutzt, dass sie ihm so ergeben war?

Sie kam sich plötzlich benutzt vor. All die Überstunden, die sie unentgeltlich geleistet hatte, waren vergessen. Er hatte alles fortgeworfen. Wegen dieser blöden Schlampe Marie. Sie hoffte, dass sie wirklich tot war und in der Hölle schmorte. Da, wo sie hingehörte.

Doch was blieb ihr noch? Eine Wohnung, in der sie nicht gerne allein blieb, an die sie aber gefesselt war. Einen Vater, der sie aus Pflichtgefühl besuchen kam. Ein Auto, mit dem sie zurzeit nicht fahren konnte. Kollegen, die nicht mehr ihre waren. Freunde hatte sie schon lange keine mehr. Krankheiten, die ihr Angst machten, eine schlimmer als die andere. Wenn es bisher auch noch keine geschafft hatte, sie umzubringen – jetzt konnte sie sich nicht einmal mehr bewegen. Das war schlimmer als der Krebs in ihrem Unterleib.

Wofür und für wen lebte sie eigentlich? Für diese beschissene Wohnung? Damit jemand darin lebte? Da gab es andere. Für sich selbst? Sie konnte sich selbst nicht leiden und darum auch niemand anderen.

Leere machte sich in ihr breit, bis sie ganz davon erfüllt war. Schmerz und Einsamkeit. Sie hatte genug davon.

Vorsichtig richtete sie sich auf dem Sofa auf. Die ganze Halskrawatte hatte sie vollgeheult. Damit war jetzt Schluss! Sie würde es allen zeigen. Sie hatte ihr Leben im Griff und sie bestimmte darüber. Nur sie allein.

Den köstlichen Schweinebraten hatte Peter Kruse noch auf der Zunge, als sein Telefon klingelte. Er verdrehte die Augen. Es war Hetzer. Bitte nicht, dachte er und überlegte, nicht abzunehmen. Sofort hatte er ein schlechtes Gewissen.

„Kruse hier, beim Abendmahl! Hast du die antifleischlichen Gelüste hinter dir gelassen?"

„Kannst du einmal ernst sein?", fragte Hetzer flüsternd.

„Schwierig, was ist denn los?" Wolfs Tonfall war merkwürdig.

„Nur ganz kurz. Hast du eine Idee, wo wir die Hündin von Frau Schulze unterbringen können? Ich will sie nicht ins Tierheim geben. Mit Lady Gaga versteht sie sich nicht."

Peter stutzte. „Ist was mit Moni?"

„Sie kann sich eine Zeit lang nicht um sie kümmern", antwortete Hetzer.

„Muss ich mir Sorgen machen? Sie würde den Hund nie weggeben, wenn es nicht etwas Ernstes wäre!", sagte Peter.

„Das erzähle ich dir später. Denk mal bitte drüber nach und schick mir eine SMS, wenn dir was eingefallen ist. Vielleicht kannst du mir auch abnehmen, die Leute anzurufen?", bat Wolf. „Ich muss jetzt Schluss machen."

„In Ordnung!", antwortete Peter und stand vom Tisch auf. Das hatte nichts Gutes zu bedeuten, fand er.

Im Geiste ging er alle möglichen Leute durch und blieb dann schließlich nicht ganz uneigennützig an Nadja und Anna hängen.

Nadjas Nummer wählte er zuerst. Sie brummte in den Hörer, als sie sich meldete.

„Wehe, wenn was passiert ist. Ich habe Feierabend!"

„Beruhig dich wieder, Nadja, du musst doch nicht immer das Schlimmste von uns denken. Nicht jeder Anruf erfordert deine medizinische Expertise."

„Mann, kannst du schwere Worte am Abend!" Sie lachte. „Ich kann dir noch keinen neuen Termin für unser geplantes Essen sagen, Peter, falls du deshalb anrufst. Tut mir leid. Meine Freundin ist noch hier. Beziehungsstress, weißt du? Sie wohnt erst mal bei mir."

„Schade, aber ich hätte eine Ablenkung für deine Freundin. Wie wäre es, wenn sie sich die trüben Gedanken mit einem Hund vertreibt?"

„Hä? Wie meinst du das? Soll ich ihr vorschlagen, mit Beppo spazieren zu gehen?"

„Ach stimmt ja, da ist ja schon so ein haariges Vieh. Ich wollte euch eigentlich einen anderen vorbeibringen."

„Du hast doch gar keinen Hund", sagte Nadja. „Was redest du da für einen Quatsch?"

„Wir brauchen einen Pflegeplatz für die Aisha von Frau Schulze. Bei Moni kann sie nicht bleiben und Wolf möchte nicht, dass sie ins Tierheim kommt."

„Ach so, sag das doch gleich. Aber mir reicht ein Hund hier im Haus. Soll ich mich umhören?"

„Ja, mach das bitte! Wenn sich sonst schon etwas ergeben hat, ist es ja auch nicht schlimm."

„Eben! Dann sag ich jetzt mal ‚Tschüss'. Wir sind nämlich gerade beim Essen."

„Okay, alles klar. Bis demnächst."

Peter legte auf und fragte sich, ob er noch daran glauben sollte, dass sie jemals zusammen essen gehen würden.

Es bereitete Anke Tatge große Mühe, in ihren Wagen zu steigen. Sie brauchte frische Luft. Sie musste raus. Scheißegal, ob sie Auto fahren durfte oder nicht.

Der Schmerz war allgegenwärtig. Sie würde ihn besiegen. Nichts anderes war mehr wichtig.

Über Vehlen, Echtorf und Tallensen fuhr sie nach Meinsen und von dort in Richtung Rusbend. Kurz vor dem Restaurant „Schäferhof" bog sie in den kleinen, asphaltierten Wirtschaftsweg ab.

In ihren Kofferraum hatte sie einen Tritt und einen Spanngurt geladen. Zugkraft 4000 daN. Das sollte reichen.

Zuerst hatte sie überlegt, mit dem Auto in den Mittellandkanal zu fahren. Aber sie war sich nicht darüber im Klaren, ob das sicher genug war. Möglicherweise hätte sie es sich nach dem Eintritt ins Wasser aus lauter Panik noch anders überlegt. Sie wollte auf Nummer sicher gehen.

Es war noch ein altes Seil im Keller. Als sie es gefunden hatte, verwarf sie die Idee. Sie befürchtete, es würde nicht halten. Dann war ihr der zweiteilige Spanngurt ins Auge gefallen, den Manuel in ihrem Keller vergessen hatte. Er hatte ihn zum Vertauen von Lasten auf seinem Anhänger gebraucht. Das Band war unglaublich reißfest. Irgendwo lag auch noch ein Karabiner. Der war so groß, dass sie ihn kaum öffnen konnte. Eigentlich hatte sie die Sachen längst entsorgen wollen.

Diesen ganz Mist von Manuel, der sie auch enttäuscht hatte.

Sie hatte hin und her überlegt, wie es zu bewerkstelligen sein könnte. Der Gurt bestand aus zwei Teilen. Am einen Ende des ersten befand sich eine Befestigungsvorrichtung, auch Ratsche genannt, am anderen ein triangelförmiges Metallstück. Der zweite Gurt hatte ein loses Ende und eines ebenfalls mit Triangel-Öse. Probehalber hatte sie das lose Ende durch die dreieckige Öse desselben Gurtes gesteckt. Eine große Schlinge war entstanden, die sie immer weiter zugezogen hatte, bis gerade noch ihre Hand hindurchpasste. Das lose Ende steckte sie in die Ratsche des zweiten Gurtes. So konnte es klappen, hatte sie gedacht und die Utensilien mühsam im Wagen verstaut.

Es regnete stark auf dem Weg zum Mittellandkanal. Das war gut. So waren bestimmt keine Radfahrer oder Fußgänger unterwegs, die sie stören würden. Ihr war das Wetter jetzt egal. Es war vielleicht schön, dass der Himmel mit ihr weinte. Aber es hatte keine Bedeutung mehr. Seit Heiner mit ihr gebrochen hatte, hatte das Leben seinen Sinn verloren.

Sie parkte unweit der Brücke, nahm die kleine Leiter und den Spanngurt aus dem Kofferraum. Den Karabiner steckte sie in ihre Jackentasche. Sie hoffte, dass der Sprung ausreichen würde, um ihr sofort das Genick zu brechen, wenn der Gurt den Fall stoppte. Das Risiko eines Erstickungstodes wollte sie nicht eingehen. Sie lachte sarkastisch. Da hatte ihr Gewicht ja auch einmal etwas Gutes.

Mit feuchten Fingern befestigte sie Teil eins des Spanngurtes am Geländer der Brücke und sicherte es durch den Karabiner. Es dauerte eine Weile, bis es ihr gelang. Das schwergängige Scharnier rutschte ihr mehrfach durch die Finger. Sie begann zu fluchen. Selbst das hier war noch schwierig. Irgendwann rastete die Triangel-Öse im Karabiner ein. Sie zog daran. Zwei Streben des Brückengeländers sollten reichen. Mühsam fummelte sie das lose Bandende in die Schlitzwelle der Ratsche, zog es durch, zurrte es fest, bis sich mehrere Lagen um die Welle gelegt hatten. Danach sicherte sie das Spannelement. Alles war perfekt. Sie atmete durch.

Jetzt kam der schwierige Teil des Unternehmens - die Überwindung. Sie betrachtete die fünf Zentimeter breite Schlinge in ihrer Hand. Orange stand ihr gut. Es harmonierte mit ihrem dunklen Haar. Wie ein Mahnmal würde sie von der Brücke hängen. Irgendein Binnenschiffer wäre wahrscheinlich der Erste, der sie entdecken würde. Aber das wäre jenseits ihrer Zeit. Ja, das Jenseits, bot es ihr mehr als das Leben? Vielleicht nicht viel, aber auch nicht weniger. Sie hatte nichts mehr zu verlieren.

Sie stieg die zwei Stufen der kleinen Leiter hoch. Wenn nur der Schmerz nicht wäre, dachte sie, aber er war da - in ihrem Körper und in ihrem Herzen - und sie wollte, dass er endlich aufhörte.

Mit einem Ruck riss sie die Halskrawatte ab und warf sie in den Kanal. Der Schaumstoff schwamm gut und tänzelte auf der Oberfläche. So weit komme ich gar nicht, überlegte sie. Mein Weg endet auf halber Strecke, wie im richtigen Leben. Alles nur halb, kein Ankommen.

Doch sie irrte sich.

Ihr Körper erreichte sehr wohl das Wasser. Sie hatte das Gewicht ihres massigen Leibes unterschätzt, der durch den Ruck des Sprungs einfach vom Körper abriss und nach kurzer Verzögerung eintauchte. Die pulsierende Fontäne war das letzte Zeichen von Leben, das sie von sich gab, aber auch sie verging im feuchten Element.

Nur der Kopf, zunächst gehalten vom breiten Band, nickte leicht vornüber und glitt dann aufgrund seines Gewichtes aus der Schlinge, um dem Körper nachzufolgen.

Es war schon dunkel, als Marie-Sophie mit ihrer Hündin Aisha in den Wald ging. Sie trug Handschuhe, auch wenn es nicht kalt war. Mit einer Taschenlampe leuchtete sie auf den Weg. Hier war es uneben und rutschig. Über ihre Schulter hatte sie sich einen Rucksack geschwungen. Sie hatte ihr Vorhaben gut durchdacht, aber jetzt in der Dunkelheit war ihr doch ein wenig mulmig. Aber es musste sein. Nur so konnte sie auf die Missstände aufmerksam machen. Dafür mussten Opfer gebracht werden. Es war ein Schrei, an dem niemand vorbeihören konnte.

Wie schon oft, ging sie vom Nordweg den Pfad zu den Löschteichen hinab. Hier war sie ungestört. Niemand würde sich des Nachts hierhin verirren. Wenn sie nur nicht so erschöpft wäre… Fast wäre sie vorhin auf dem Sofa eingeschlafen und hätte die eigene Planung verschlafen. Sie war entsetzlich müde. Immer noch litt sie unter den Folgen ihrer starken Regelblutung und fühlte sich geschwächt, aber in ihrem Rucksack hatte sie Tabletten, die den Eisenmangel wieder ausgleichen würden. Der Durchschuss hatte sie nicht viel Blut gekostet. Wenigstens nicht offensichtlich. Dafür war der Fuß jetzt angeschwollen und schmerzte immer noch. Sie musste nur aufpassen, dass sie gleich nicht zu viel Blut verlor.

„Aisha, mein gutes Mädchen. Du wirst nicht allzu lange allein sein. Es wird dich jemand hören und dafür sorgen, dass du gut untergebracht wirst. Ich muss fort und kann dich nicht mitnehmen.“ Behutsam tätschelte sie den Kopf des Tieres. Dann verhedderte sie die

Leine der Hündin so in einem dornigen Gesträuch, dass diese sich hinlegen konnte, wenn sie wollte, aber auch ans Wasser des kleineren Löschteiches kam.

In einer Astgabel befestigte sie die Taschenlampe, die jetzt auf den Boden leuchtete. Dann atmete sie tief durch und suchte in ihrem Rucksack nach der Rosenschere. Die Schere war neu und scharf. Vorsichtig desinfizierte sie die Schnittflächen und ließ das Spray trocknen. Ein, zwei Minuten gewann sie dadurch. Doch es half nichts. Es musste sein. Es war der einzige Weg in eine Zukunft ohne Schrecken.

Durch den Latexhandschuh konnte sie ihre Finger schemenhaft sehen. Ja, sie hatte schöne Hände. Das würde auch so bleiben, hoffte sie, wenn sie auch nicht mehr makellos waren. Rechts oder links, überlegte sie. Sie wusste, dass sie nur einen Versuch hatte. Es musste beim ersten Mal klappen. Für ein weiteres Mal würde sie nicht den Mut aufbringen. Du tust es nicht nur für dich, dachte sie, sondern auch für die anderen, die so leiden wie du. Wenn später alles ans Licht kommt, wenn die Presse berichten wird, dann hast du auch ihnen einen Gefallen getan. Auf den kleinen Finger kannst du verzichten.

Sie bückte sich und hob ein Stück Holz auf. Dies klemmte sie zwischen ihre Zähne. Sie wollte unbedingt verhindern, dass sie schrie. Vorsichtig setzte sie die Gartenschere unter dem mittleren Glied des Fingers an, holte tief Luft, hielt den Atem an und drückte dann die Enden der Schere ruckartig und mit aller Kraft zusammen.

Der Schmerz, oder das Geräusch wie beim Zerschneiden von Hähnchenteilen oder beides zusammen, ließ sie einen Moment straucheln und fast die Besinnung verlieren. Sie fiel auf die Knie und wimmerte durch das Holz hindurch. Der Hund wurde unruhig. Er lief auf und ab, winselte und zog an der Leine.

Marie-Sophie wiegte sich vor und zurück. Der Schmerz wollte gar nicht nachlassen. „Sieh hin!“, sagte sie zu sich selbst. Aber sie konnte nicht. Es war jetzt besser, sich zurückfallen zu lassen und abzuwarten. Aber das Blut, dachte sie. Ich muss es zuerst stoppen. Zögerlich wandte sie den Kopf, bis ihr Blick auf ihre linke Hand fiel. Sie hatte nichts Schönes erwartet, aber dass der Strahl so ungeniert rhythmisch mit ihrem Herzschlag aus dem Stumpf spritzte wie eine kleine Fontäne, das versetzte sie in Panik. Ich verblute, dachte sie, langsam, aber sicher, wenn ich keinen Druckverband anlege.

Wann würde es aufhören, so weh zu tun, fragte sie sich, während sie einhändig im Rucksack nach Mull und Binde suchte. Dabei hatte sie doch schon vorab Schmerzmittel genommen. Hektisch presste sie die Mullplatten auf die Wunde. Neue Wellen bohrender Qual durchzogen sie. Sie hätte nie gedacht, dass Schmerzen so eine Dimension annehmen könnten. Schnell wickelte sie eine elastische Binde um ihre Hand, aber noch während sie dies tat, war der Verband durchgeblutet. Oh weh, dachte sie und nahm einen kleinen Stein. Den presste sie mit zusammengekniffenen Zähnen auf den durchtränkten Verband und nahm eine weitere Binde. Diese war etwas dicker. Auf Zug – um mehr Druck auf die blutende Stelle zu bringen - wickelte sie das Verbandsmaterial wieder und wieder um ihre Hand.

Es half nichts, die Blutung ließ sich nicht stoppen. Ein rotes Rinnsal lief an ihrem Arm entlang und tropfte ins Laub. Sie spürte, wie sie schwächer wurde. Es war wie verhext, als hätte sie sich die Thrombosespritze gegeben. Doch das hatte sie definitiv nicht getan. Sie musste jetzt handeln. Entschlossen schnitt sie ein Stück Binde ab und knotete die Enden zusammen. Durch diese Schlaufe steckte sie ihre versehrte Hand. Mit einem Stock, den sie am Boden fand, drehte sie die Schlinge immer weiter zu, bis über ihre Schmerzgrenze. Das Tropfen stagnierte. Sie atmete auf. Ruhe. Für einen Moment Ruhe. Die brauchte sie zum Nachdenken. Damit sich der Stock nicht zurückdrehte, klebte sie ihn mit einem Pflasterstreifen um den Arm fest. Jetzt konnte sie den nassen Verband entfernen und nach der Wunde schauen.

Die sah gar nicht so übel aus, jetzt, wo nur noch ein bisschen Rotes heraussickerte. Marie-Sophie war überrascht, wie dünn der Knochen war. Die Schmerzen hielten sich jetzt in Grenzen. Wahrscheinlich dämpfte das Mittel doch die Empfindungen. Das unangenehme Gefühl des Abschnürens störte sie mehr, aber sie wollte, dass die Wunde etwas abtrocknete. Außerdem hatte sie vor, den neuen Druckverband anzulegen, bevor sie die Schlinge wieder entfernte.

Im Licht der Taschenlampe sah sie, dass das Schlachtfeld, das sie angerichtet hatte, größer war, als sie ursprünglich vorgehabt hatte. Ihr wurde wieder mulmig. Sie musste sich an einem Baum abstützen und sich besinnen. Kraftlos sank sie am Stamm hinab und starrte ein paar Minuten ins Leere.

Als es ihr etwas besser ging, konnte sie die präparierte Schere aus dem Rucksack nehmen, um sie in Dreck und Blut zu wälzen. Sie steckte noch in der grün-durchsichtigen Hülle. Anke hatte sie neulich zum Sterilisieren vorbereitet, aber Marie-Sophie hatte sie heimlich eingesteckt. Sie war sich sicher, dass die Fingerabdrücke ihrer Kollegin darauf zu finden waren.

Später würde sie sie wegwerfen, irgendwohin hier in der Nähe, damit sie gefunden wurde. Dann würde man endlich den Schuldigen finden, der sie zu solchen Taten getrieben und in gewisser Weise auch wirklich auf dem Gewissen hatte – falls bei ihr überhaupt eins vorhanden war.

Die Hündin hatte sich beruhigt. Sie lag neben dem Strauch und schaute sie an. Marie-Sophie überlegte, dass das Schlimmste an diesem Abend war, Aisha allein zurücklassen zu müssen. Jäh riss sie sich von diesem Gedanken fort. Die zunehmende Kühle der Nachtluft und der wieder einsetzende Nieselregen holte sie in die Wirklichkeit zurück. Jetzt - mit etwas mehr Ruhe – gelang ihr auch der Verband besser. Als zusätzliches Kompressionsmittel hatte sie ein Stück Schaumstoff auf den Fingerstumpf gedrückt und diesen fest umwickelt. Vorläufig blieb die Hand trocken. Es war wichtig, dass sie nicht noch mehr Blut verlor, sonst würde sie zu schwach werden. Trotzdem konnte sie die Blutsperre nicht zu lange aufrechterhalten. Die Hand tat bereits weh und fühlte sich zunehmend taub an.

Aus dem Rucksack nahm sie Gummistiefel in Größe 40. In diese stieg sie hinein und steckte ihre eigenen in eine Plastiktüte. Vorsichtig hob sie die Gartenschere und den Finger auf, wickelte beides in den blutgetränkten Mull des ersten Verbandes und stopfte alles in den Sack. Rückwärts entfernte sie sich von der Stelle und achtete dabei darauf, möglichst Spuren im Morast zu hinterlassen, um später auf dem Kiesweg zurückzukehren, wo niemand Fußabdrücke finden würde. Noch einmal nahm sie allen Mut zusammen, drehte eine Haarsträhne um ihren Finger und riss daran. Es tat entsetzlich weh. Sie schwor sich, dass sie sich nie wieder selbst verletzen würde. Dies war notwenig gewesen, aber nun musste Schluss sein. Aus der winzigen Wunde sickerte ein dünner, roter Faden und suchte seinen Weg über ihr Gesicht hinab. Warum blutete sie nur so stark? Wenn sie das vorher geahnt hätte, hätte sie einen anderen Tag gewählt.

Im Licht der Taschenlampe ließ sie die Haare auf die Stelle rieseln, die aussah wie nach einem Schwerverbrechen. Und das war es ja auch, was sie angetrieben hatte, ein Schwerverbrechen an ihrer Seele.

Mit einem spitzen Aststück bohrte sie ein Loch in ihr Shirt. Es war sowieso völlig besudelt. Sie riss daran und vergrößerte es, bis sie einen Fetzen in der Hand hielt. Den warf sie ebenfalls zu Boden. Das Weiß bildete einen morbiden Kontrast zum Rostrot des angetrockneten Blutes. Sie selbst schauderte.

In diesem Moment musste sie an den Kommissar denken und an ihre merkwürdige Verbindung zu ihm. Das Gefühl tief in ihr war stark, aber sie wollte es nicht zulassen. Sie vermutete, dass er sich Sorgen machen würde. Sie wusste, dass sie ihn wahrscheinlich verletzen würde, dass er traurig sein könnte, auch wenn sie sich kaum kannten. Irgendwann konnte sie dies wiedergutmachen, hoffte sie.

Das drückende Gefühl in der verletzten Hand drängte sie zum Aufbruch. Sie warf den Rucksack über. Aisha sprang auf, als sie an ihr vorbeiging.

„Nein, du musst hierbleiben, Aisha. Mach Platz!"

Während sie sich durch den Morast am Ufer des Löschteiches kämpfte, bemühte sie sich, kräftig mit jedem Schritt aufzutreten, um möglichst tiefe Spuren zu hinterlassen. Die Schere warf sie ins hohe Gras. Dann ging sie in Richtung Schranke, schlüpfte aus den Stiefeln und tauschte sie wieder mit ihren Schuhen. In den Ballerinas fühlte sie sich wohler. Sie hatten auch kein Profil. Ihr Fahrrad hatte sie an einem nahen Baum befestigt. Lange würde sie nicht mehr durchhalten, das wusste sie. Ihr war kalt, sie war müde, fühlte sich unwohl. Es war, als ob die Hand nicht mehr zu ihr gehörte. Vorsichtig schwang sie sich auf den Sattel, stützte sich auf dem linken Unterarm ab und fuhr durch die Nacht davon.

Nur mit großer Mühe erreichte sie den vereinbarten Treffpunkt und ließ sich ins Gras fallen. Es war ihr egal, dass alles nass wurde. Es war ihr alles egal. Sie konnte nicht mehr. In ihr war nur Müdigkeit und Schmerz.

Wäre Anna noch etwas später gekommen, hätte es sich nicht vermeiden lassen, Marie-Sophie ins Krankenhaus zu bringen. Sie war gerade dabei, das Bewusstsein zu verlieren.

Vorsichtig, dann etwas kräftiger, tätschelte sie ihre Freundin auf die Wange.

„Nicht schlapp machen jetzt! Sprich mit mir!“, sagte sie, aber Marie-Sophie hatte Mühe, die Augen offen zu halten.

„Keine Sorge, wir sind gleich zu Hause.“ Sie lud noch schnell das Fahrrad in den Kombi und fuhr los. Fünf Minuten später kam sie in Vehlen an, fuhr in die Garage und führte ihre Freundin in den Keller. Hinter einem Regal gab es einen weiteren Raum, den man dort nicht vermutet hätte. Hier war im 19. Jahrhundert eine Art Kühlkeller in den Stein geschlagen worden.

„Ich habe dir hier alles vorbereitet. Hoffentlich ist es nicht zu kühl, aber es sind Wolldecken da und eine Isomatte.“

Marie-Sophie nickte.

„Leg dich hin. Was hast du da mit deiner Hand gemacht? Die Finger sind schon ganz blau. Wir müssen die Blutsperre lösen. Wozu brauchtest du die?“ Anna wurde heiß und kalt.

„Erst Infusion!", stöhnte Marie-Sophie und ließ sich fallen. „In meinem Rucksack…"

Jetzt wurde Anna schnell. Der Schalter war umgelegt. Sie war im Dienst, war plötzlich OP-Schwester. In Maries Sack fand sie, was sie brauchte. Stauschlauch, Infusionsbesteck, eine Plastikflasche mit Kochsalzlösung und eine Butterfly-Braunüle. Wo zum Teufel war das Desinfektionsspray? Ach, da war ein alkolholischer Tupfer, besser als nichts.

Marie-Sophies Augen begannen sich zu verdrehen.

„Nicht einschlafen, hierbleiben!" Anna wurde rabiat und schlug ihrer Freundin ins Gesicht. Die reagierte kaum noch. Mit zitternden Händen gelang es ihr, die Butterfly-Kanüle in die Vene zu stechen. Die Infusion hatte sie zuvor an einen alten Fleischerhaken an der Wand gehängt. Endlich tropfte es. Sie atmete durch.

Marie-Sophies Hand sah nicht gut aus. Der Verband war voller Blut. Es half nichts, sie musste dringend den Ast entfernen und die Blutsperre lösen. Das würde irre wehtun, aber vielleicht blieb Marie-Sophie dadurch wach. Vorher musste sie wissen, was für eine Verletzung ihr zugefügt worden war. Sie hatten zwar vereinbart, dass sie Marie für eine Zeit lang verstecken würde, doch wer hatte sie so verletzt? Vorsichtig löste sie die Binde und zuckte zusammen. Der kleine Finger fehlte. Er war über der Hand einfach weg, die letzten zwei Glieder fehlten komplett. Nur ein Stumpf war zu sehen. Sie wunderte sich, dass ihr das etwas ausmachte, obwohl sie jahrelang im Operationssaal Schlimmeres gesehen hatte. Vielleicht lag es daran, dass es Marie war? Sie waren wie Schwestern.

Anna befürchtete, dass die Blutung wieder einsetzen würde, wenn sie die Sperre löste. Schnell lief sie ins Bad, nahm zwei frische Kosmetikschwämme mit und grub in ihrem Medizinschrank nach Verbandsmaterial. Ein paar sterile Platten hatte sie noch, aber ob das ausreichen würde? Die elastische Binde war schon einmal gewaschen worden, aber es war gut, dass sie sie aufgehoben hatte. Sie beeilte sich, um wieder in den Keller zu kommen und nahm im Vorbeigehen noch das Desinfektionsspray mit.

Marie-Sophie lag da mit halb geschlossenen Augen. Der Puls, den Anna fühlen konnte, ging nur noch schwach. So schnell es möglich war, desinfizierte sie die Wunde, legte Mullplatten darauf und wickelte die Kosmetikschwämmchen so mit ein, dass sie einen Druck auf die amputierte Stelle ausübten. Dann legte sie den Arm auf einen Lederkoffer, der zuvor an der Seite gestanden hatte und öffnete die Blutsperre. Marie-Sophie bäumte sich auf.

„Ist schon gut, das lässt gleich nach. Ich weiß nicht, ob ich dich nicht doch ins Krankenhaus bringen sollte. Wie viel Blut hast du denn verloren?“ Sie wollte ihre Freundin bewusst nicht auf den Finger ansprechen.

Marie-Sophie schüttelte den Kopf.

„Hierbleiben, bitte, nichts sagen! Angst…“

„Wovor hast du Angst?“ Anna behielt den Verband im Blick. Er begann, an einigen Stellen bereits wieder rot durchzuscheinen, aber dann stagnierte die Blutung. Sie konnte Marie unmöglich hier unten alleine lassen.

Marie sagte nichts. Ihr liefen Tränen die Wange hinab.

„Pass auf, ich fahre eben zur Nachtapotheke und hole noch Kochsalzlösung. Mir ist das sonst zu gefährlich, falls dein Kreislauf absackt. Ich will wenigstens, dass wir noch was hier haben. Dann komme ich und lege mich zu dir.“

Marie-Sophie stöhnte. „Praxis, Schrank im EKG. Schlüssel im Sack."

„Denkst du, ich ginge nachts heimlich in eure Praxis?"

Marie-Sophie nickte.

„Ich gucke erst mal, welche Apotheke aufhat."

Im Kalender sah Anna, dass sie die Wahl hatte zwischen Rolfshagen und Bückeburg. Sie hatten wenig Zeit. Die erste Infusion war bald durch, und sie würden mindestens noch eine weitere brauchen, schätzte sie.

„Gut", sagte Anna, „ich mache das. Bis zur Apotheke ist es zu weit. Ich hoffe, mich bemerkt keiner. Es gibt doch wohl keine Alarmanlage oder so was?"

Das schwache Schütteln von Maries Kopf verneinte die Frage.

„Dann fahre ich eben los. Du ruhst dich aus und keine Sperenzchen bitte! Lass den Arm oben auf dem Koffer liegen. Ich bin gleich wieder da."

Mehr als ein müdes Nicken ließ Marie-Sophies Zustand nicht zu.

Anna fuhr in Richtung Bückeburg. Sie hätte gerne etwas mehr aufs Gaspedal getreten, aber wenn sie jetzt angehalten und damit aufgehalten würde, wäre Marie-Sophie in größerer Gefahr.

Sie parkte nicht direkt auf dem Platz hinter der Praxis von Dr. Wiebking, sondern unten auf der Parkpalette, wo die Schüsse gefallen waren. Ein bisschen mulmig war ihr schon in der Dunkelheit, aber so sah sie immerhin niemand – wenigstens dachte sie das und zog die Latexhandschuhe an.

Der Schlüssel für die untere Tür war ein anderer als der für oben. Da Anna wenig sehen konnte, probierte sie die alle nach und nach aus. Es war der vorletzte, der passte. Leise drückte sie sich durch den Spalt und zog die Schuhe aus. Nur auf Zehenspitzen ging sie die Treppe hinauf. Hier auf den Absatz vor der ersten Praxistür fiel ein wenig Licht. Schon beim zweiten Versuch hatte sie Glück und die Tür schnappte auf. Anna hielt sie fest, damit sie nicht zu stark ins Schloss fiel, als sie sich auf dem kleinen Flur befand. Nun noch einmal derselbe Schlüssel und schon stand sie in der Praxis.

Ins EKG hatte Marie-Sophie gesagt, hinten links am Ende des Flurs. Das Licht fiel von draußen auch hier hinein. Sie fand die Infusionsflaschen mit der Kochsalzlösung im Hängeschrank über der Spüle und entschloss sich, doch zwei zu nehmen, wobei sie die hinteren nach vorn rückte, damit es nicht so schnell auffiel. Aber wo zum Teufel war das Infusionsbesteck? Sie hatte bereits die Hälfte der Schubladen durchwühlt, bis sie endlich alles hatte, was sie brauchte. Zur Vorsicht nahm sie noch Verbandsmaterial mit. Dann schlich sie zum Ausgang und verließ die Praxis so leise wie sie gekommen war.

Als sie wieder in Vehlen war, zitterte sie immer noch. Jetzt brach sie schon in Arztpraxen ein und das nur, weil sie ihrer Freundin helfen wollte. Sie fuhr den Wagen in die Garage und ging auf schnellstem Weg wieder in den Keller. Marie-Sophie war in keinem guten Zustand. Das Gesicht zeigte eine fast leichenähnliche Blässe. Sie war in einen Erschöpfungsschlaf gefallen, der ihre Muskelspannung kaum mehr aufrechterhalten konnte. Für einen Moment fürchtete Anna, sie könne zu spät gekommen sein. Doch dann sah sie, dass sich die Brust hob und senkte. Die Infusion war durch. Ein feiner roter Faden schob sich den Schlauch empor. Anna bereitete eine neue vor so schnell sie konnte und tauschte sie aus. Als es wieder im Rhythmus zu tropfen begann, atmete sie auf. Das Wichtigste war geschafft. Nun konnte sie ruhiger vorgehen. Kritisch betrachtete sie den Verband. Ja, er war wieder weitgehend durchgeblutet, aber es hatte sich weder eine Pfütze gebildet noch sah es so aus, als ob dies zu erwarten wäre. Sie entschloss sich, die Binde auf der Hand zu belassen. Möglicherweise hätte sie die beginnende Stagnierung der Blutung gestört. Es war besser, den Verband im Auge zu behalten.

Vorsichtig befühlte sie Marie-Sophies Stirn. Sie war kühl. Der gesamte Körper schien Untertemperatur zu haben. Anna fasste einen Entschluss. Aus dem Schlafzimmerschrank holte sie ein Heizkissen und füllte eine Wärmflasche mit heißem Wasser. Während sich das Wasser erwärmte, zog sie sich ihren Schlafanzug wieder an. Es war entscheidend, dass Marie nicht noch weiter auskühlte. Sie nahm ihre Kamelhaardecke in den einen Arm, Heikzissen und Wärmflasche in den anderen. Dann fluchte sie. Es hatte keinen Zweck. Sie würde zweimal gehen müssen. So kam sie unmöglich durch die Kellertür. Nachdem sie Marie-Sophie versorgt hatte, ging sie zurück und holte ihre Decke. Die breitete sie über die ihrer Freundin aus und schlüpfte selbst mit unter den doppelten Schutz. Es war tatsächlich etwas hart auf der ausgemusterten Matratze. Sie war froh, dass sie immerhin eine Isomatte darauf gelegt hatte. So kroch die Feuchtigkeit des Kellerbodens nicht in jeden Winkel ihrer Haut. Marie-Sophie fühlte sich an wie ein Fisch oder wie eine Leiche, dachte sie erschreckt und ahnte, dass der Grat zwischen hier und dort vermutlich dünn war.

Erst nach einiger Zeit hatte sie den Eindruck, als ob ein bisschen warmes Leben in ihre Freundin zurückkehrte. Der Verband hatte gehalten und färbte sich langsam ins bräunliche. Sie schloss die Augen und war viel zu müde, das Licht zu löschen, obwohl es durch ihre Lider drang. Sie lauschte dem Atem der Frau neben ihr und dem Tropfen der Infusion. Der Liter würde einige Zeit brauchen, bis er durchgelaufen war. Das war das Letzte, was sie dachte, bevor sie erschöpft in den Schlaf fiel.

Als Anna wieder erwachte, lauschte sie in die Dunkelheit. Angst war im Raum. Das Tropfen hatte aufgehört. Nur ganz leise konnte sie den Atem ihrer Freundin hören. Vorsichtig berührte sie deren Körper. Marie-Sophie stöhnte.

„Schlaf weiter!", flüsterte sie und war froh, dass das Schlimmste überstanden schien.

Schnell stand sie auf und schlich sich aus dem Gewölbe in den Keller.

Erst dort machte sie Licht und zog ihren Bademantel über.

Als sie in der Küche auf die Uhr sah, wunderte sie sich, dass es schon fast neun Uhr war.

Die Dunkelheit im fensterlosen Raum und die Erschöpfung hatten sie länger als gewöhnlich schlafen lassen.

Sie setzte Kaffee auf und bereitete ein Tablett vor. Es war besser, wenn Marie-Sophie erst einmal liegen blieb. Sie konnte schlecht einschätzen, ob sich der Kreislauf schon stabilisiert hatte.

Kurze Zeit später kehrte sie in den Raum zurück und schaltete die kleine Nachttischlampe an, die sie extra hierher gebracht hatte. Im diffusen Licht sah sie an dem dünnen Blutfaden, dass die Infusion abgenommen werden musste.

„Marie", flüsterte sie, „lass mich eben die Nadel aus deinem Arm nehmen. Ich habe auch Frühstück mitgebracht."

„Ja", hauchte Marie heiser, „ich bin wach, aber unendlich müde."

„Ich weiß. Du musst jetzt etwas essen, dann kannst du weiterschlafen. Ich habe dir Roastbeef auf den Toast gelegt. Das magst du doch gerne."

„Danke!" Marie-Sophie richtete sich vorsichtig auf und stöhnte wieder.

„Tut weh, nicht?"

„Ja."

„Irgendwann erzählst du mir, wie das passiert ist!"

„Ja, später."

„Sie suchen dich schon. Mich hat heute Nacht ein Kunze von der Bückeburger Polizei angerufen und nach dir gefragt. Ich habe - wie versprochen - nichts gesagt."

„Gut, das ist wichtig, sonst war alles umsonst." Ihre Stimme krächzte.

„Was meinst du damit?"

„Später... Hast du was gegen Schmerzen?", fragte sie, nachdem sie einen halben Toast geschafft hatte. Sie ließ sich wieder zurücksinken. Anna kniete neben ihr und streichelte ihr übers Haar.

„Zwei Paracetamol liegen auf deiner Untertasse. Schlaf du lieber erst noch. Warte, ich stelle dir das Heizkissen wieder an." Im Liegen nippte Marie-Sophie an ihrer Kaffeetasse. Sie nahm die Tabletten mit dem letzten schon kalten Schluck.

„Danke!"

„Soll ich dir das kleine Licht anlassen?"

Marie-Sophie nickte und zog die Decke bis zum Kinn. Leise verließ Anna den Raum. Sie freute sich auf eine Dusche.

In den nächsten Tagen hatte Marie-Sophie viel geschlafen. Manchmal wechselte Anna die Verbände, ohne dass sie es überhaupt bemerkte. Ängstlich überwachte sie Maries Körpertemperatur. Sie hoffte, dass sich weder der Fuß noch die Hand so entzünden würden, dass sie ihr allein nicht mehr helfen konnte. Aber alles blieb im Normbereich. Der Atem ging ruhig, die Temperatur war zwar leicht erhöht, stieg aber nie richtig an.

Zuerst sah alles ganz gut aus. Der Fuß schwoll langsam ab, weil sie nicht mehr darauf herumlief und weil Anna ihn zusätzlich auf einem alten Wäschekorb hochgelagert hatte. Sie hatte beide Verletzungen, den Streif- und den Durchschuss mit Jodsalbe behandelt.

Bei der Hand war sie sich nicht sicher. Die Haut hätte über dem offenliegenden Knochenstück zusammengenäht, das Knochenende eventuell gekürzt werden müssen. Sie hatte sogar für einen Moment darüber nachgedacht, ob sie es selbst tun sollte. Oft genug hatte sie assistiert und so manche kleine Hautnaht übernommen. Hier entschied sie sich jedoch dagegen, weil sie nicht wissen konnte, ob sich der Bereich nicht doch noch infizieren würde. Vielleicht sollte sie Marie ohnehin ein Breitband-Antibiotikum geben. Sie zögerte noch.

Mit Haut-Klebestreifen hatte sie die Hautlappen zueinander geführt und verschlossen. Sie waren glücklicherweise nicht ausgefranst. Es wäre ihr schwergefallen, die Wundränder ohne örtliche Betäubung zu begradigen. Es bereitete ihrer Freundin auch so große Schmerzen, als sie die Stelle versorgte. Und sie war sich nicht sicher, ob hier nicht doch später ein Chirurg tätig werden musste, selbst wenn alles verheilte.

Noch immer hatte Marie-Sophie ihr nicht verraten, wie es zu diesem Unglück gekommen war, bei dem sie ihren kleinen Finger verloren hatte. Sie wollte einfach nicht darüber sprechen. Anna hatte es ein paar Mal versucht, aber sie winkte ab.

Am Mittwoch hatte es bei ihr geklingelt. Sie hätten im Zuge der Ermittlungen noch ein paar Fragen, hatten die Kommissare gesagt.

Anna hatte sie freundlich hereingebeten und ihnen von Marie-Sophies misslicher Situation in der Praxis berichtet. Dass diese gemeine Ziege Anke sie den ganzen Tag schikaniert hatte, dass sie hinter Maries Rücken schlecht über sie geredet hatte, dass sie ihr Fehler untergeschoben hatte, die sie selbst überhaupt nicht begangen hatte.

Anna erinnerte sich an die erstaunten Gesichter von Wolf Hetzer und dessen Kollegen Kruse.

„Sagen Sie, woher wissen Sie das alles so genau?“, fragte Hetzer.

„Wir sind schon seit Jahrzehnten befreundet und wissen alles voneinander. Mir hat es selbst wehgetan, wie Marie dort gelitten hat.“ In Annas Augen wurde es leicht feucht. „Sie können sich gar nicht vorstellen, wie schlimm das ist, wenn jemand am längeren Hebel sitzt und einem anderen schaden will. Ich habe da auch schon meine eigenen Erfahrungen gemacht.“

„Da gebe ich Ihnen recht“, sagte Hetzer, „hinterhältige Bosheit, gegen die man sich nicht wehren kann, gehört zu den schlimmsten Dingen, die Menschen einander antun können, von Mord und Totschlag und körperlicher Folter einmal abgesehen. Aber es hat schon was von seelischer Misshandlung.“

„Sie ging nur noch mit einem Kloß im Hals zur Arbeit. Sie war sich nie sicher, wann das nächste Attentat erfolgte. Zum Schluss wusste sie nicht einmal, ob diese gelegentlichen Magen- und Darmgrippen nicht auch darauf zurückzuführen waren, dass Anke ihr etwas ins Essen mischte."

„Gab es dafür Beweise?", fragte Hetzer und dachte an das Cumarin-Derivat in Marie-Sophies Blut. Möglicherweise hatten sie selbst den einzig verwertbaren.

„Nein, sie konnte nichts beweisen, aber ich weiß, dass sie Angst hatte. Zuletzt hatte sie begonnen, immer nur noch kleine, verschlossene Portionen mitzunehmen, bei denen es aufgefallen wäre, wenn man sie manipuliert hätte."

„Krass, dass es jemand so weit kommen lässt." Er dachte daran, wie gerne er aß und dass er sich von niemandem in seinem Essen würde herumpanschen lassen. „Warum hat sie sich nicht gewehrt und ihren Chef eingeschaltet? Das verstehe ich nicht."

„Hmm, sie hat mal vorsichtige Andeutungen gemacht, das erzählte sie mir, aber er ist nicht darauf eingegangen. Und sie hat sich nicht getraut, wirklich etwas zu sagen. Wissen Sie, Dr. Wiebking duzt sich mit dieser Frau Tatge schon seit Jahren. Marie meinte auch, dass da irgendwie ein ganz besonderes Verhältnis existierte."

Hetzer und Kruse wurden hellhörig.

„Meinen Sie, die hatten was miteinander?", fragte Kruse.

„Das weiß ich nicht und da war sich auch Marie wohl nicht ganz sicher. Sie war nur davon überzeugt, dass es irgendeine Verbindung geben müsse, weil Dr. Wiebking so betriebsblind gewesen sei."

„Möglicherweise", warf Hetzer ein, „gab es da auch einen ganz anderen Grund, warum er sie geschützt und bevorzugt behandelt hat. Vielleicht ist sie eine

Mitwisserin. Es könnte doch sein, dass sie von irgendeinem medizinischen Fehler wusste oder dass er eventuell die Kassenärztliche Vereinigung bei der Abrechnung beschissen hat."

„Meinen Sie? Sicher, auch so was wäre möglich. Für Marie-Sophie war es egal, da war es nur entscheidend, dass sie dieser Situation ohnmächtig ausgesetzt war."

„Sie hätte sich auch eine andere Stelle suchen können!", meinte Peter Kruse.

„Das ist heutzutage auch nicht so einfach, vor allem nicht, wenn man auf die vierzig zugeht", gab Anna Ebeling zu bedenken.

„Da haben Sie natürlich recht!", sagte Hetzer und fügte hinzu: „So, dann wollen wir erst mal wieder. Sie haben noch immer nichts von Ihrer Freundin gehört, oder? Kein Lebenszeichen, keine Nachricht?"

„Nein, leider nicht", sagte Anna bedauernd, „und Sie können mir glauben, dass ich mir wahnsinnige Sorgen um sie mache, vor allem jetzt, wo auch noch ihr Mann verstorben ist. Ich habe die Anzeige in der Zeitung gelesen. Was ist denn mit ihm passiert?"

„Er hatte einen Autounfall", antwortete Peter.

„Falls sie sich melden sollte, geben Sie uns bitte sofort Bescheid?"

„Ja, natürlich. Glauben Sie denn, ihr sei etwas geschehen?"

„Das ist sehr wahrscheinlich", sagte Hetzer melancholisch und verabschiedete sich.

„Warten Sie", rief Anna ihm hinterher, „was ist denn eigentlich aus Maries Hündin geworden?"

„Machen Sie sich keine Sorgen", antwortete Hetzer und schloss das Auto auf, „sie ist bei meiner Nachbarin zur Pflege."

Anna nickte und war beruhigt.

In Marie-Sophies Gegenwart hatte Anna kein Wort darüber verloren, dass sie Witwe geworden war. Sie wusste nicht, wie sie es ihrer Freundin sagen sollte. Auch wollte sie den Heilungsprozess nicht durch weiteren Stress gefährden. Es sah jetzt tatsächlich so aus, als würde die Amputation gut verheilen.

Inzwischen war Marie-Sophie von Zeit zu Zeit auf. Sie konnte sogar schon wieder ein bisschen lächeln. Das konnte Anna doch nicht kaputt machen.

Nur die versehrte Hand wollte sie nicht sehen. Das Erlebte musste zu schlimm gewesen sein. Während Anna die vier Finger und den Stumpf verband, schaute Marie-Sophie zur Seite.

„Wenn alles ganz trocken verheilt ist, müssen wir die Hand waschen", sagte Anna behutsam.

„Sieht es sehr schlimm aus?"

„Eigentlich nicht, Marie. Willst du nicht doch mal hinsehen? Oder du wartest besser, bis es nicht mehr so blutverschmiert ist, aber ich möchte noch kein Wasser an die Wunde lassen."

Marie nickte. „Komisch", sagte sie, „bei anderen macht es mir nichts aus, aber mein Blut kann ich schlecht sehen."

„Ich glaube, das ist normal", erwiderte Anna. „Meinst du, ich kann dich heute mal für zwei Stunden ganz alleine lassen? Ich wollte zum Friseur. Ist hier direkt schräg gegenüber."

„Sicher, kein Problem. Ich komme doch jetzt schon ganz gut zurecht."

„Sag mal, wie lange wollen wir denn dieses Versteckspiel noch aufrechterhalten? Die Kommissare suchen immer noch nach dir. Sie glauben, dir sei etwas zugestoßen. Sie haben mich auch nach deinem Verhältnis zu Anke Tatge gefragt. Ich glaube, dein Plan geht auf."

„Na, das ist doch wunderbar. Jetzt kommt alles ans Licht. Genauso, wie wir das wollten."

„Schon, aber meinst du nicht, dass du dein Ziel erreicht hast? Sie scheinen sie doch zu verdächtigen, oder sind auf dem besten Weg dazu. Ich habe das Feuer noch geschürt, indem ich erwähnt habe, dass sie ein besonderes Verhältnis zu deinem Chef hat."

„Das war gut. Jetzt werden sie sie in die Mangel nehmen. Das geschieht ihr recht. Ich habe so lange gelitten. Und frag nicht wie!"

Dass Marie-Sophie noch etwas ganz anderes vorhatte, ahnte Anna nicht. Sie ging in aller Seelenruhe zum Friseur und bemerkte nicht, dass Marie eine alte Jacke nahm, die sie im Keller fand und in Annas Küche schlich. Ihren Finger, den sie oben auf dem alten Kellerregal hatte trocknen lassen, legte sie auf ein Holzbrett. Er sah irgendwie aus, als hätte er niemals zu ihr gehört. Ein bisschen wie Dörrfleisch mit rostroten Sprenkeln, fand sie. Ganz durchgetrocknet schien er noch nicht zu sein, stellte sie fest, als sie mit dem Küchenmesser das unterste Stück abtrennte, wo er unschön eingeschrumpelt war, aber er roch kaum. Messer und Brett wusch sie sorgfältig ab und warf das kleine Stück ihrer selbst in den Biomüll. Den Finger selbst steckte sie in einen braunen Umschlag und klebte ihn zu.

Anschließend holte sie sich Annas Autoschlüssel aus der Schublade und fuhr mit dem Wagen in Richtung Bückeburg. Auf dem Sitz neben ihr lag noch eine von Annas alten Brillen. Wenn sie gleich die Kapuze aufsetzte und dieses Nasenfahrrad aufsetzte, mit dem man aussah wie Puck die Stubenfliege, würde sie niemand erkennen können.

Sie parkte ein Stück abseits in der oberen Ulmenallee auf dem Parkplatz der Grundschule. Die Kapuze zog sie ins Gesicht, dann nahm sie den Umschlag in die Hand und ging in Richtung Polizeiwache. Kurz bevor sie die Treppe erreichte, setzte sie Annas Brille auf und wunderte sich, dass sie fast nichts mehr sehen konnte. Wie blind musste ihre Freundin sein?

Es waren nur wenige Sekunden, die sie brauchte, um den Umschlag wie nebenbei aus der rechten Hand gleiten zu lassen und die Treppe wieder hinabzugehen. Ja nicht zu schnell, das hätte Aufsehen erregt, eher wie jemand, der sich geirrt hatte. Ihr war klar, dass später auf einer Aufnahme zu sehen sein würde, dass eine dunkel gekleidete Person mit Brille vor der Tür gewesen war, aber sie würde nicht zu erkennen sein.

In gemäßigtem Tempo schlenderte sie zu Annas Wagen und fuhr über Ahnsen nach Vehlen zurück. Sie wusste nicht, ob eine der Außenkameras der Polizeiwache zur Straße hin aufnahm. Annas Auto durfte nirgendwo auftauchen.

Unbemerkt stellte sie den Wagen wieder in die Garage und brachte alles andere an seinen Platz zurück.

Jetzt, so dachte sie bei sich, wäre ein warmes Bad wie eine Erlösung. Draußen hatte es wieder zu regnen begonnen. Ihr blieb noch gut eine Stunde.

In Annas Badezimmer fand sie eine köstliche Essenz, die nach Mandarine und Orange duftete. Die ließ sie ins laufende Wasser fließen. Sie genoss es, wie sich Wärme und wohliger Duft im Raum ausbreiteten.

Ein bisschen zögerte sie noch. Gleich würde der Moment der Wahrheit kommen und sie wollte ihn allein durchstehen. Zuerst zog sie ihre Kleider aus. Dann stand sie da, nackt, nur mit einem Verband an der linken Hand. Sie lenkte sich selbst ab, indem sie auf ihren Fuß schaute. Hier war schon fast nichts mehr zu sehen außer einer runden Stelle mit einer Vertiefung in der Mitte und einem Strich am Knöchel.

Es war unklug, zu lange im Raum zu stehen und kalt zu werden. Obwohl es warm im Bad war, fing sie so nackt und bloß an zu zittern. Vielleicht auch, weil sie Angst hatte. Dann fasste sie sich ein Herz und wickelte die Binde ab. Die ganze Hand war noch mit Blut verschmiert und je tiefer sie kam, umso langsamer wurden ihre Bewegungen. Dann war er da, der Moment. Wie gebannt starrte sie auf die Stelle, an der eigentlich ihr kleiner Finger sein sollte. Beige Klebestreifen zogen sich über die Kuppe des Stumpfes. Es hatte etwas von einem Päckchen an sich. Fast wie der Umschlag, den sie weggebracht hatte.

Vorsichtig bewegte sie das Gelenk. Der Stummel rührte sich. Das sah merkwürdig aus. Sie glaubte auch den Rest des Fingers noch zu spüren, aber das war wohl Wunschdenken. Er war definitiv fort.

Langsam ließ sie sich ins Wasser gleiten und fühlte sich wohl. Wenn sie die verschmierte Hand unter den Schaum tauchte und sie nicht sah, war es fast so, als wäre nichts geschehen. Sie ignorierte das leise Brennen im linken Fingerrest und streckte sich aus. Es war fast perfekt. Fast konnte sie sich einbilden, es sei nie etwas geschehen. Die wohlige Wärme und der leise

Duft, der von Sommertagen sprach, ließ sie dahindösen. Darum bemerkte sie nicht, dass sie ihre Hand schon viel zu lange im Wasser gelassen hatte. Mit einem Schreck fuhr sie hoch und begutachtete den Stumpf. Die Haut war leicht wellig und stand in Teilen ab. Klebestreifen hatten sich in der Feuchtigkeit gelöst und hingen in losen Enden herab. Aber ihre Haut war schön sauber geworden. Wenn man von dem verkürzten Endglied absah, war alles wieder wie immer.

Aber nichts war wie immer. Das Wasser hatte die Haut aufgeschwemmt, hatte Verbindungen geöffnet, die gerade dabei waren, wieder eins zu werden. Und so gelang es den Bakterien ins Innerste zu gelangen, obwohl es niemand zu diesem Zeitpunkt mehr vermutet hätte.

Als Anna mit frischer Farbe und neuem Schnitt vom Friseur wiederkam, ahnte sie von alldem nichts. Marie-Sophie war längst wieder in ihrem Versteck im Keller verschwunden und tat so, als ob sie schlief.

Aber sie schlief nicht. Sie dachte nach. Bald würde sie wieder wie aus dem Nichts auftauchen. Als wäre nichts geschehen. Sie würde eine Geschichte erfinden, wie sie den Finger verloren hatte.

Von einem Schatten würde sie sprechen, der sie verfolgt und verstümmelt hatte. Daran, wo sie die ganze Zeit gewesen war, würde sie sich nicht erinnern können.

Während sie über ihren Plan nachdachte, wurde ihr schmerzlich bewusst, wie wahr im Grunde ihre Geschichte doch war. Sie hatte sich tatsächlich von Anke verfolgt gefühlt. Zehntausend Euro war es ihrer Kollegin wert gewesen, dass sie verschwand - wie auch immer, wohin auch immer, durch wen auch immer. All das war im Dunklen geblieben.

Sie hatte solche Angst gehabt, sodass sie sich dem entzogen hatte. Todesangst vor einem heimtückischen Mord oder vor bezahlten Killern. Mit einer so großen Summe konnte man sicherlich jemanden anheuern, der diese Drecksarbeit erledigte.

Sie sollte dringend verschwinden aus dem Leben ihrer Kollegin, die sie fast einmal hätte Freundin nennen wollen.

Dieser Angst konnte sie nur begegnen, indem sie selbst für eine Weile verschwand. Weg, einfach weg, damit ihr selbst nichts geschah. Sie wollte leben! Nur indem sie das kleinere Übel der Amputation auf sich nahm, überlebte sie. Aber auch das wäre beinahe schiefgegangen. Beinahe hätte sie Anke in die Hand gespielt.

Ihr Plan wäre aufgegangen und hätte sie nicht einmal etwas gekostet.

Sie hoffte, dass bei den Befragungen der Kommissare herauskam, was für ein Mensch Anke war. Vielleicht reichten die Fingerabdrücke auf der Schere aus, um ihre Kollegin in Bedrängnis zu bringen, um ihr die Rolle zuzuweisen, die ihr zustand. Ja, sie war schuldig. Wenn es ihr auch nicht gelungen war, irgendeinen mörderischen Plan in die Tat umzusetzen, so hatte sie doch ihre Seele gefoltert und misshandelt, bis sie sich selbst der Situation entzogen hatte.

Vielleicht würde bei den Befragungen der Kommissare endlich ans Licht kommen, was für ein Mensch Anke Tatge wirklich war.

Als sie gesehen hatte, dass Marie-Sophie schlief, beschloss sie, sich auch selbst etwas Ruhe zu gönnen. Diese Stunden beim Friseur empfand sie immer als anstrengend. Als sie noch keine Farbe gebraucht hatte, war es ruckzuck gegangen. Jetzt saß sie mitunter mehr als zwei Stunden, um hinterher verjüngt durch die Tür zu treten, wie ein Schmetterling, der seinem Kokon entweicht.

Das Bild ließ sie nicht los. Im Grunde war auch Marie-Sophie jemand gewesen, der sich einen Kokon gewebt hatte. Auch sie wollte frei und neu aus ihrer alten Hülle und ihrem früheren Dasein hervorsteigen.

Doch je länger sie dort unten lag - zu Beginn dem Tod näher als dem Leben - desto unsicherer wurde Anna, dass dies der richtige Weg war.

Sie waren so lange Jahre befreundet, kannten sich in- und auswendig. Anna hatte mitgelitten, wenn Marie von ihren Schwierigkeiten erzählt hatte und sie hatte auch verstanden, dass Marie eine Auszeit gebraucht hatte, dass sie einfach für geraume Zeit von der Bildfläche verschwinden wollte.

Als sie jedoch heute beim Friseur aus einer Unterhaltung aufgeschnappt hatte, dass man munkelte, Marie-Sophie sei nicht mehr am Leben, hatte sie beschlossen, mit ihr zu reden. Sie musste in die Realität zurückkehren, bevor die eigenen Schatten sie einholten. Wie sehr hätte sie sich gewünscht, Marie-Sophie hätte zu rechten Zeit ihre Krallen ausgefahren und sich gewehrt. Aber es gab Menschen, die nicht wussten, dass sie welche hatten.

Die Vorstellung, wie ein Mahnmal von der Brücke zu hängen, hatte sich von Anke nicht in die Tat umsetzen lassen. Keinem Binnenschiffer fiel die Schlinge auf, die im Regen von der Brücke baumelte. Später war es zu dunkel.

Erst als ein Jogger am nächsten Morgen mit seinem Hund an der kleinen Trittleiter vorbeikam, begann überhaupt jemand sich irgendwie zu wundern.

Er hielt an, begutachtete Tritt und Spanngurt, sah, dass der Gurt in einer leeren Schlinge endete und vermutete, dass hier jemand vorgehabt hatte, sich das Leben zu nehmen. Im Wasser und am Ufer des Kanals sah er jedoch nichts. Der Schaumstoff der Halskrawatte hatte sich inzwischen längst vollgesogen und war zu Anke auf den Grund gesackt.

Vielleicht hatte es sich derjenige anders überlegt, aber er würde sicher Hilfe brauchen, dachte der Mann.

Er ging zurück und versuchte sich das Kennzeichen des Wagens einzuprägen, der unverschlossen am Straßenrand stand. Dann lief er nach Hause, um die Polizei anzurufen.

„Du machst heute gar nichts mehr!", sagte Wolf und gab Moni einen Kuss auf die Stirn, als sie aufwachte.

Sie lächelte. „Oh doch!", antwortete sie. „Ich muss meine Tasche für morgen packen und mit Aisha gehen."

„Kann ich dir das nicht abnehmen?"

„Nee, lass mal, es tut mir gut, beschäftigt zu sein."

„Einverstanden, aber mir überlässt du die Küche. Kommst du nachher wieder rüber?"

„Ja, ich möchte heute ungern allein schlafen."

„Das ist gut, ich nämlich auch nicht."

Er brachte sie zur Tür. Sie drückten sich ganz fest. Moni ging nach nebenan.

Dann nahm Wolf das Telefon und rief Peter an.

„Schon was Neues wegen Aisha? Ist dir jemand eingefallen?"

„Bei Nadja habe ich nachgefragt, aber ihr reicht ihr eigener Hund. Außerdem hat sie immer noch Besuch von ihrer Freundin."

„Na, dann wird das wohl erst mal nichts mit dem Essen", sagte Wolf bedauernd. „Musst du doch erst mit Anna ausgehen."

„Apropos Anna. Ich hatte noch vor, sie deswegen anzurufen. Was denkst du? Sie ist immerhin Marie-Sophies Freundin und kennt den Hund bestimmt. Vielleicht wird der Verlust dann für beide leichter."

„Die Idee ist gut, aber sie hat eine Katze."

„Ja und? Das geht bei dir doch auch. Wo ist das Hindernis?"

„Frag sie einfach und schick mir dann eine SMS. Ich gehe heute früh ins Bett. Ich muss einfach mal ausschlafen."

„Mit Moni?"

„Das geht dich nichts an!"

„Was ist denn nun mit ihr? Ich meine, wieso kann sie die Hündin nicht behalten?"

„Sie muss operiert werden."

„Schlimm?"

„Weiß nicht!"

„Scheiße!"

„Ja."

„Dann grüß sie mal von mir und wünsch ihr gute Besserung."

„Sie ist drüben bei sich."

„Du wirst sie doch wohl nicht alleine lassen."

„Nein, sie kommt gleich wieder."

„Dann ist ja gut."

„Wir telefonieren morgen früh."

„Alles klar, versuch trotzdem zu schlafen!", sagte Peter und legte auf.

Dass Heiner so schnell nach Hause gekommen war, hatte Marion Wiebking beruhigt und auch wieder nicht. Schlechtes Gewissen oder Einsicht, das war die Frage, die sich erübrigte, als Heiner zu erzählen begann.

„Wir müssen uns eine neue erste Kraft suchen!"

„Wieso?"

„Ich habe eben Anke fristlos entlassen."

„Was?", sagte sie und sprang auf. „Warte, ich hole uns ein Glas Wein."

„Jetzt erzähl mal, Heiner!", fuhr sie fort, als sie mit zwei Gläsern Rotwein wiederkam.

„Da gibt es nicht viel zu erzählen. Sie hat Marcumar aus meiner Schublade geklaut und es heimlich Marie-Sophie gegeben."

„Das kann ich mir nicht vorstellen", antwortete Marion und nahm einen Schluck Wein.

„Sie hat es mir gegenüber quasi zugegeben."

„Dann musst du die Polizei verständigen!"

„Das habe ich auch schon überlegt, aber ich weiß nicht. Ist sie jetzt nicht schon genug gestraft mit der bevorstehenden Wirbelsäulenoperation und ohne Arbeit?"

„Heiner, wenn Marie-Sophie Schulze etwas zugestoßen ist, könnte es sein, dass Anke dafür verantwortlich oder zumindest daran beteiligt ist. Wir müssen es den Kommissaren sagen."

Heiner stöhnte. „Heute noch?"

„Meinst du nicht, dass es besser ist?"

„Ich muss erst noch darüber nachdenken. Es ändert jetzt nichts mehr. Wir können nichts dadurch verhindern, was nicht schon geschehen ist."

„Also gut, aber morgen solltest du es unbedingt tun. Vielleicht kommen bei der Befragung von Frau Tatge noch Details ans Licht, die dazu führen, dass Frau Schulze gefunden wird. Das könnte doch auch sein."

„Schon, aber ich hatte eher den Eindruck, als wüssten die Beamten mehr, als wüssten sie, dass sie bereits tot ist."

Anna spürte sofort, dass etwas nicht in Ordnung war, als sie den geheimen Kellerraum betrat.

Das Licht war aus. Als sie den Schalter drückte und den Raum ins Helle tauchte, sah sie, dass Marie blasser war als sonst.

Sanft weckte sie ihre Freundin, die ihr etwas benommen entgegensah.

„Sag mal, hast du Temperatur?", fragte sie.

„Weiß nicht, mir ging es schon mal besser."

Die Messung ergab 37,6 Grad Celsius.

„Hmm, ein bisschen erhöht, aber noch nicht kritisch", sagte Anna. „Das müssen wir im Auge behalten. Zeig mal deine Hand!"

Unwillig zog Marie ihre Hand unter der Decke vor. Sie war nur notdürftig und wenig fachmännisch von einer Binde umwickelt.

„Was ist das denn", fragte Anna, „hast du jetzt doch nachsehen wollen?"

Vorsichtig nahm sie den Verband ab und runzelte die Stirn.

„Kannst du mir das mal erklären?" Sie starrte auf die zu saubere Hand und die gelösten Klebestreifen, unter denen sich rötlich eine Entzündung abzeichnete.

„Tut mir leid!", sagte Marie. „Ich habe mich so schmutzig gefühlt. Als du beim Friseur warst, habe ich gebadet."

„Das gibt es doch nicht!", schimpfte Anna und schüttelte den Kopf.

„Tagelang versuche ich, dich am Leben zu erhalten und du tauchst deine Hand einfach so ins Badewasser.

Die ganze Wunde ist wieder aufgegangen, der Knochen liegt frei. Weißt du, wie gefährlich das ist?"

Marie-Sophie begann zu weinen.

„Entschuldige, ich habe gedacht..."

„Wenn nichts Besseres dabei rauskommt, hör lieber auf zu denken!", rief Anna empört.

„Es hat so ausgesehen, als ob die Wunde schon zu sei", protestierte Marie.

„Mensch, bei Amputationen ist das nicht so einfach. Da muss man ein bisschen mehr Geduld haben. Wir müssen jetzt sofort wieder einen Jodverband anlegen und morgen musst du zum Arzt. Das kann ich nicht länger verantworten. Wahrscheinlich muss der Knochen noch gekürzt und eine Hautplastik gemacht werden. Vorausgesetzt natürlich, die Entzündung geht zurück. Sonst kriegst du richtig Spaß."

Marie-Sophie schluchzte auf und Anna tat es leid, dass sie so viel Dampf abgelassen hatte.

„Sch..., sch...", sagte sie leise zu Marie und strich ihr übers Haar. „Ist schon gut, ich weiß, dass du nichts riskieren wolltest. Wir beobachten die Sache bis morgen früh. Dann sehen wir weiter."

Als sie nach oben in die Küche kam, klingelte das Telefon, aber bis sie abheben konnte, war das Gespräch weg.

Anna rief die Nummer zurück und war sich sicher, dass sie sie nicht kannte.

Ohne viele Worte waren Wolf und Moni zu Bett gegangen. In stiller Übereinkunft kuschelten sie sich zusammen. Da war momentan kein Platz für Lust. Die Sorge hatte das Zepter ergriffen und machte die Sehnsucht nach Nähe zu ihrem Verbündeten.

Die Geborgenheit war es auch, die ihnen ein paar Stunden Schlaf schenkte, weil sie die Angst fernhielt, wie ein Feuer die Wölfe.

„Super, dass Sie sich gleich zurückgemeldet haben!“, rief Peter in den Hörer, noch bevor Anna begriffen hatte, mit wem sie es zu tun hatte.

„Mit wem spreche ich denn?“, fragte sie.

„Oh Verzeihung“, sagte Peter, „Kruse hier, Kripo Rinteln, momentan auch Bückeburg. Wir waren doch neulich mal bei Ihnen und haben nach Ihrer Freundin Marie-Sophie Schulze gefragt.“

Anna zuckte zusammen und war froh, dass es kein Bildtelefon war.

„Ach ja“, erinnerte sie sich, „sind Sie der Große oder der Kleine?“

Kruse schmunzelte.

„Diese Frage lässt mehrere Definitionen zu. Ich bin der höher Gewachsene.“

„Gibt es etwas Neues von Marie?“

Kruse sah den abgetrennten Finger vor sich, schluckte den Kloß runter und antwortete: „Ich rufe wegen etwas anderem an. Wir bräuchten eine Pflegestelle für Aisha. Die Dame, bei der sie derzeit untergebracht ist, muss ins Krankenhaus. Und da habe ich an Sie gedacht.“

„Oh je, was soll ich sagen, ich habe kaum Hundeerfahrung. Aisha kenne ich natürlich und sie mich. Sie ist ja eine ganz brave Hündin.“

„Sie muss sonst leider ins Tierheim“, sagte Kruse mit wehmütiger Stimme.

Anna dachte nach. Es war vielleicht keine schlechte Idee und bestimmt gut für Marie, wenn sie ihre Hündin um sich hatte. Das Gassigehen konnte sie für Marie übernehmen.

„Meinen Sie, dass sie sich mit meiner Katze Ludmilla verstehen wird?“

„Bestimmt, wenn Sie sie langsam aneinander gewöhnen. Mein Kollege hat Katzen und eine Hündin. Klappt alles wunderbar!“

„Dann sollten wir es wenigstens versuchen, denke ich“, antwortete Anna.

„Sind Sie morgen den ganzen Tag da?“, fragte Peter und freute sich darauf, Anna wiederzusehen.

„Ja, ich habe Schichtdienst, aber im Moment frei. Sie können vorbeikommen, wann es Ihnen passt.“

„Wunderbar, eine Sorge weniger“, freute sich Peter, „dann bis morgen, Frau Ebeling.“

Er legte auf und tippte eine SMS an Hetzer. Der würde sich auch freuen, wenn die Sache geklärt war. Er hatte genug andere Sorgen.

Als der Jogger wieder zu Hause angekommen war, meldete er seinen merkwürdigen Fund auf der Bückeburger Wache.

Es war wieder Kunze, der Dienst hatte.

„Wo genau haben Sie diese Beobachtung gemacht, Herr Klinger?"

„Auf der Brücke zwischen Meinser Kämpen und dem ‚Schäferhof'."

„Was genau haben Sie gesehen?"

„Vor dem Brückengeländer stand so eine kleine Leiter mit zwei Stufen und an den Streben des Geländers war so ein oranges Band befestigt. Das hing von der Brücke runter. Unten war so etwas wie eine Schlaufe. Sah wie gesagt so aus, als ob sich da einer aufhängen wollte. In der Nähe stand auch ein Auto, das war nicht verschlossen."

„Haben Sie sich die Nummer notiert?"

„Nein, aber gemerkt." Er gab das Kennzeichen durch.

„Vielen Dank, Herr Klinger, wir schicken gleich eine Streife raus."

Sofort fuhren zwei Beamte in Richtung Mittellandkanal um nachzusehen, aber noch während der Fahrt funkte Kunze sie an. Er hatte inzwischen das Kennzeichen überprüft und festgestellt, dass es einer Anke Tatge gehörte. Den Namen hatte er in den Vernehmungsprotokollen von Hetzer und Kruse gelesen. Er wies seine Kollegen an, den Ort zu sichern, aber nichts zu berühren, bis die Kommissare einträfen.

Am Morgen frühstückten Moni und Wolf schweigend. Er hatte Moni gesagt, dass Aisha bei Marie-Sophies Freundin Anna unterkommen könne. Das machte sie froh und nahm eine Last von ihr. Danach hing jeder seinen Gedanken nach.

Wolf war es, als schicke er Moni weg, jetzt wo sie endlich zu ihm gehörte.

Moni kam sich wie ein Verräter vor, weil sie ihn mit den Sorgen allein lassen musste. Das war fast genauso schlimm wie ihre eigene Angst.

„Ich komme dich später besuchen", versprach er, als sie im Wagen nach Minden fuhren. „Weißt du schon, wann du operiert wirst?"

„Heute irgendwann. Die Voruntersuchungen sind schon gestern gemacht worden, aber ich wollte nicht dortbleiben."

„Dann komme ich heute Abend."

„Nur, wenn du es wirklich einrichten kannst", sagte sie und versuchte ein Lächeln.

„Das werde ich einrichten wollen!", erwiderte er und legte seine Hand auf die ihre.

Hetzer begleitete Moni bis zu ihrer Station, doch vor der Tür stoppte sie ihn.

„Lass uns hier ‚Auf Wiedersehen' sagen", bat sie. „Was dahinter ist, muss ich allein durchstehen."

„Du wirst bei nichts mehr allein sein", gab er zurück, „weil meine Gedanken bei dir sind. Aber ich respektiere deine Entscheidung. Heute Abend aber möchte ich durch diese Tür gehen, um dich zu besuchen!"

„Das ist etwas anderes", sagte sie, „dann habe ich es hinter mir."

Er nahm sie vorsichtig in die Arme und küsste sie auf die Stirn, Lider, Nase, Wangen und Kinn.

Das zauberte ein Lächeln auf ihr Gesicht.

„Ich habe ganz vergessen, wie schön das Leben sein kann", sagte sie und verschwand durch die Tür.

Der Anruf erreichte Hetzer auf dem Weg zum Wagen. Kunze teilte ihm mit, dass Anke Tatge ihr Auto am Mittellandkanal geparkt hatte und dass es so aussah, als habe sie Selbstmord begehen wollen.

„Gibt's doch nicht!", entfuhr es Wolf. „Ich rufe eben Kruse an, wir kommen."

„Der weiß schon Bescheid und wartet auf dich."

„Danke, bis später!" Wolf legte auf.

Als die Kommissare die Brücke erreichten, hatte sich schon eine Menschentraube auf der Straße angesammelt. Die Brücke selbst war von den Polizeibeamten abgesperrt worden.

„Bitte gehen Sie doch zurück. Hier gibt es nichts zu sehen!", schnauzte Kruse die Meute an. „Es sei denn, Sie finden eine Leiter und ein Seil spannend. Tote haben wir hier nicht im Angebot."

Wolf stieß ihn in die Seite.

„Ist doch wahr", meckerte er weiter, „diese Glotzer gehen mir so was von auf den Keks."

Hetzer warf Peter ein paar Latexhandschuhe zu. „Hier, du kannst das platte Seil bergen."

„Das ist ein Spanngurt, glaube ich", antwortete Kruse. „Aber mit einem komischen Endstück."

Sie holten den Gurt ein und betrachteten die Schlinge.

„Hmm, ist da was? Guck mal hier, so eine Verfärbung oder so?"

„Schwer zu sagen." Hetzer drehte das Band in seiner Hand um. „Man könnte meinen, da wären Schatten im Orange, aber beschwören möchte ich es nicht. Es hat natürlich geregnet. In diesen Kunstfasern bleibt dann nicht viel hängen."

„Rein in die Tüte. Meinst du, wir brauchen Seppi hier vor Ort?"

„Ich weiß noch nicht", sagte Wolf, „lass uns mal runtergehen zum Wasser und von unten hochgucken. Hast du ein Fernglas dabei?"

„Bin ich Jäger?", fragte Peter.

„Natürlich nicht."

„Blöd", gab Wolf zurück. „Die Kollegen sollen über Funk eins bestellen."

Peter ging den Weg hinauf und kam kurze Zeit später triumphierend mit einem Fernglas zurück.

„Sind die Glotzer doch mal zu was gut!", sagte er lachend. „Die haben wenigstens alles dabei, was man als guter Kommissar braucht."

„Gib mal bitte her!", bat Hetzer, nahm das Fernglas und richtete es auf die Unterseite der Brücke. Dann gab er Peter das Glas zurück. „Guck du mal. Sieht das da aus wie Spritzer von irgendwas?"

„Wo genau?", fragte Peter.

„So ziemlich an der Stelle, wo das Band hängt, vielleicht ein bisschen weiter rechts."

„Meinst du die dunklen Sprenkel?"

„Genau die. Könnte das Blut sein?", überlegte Hetzer laut.

„Wie das denn? Ich sehe keine Leiche."

„Ich habe gerade einen ganz bösen Verdacht. Komm mal mit zum Wasser runter."

Peter und Wolf bewegten sich vorsichtig über die Steine in Richtung Wasseroberfläche.

„Nix zu sehen, falls du hier einen Toten vermutet hast. Was für einen Verdacht hast du denn?"

„Diese Frau Tatge war doch ziemlich fett. Das Auto ist eindeutig von ihr. Zu Hause ist sie nicht, der Vater weiß von nichts. Aber irgendwo muss sie ja sein. Also, wenn sich an dem Band oder unter der Brücke Blutspritzer finden lassen sollten, brauchen wir Taucher. Die Beamten oben sollen Seppi anfordern."

„Ihh, was hast du für eine ekelige Phantasie? Meinst du, die hat sich den Kopf beim Erhängen abgerissen?" Die Vorstellung nahm in Peters Kopf Gestalt an. Mit dem Fernglas schaute er sich noch einmal in Ruhe die Brückenunterseite an. „Mensch, du könntest wirklich recht haben, dass das Blutspritzer sind. Lass mal lieber gleich die Taucher kommen."

„Von dem Spanngurt könnte das Blut weitgehend abgeregnet worden sein, aber unter der Brücke war es nahezu trocken", meinte Hetzer.

„Klingt logisch, ich sag mal oben Bescheid, die sollen die SpuSi und die Taucher schicken."

Es dauerte eine ganze Weile, bis Seppi und Mimi eintrafen. Letztere fixierte Wolf immer noch mit einem undefinierbaren Blick. Wie eine Spinne, die einen fressen würde, wenn man zu nahe kam.

Noch länger dauerte es jedoch, bis die Taucher eintrafen und endlich bereit waren, sich in den Mittellandkanal herabzulassen.

Zuerst fanden sie den massigen Leib von Anke Tatge, die sich um die Bandscheiben ihres Halses keine Gedanken mehr machen musste. Auch nicht um den tauben Mittelfinger, denn die Hand war - vermutlich durch eine Schiffsschraube - abgetrennt. Dann kam etwas Hautfarbenes zum Vorschein, das sich als Halskrawatte entpuppte. Der Kopf war auf dem Grund des Kanals ein wenig durch die Verwirbelungen des Binnenschiffverkehrs davongekullert. Er tauchte ein paar Meter weiter in Richtung Hannover in der Hand eines Tauchers wieder auf, der den Zopf zum Tragen nutzte. Die Hand blieb verschollen.

Der Morgen brach für Anna keineswegs gut an. Sie war als Erstes in den Keller gelaufen und fand ihre Sorge bestätigt. Schweißperlen standen jetzt auf Marie-Sophies Stirn, obwohl sie sich anstrengte zu lächeln.

„Es geht mir gut!", schwindelte sie. „Mach dir keine Sorgen."

„Das sehe ich", gab Anna zurück, wischte Marie den Schweiß von der Stirn und gab ihr das Fieberthermometer. Auch die Haare waren feucht. Ab und zu ging ein leichtes Zittern durch ihren Körper.

Als das Thermometer piepte, sah Anna ihre Befürchtungen bestätigt.

„39,8° C, jetzt ist Schluss. Zeig mir mal deine Hand."

Vorsichtig wickelte sie den Verband ab. Die Rötung hatte sich ausgedehnt, eine schwammige Schwellung war hinzugekommen.

Anna hatte sogar den Eindruck, dass diese sich zum Arm hin hochzog. Sie fühlte den Puls am rechten Handgelenk. Er ging zu schnell.

„Du kannst jetzt sagen, was du willst. Entweder bringe ich dich jetzt in die Notaufnahme oder ich rufe einen Krankenwagen. Das Versteckspiel ist vorbei. Ich habe dir gerne geholfen, aber dein Leben werde ich dafür nicht riskieren."

„So schlimm wird es schon nicht sein, Anna. Das Fieber geht bestimmt bald zurück."

„Gut, dann rufe ich jetzt einen Krankenwagen, wenn du es nicht kapierst."

„Nein, warte, tu' das nicht. Wie willst du erklären, dass ich hier in deinem Keller liege? Bring mich lieber hin. Moment, ich stehe auf." Wieder schüttelte es sie innerlich. „Du hast mir so geholfen. Ich möchte nicht, dass etwas auf dich zurückfällt."

„Einverstanden, dann hole ich jetzt den Wagen aus der Garage. Bleib du bitte hier auf dem Hocker sitzen. Ich komme gleich wieder und helfe dir."

Marie-Sophie seufzte. Aber Anna hatte recht. Es ging ihr wirklich nicht gut. Inzwischen pochte schon die ganze Hand. Ein Laie konnte sehen, dass die Entzündung fortgeschritten war.

„So", sagte Anna und fasste unter Maries Arm, „dann wollen wir mal. Hoffentlich haben wir nicht zu lange gewartet. Ich bringe dich nach Bückeburg. Da haben sie eine gute Handchirurgie."

Beim Einsteigen schwankte Marie. Sie war froh, sich endlich auf dem Sitz niederlassen zu können.

„Ich möchte, dass du mich irgendwo in der Nähe des Krankenhauses absetzt. Den Rest schaffe ich dann schon allein."

„Bist du sicher?"

„Ja. Ich werde erzählen, dass ich nicht wüsste, wo ich die restliche Zeit gewesen bin. Keine Erinnerung. Dann bist du aus dem Schneider. Ich möchte nicht, dass du in den ganzen Schlamassel mit reingezogen wirst."

„Bitte ruf mich an, sobald du kannst, oder lass mich durch die Station verständigen. Sonst habe ich keine ruhige Minute."

„Mache ich, und danke für alles!“

Der Wagen, der am Anfang des Bethelweges hielt, fiel nicht weiter auf. Eine Frau stieg aus und ging langsam davon. Zwischendurch lehnte sie sich an einen Zaun. Der Wagen hatte längst gewendet und war dorthin gefahren, woher er gekommen war.

Mit großer Mühe schaffte es Marie-Sophie irgendwie, den Eingang des Krankenhauses zu erreichen. Die Raucher, die vor der Tür standen, sahen sie verwundert an. Einer fragte, ob er ihr helfen könne, doch sie hörte nichts mehr. Kurz hinter der automatischen Tür brach sie zusammen und verursachte hektische Betriebsamkeit im Foyer. Die Dame an der Information hatte sofort den Notarzt alarmiert. Er legte den venösen Zugang, noch bevor die Pfleger sie auf einer Trage in Richtung Intensivstation mitnahmen.

Es war die Stationsschwester, der auffiel, wer da höchstwahrscheinlich im Bett lag. Sie verständigte den diensthabenden Arzt und erklärte ihm, dass ein Foto dieser Unbekannten vor einiger Zeit in der Zeitung gestanden habe. Sie war von der Polizei gesucht worden. Der Arzt bat sie, die Wache zu verständigen.

Hetzer und Kruse betrachteten die matten Augen von Anke Tatge, die fast einen erstaunten Ausdruck hatten.

„Meinst du, sie hat noch mitgekriegt, dass sie zu schwer war für's Erhängen?", fragte Peter.

„Schwer zu sagen", antwortete Wolf. „Am Dachbalken wäre es vielleicht gegangen, aber durch den Sprung war der Ruck einfach zu groß. Wenn man der Störtebeker-Legende glaubt, könnte sie sich selbst beim Sturz von oben noch zugesehen haben. Ich schätze, der Kopf wird mit Zeitverzögerung gefallen sein. Aber das muss die Rechtsmedizin klären. Für uns macht das keinen Unterschied. Tot ist tot. Wir können wohl von Selbstmord ausgehen. Wäre auch schwierig, so einen Koloss zum Springen zu bringen, wenn er nicht selbst wollen würde."

„Mensch Hetzer, du bist ja schlimmer als ich!", lachte Peter. „Etwas mehr Pietät, bitte! Aber ich konnte sie auch nicht leiden."

Hetzer tat entrüstet und sah auf die Uhr. Moni, dachte er. Wie es ihr wohl gehen mag? Ob sie schon operiert ist? Der Ausdruck in seinem Gesicht wechselte in einen sorgenvollen. Dann fiel ihm Aisha ein.

„Was ist, Wolf?" Kruse guckte skeptisch.

„Ach, ich musste an Moni denken und wir müssen Aisha noch nach Vehlen bringen. Dieser Vorfall hat alles durcheinandergebracht."

„Du hast mir immer noch nicht erzählt, was denn nun mit Moni los ist", beschwerte sich Peter.

„Sie hat Knoten in der Brust. Möglicherweise nichts Gutes. Ich mache mir Sorgen."

„Scheiße. Das tut mir leid. Moni ist einer der besten Menschen, die ich kenne. Sag ihr, dass ich an sie denke", bat Peter.

„Mache ich, und jetzt sollten wir Aisha holen. Sie ist sonst zu lange allein."

Die Hovawart-Hündin freute sich, als Wolf ihr das Halsband anlegte und sie mitnahm.

„Wir fahren jetzt zu Anna, die kennst du doch!" Wolf hoffte, dass sie dort bleiben konnte.

Während der Fahrt nach Vehlen hingen die beiden Kommissare ihren Gedanken nach.

„Weißt du, was toll an dir ist?", fragte Hetzer.

„Nee."

„Dass man auch mit dir schweigen kann, ohne eine Leere zu fühlen."

„Dito!", sagte Peter. „Das ist wirklich selten."

In diese Erkenntnis klingelte das Telefon, das wie meistens in Hetzers Hosentasche steckte.

„Willst du wirklich rangehen?", fragte Peter, während Hetzer Verrenkungen machte.

„Ist, glaube ich, besser. Wegen Moni, weißt du?"

Peter nickte.

Aber es war die Bückeburger Wache.

„Gute Neuigkeiten, Wolf", sagte Kunze, der augenscheinlich immer noch Dienst hatte. „Diese Frau Schulze ist aufgetaucht."

Beinahe wäre Wolf das Telefon aus der Hand gefallen. Er bremste und hielt am Straßenrand an.

„Was hast du gesagt?"

„Euer blutiger Vermisstenfall aus dem Wald, Frau Schulze. Sie ist wieder aufgetaucht. Liegt auf Intensiv im Bückeburger Krankenhaus."

Peter guckte fragend.

„Und, weiß man schon Genaueres?"

„Nein, sie ist bisher nicht ansprechbar."

„Ist die Identität einwandfrei geklärt?", fragte Hetzer, der es immer noch nicht glauben konnte, dass Marie-Sophie von den Toten auferstanden sein sollte.

„Ja, wir haben noch mal das Bild zur Station gemailt, das ihr in der Zeitung hattet. Die Stationsschwester und der Diensthabende haben sie eindeutig erkannt."

„Danke, Carsten, das ist endlich einmal eine gute Neuigkeit!"

„Ich melde mich, wenn ich mehr weiß. Aber ihr werdet sicherlich ins Krankenhaus fahren", sagte Kunze.

„Wir halten Kontakt", bestätigte Wolf und legte auf.

Peter schüttelte den Kopf, als Hetzer den Wagen in Bewegung setzte.

„Hab ich das richtig kapiert? Marie-Sophie Schulze ist wieder aufgetaucht? Seit wann können denn Tote auferstehen?"

„Das erklärt sich mir ehrlich gesagt auch noch nicht. Aber ich hoffe, wir werden es erfahren. Sie ist im Krankenhaus. Wir fahren gleich mal hin."

Als Hetzer in Anna Ebelings Einfahrt parkte, wurde Aisha unruhig.

„Siehst du, sie erkennt Maries Freundin", freute sich Peter, weil er auf die Idee gekommen war. „Das ist eine gute Lösung!"

„Und du bist auch nicht traurig, Frau Ebeling wiederzusehen, oder?“

Peter schmunzelte und legte den Finger auf seine Lippen. Er ging zur Rückseite des Kombis und wartete darauf, dass Wolf die Klappe öffnete.

Womit er nicht gerechnet hatte war, dass Aisha wie von der Tarantel gestochen aus dem Wagen sprang und nervös den Boden absuchte. Dabei fiepte sie.

„Was ist denn mit der los?“, fragte Peter.

„Vielleicht die Katze?“, überlegte Wolf. „Ich nehme sie mal besser an die Leine.“

Anna Ebeling öffnete, noch bevor die Kommissare geklingelt hatten. Sie wirkte unruhig und fahrig.

„Aisha, mein Mädchen!“, rief sie und ging in die Hocke. „Sie können sie ruhig von der Leine lassen, Herr Hetzer. Ludmilla, meine Katze, ist draußen.“

Kaum dass Wolf Halsband und Leine abgenommen hatte, lief Aisha den Flur entlang und kratzte an der Tür zum Treppenhaus.

„Ist die bei Ihnen immer so verrückt?“, fragte Peter.

Aishas Fiepen ging in helles Kläffen über.

„Meist haben wir uns bei Marie getroffen“, antwortete sie. „Da war sie natürlich anders. Wahrscheinlich reagiert sie auf die Katze.“ Anna hoffte, dass man ihr die Lüge nicht anmerkte. Sie wusste genau, dass Aisha Marie gerochen hatte und zu ihr wollte.

„Kommen Sie zurecht?“, fragte Hetzer.

„Sicher, wir raufen uns schon zusammen“, sagte Anna.

„Wir haben wenig Zeit", erklärte Wolf bedauernd, „aber das ist gleichzeitig auch eine gute Nachricht. Ihre Freundin Marie ist wieder aufgetaucht. Sie liegt auf der Intensivstation. Wir wollen gleich hinfahren."

Ein Leuchten flackerte über Annas Gesicht. „Das ist ja wunderbar!", rief sie. Die Erleichterung war ihr anzusehen. Es war, als ob ein Schatten aus ihrem Gesicht gefallen war.

„Sollen wir Grüße ausrichten?", fragte Peter.

„Das wäre wirklich ganz lieb von Ihnen, Herr Kruse", bedankte sich Anna. Peters Augen strahlten.

Wach

Diffuses Licht fiel durch ihre Lider, als Moni aus der Narkose aufwachte. Sie lag ganz still. Vorsichtig betastete sie ihren Oberkörper. Er war verbunden, aber ihre Brüste waren noch da. Das war ein gutes Zeichen, fand sie, auch wenn es nicht wirklich etwas bedeutete. Die Ergebnisse der Biopsie blieben abzuwarten.

Langsam öffnete sie die Augen. Sie war noch im Aufwachraum. „Wolf", dachte sie, er würde sich Sorgen machen, aber sie würde ihn erst anrufen können, wenn sie auf dem Zimmer war.

Über dem unfreiwilligen Schlaf hatte sie jegliches Zeitgefühl verloren. Sie wusste nicht, wie spät es war. Gerade noch rechtzeitig vielleicht, hoffte sie und schlummerte ein, ohne es zu merken.

Der Stationsarzt der Intensivstation erklärte den Kommissaren, dass sie Marie-Sophie Schulze ins künstliche Koma gelegt hatten. Ihr Zustand war kritisch. Bakterien waren über die offene Wunde an der amputierten Stelle in den Körper eingedrungen. Sie hatten begonnen, das Blut und damit die Organe zu vergiften.

Nein, man könne noch nichts sagen. Wann sie zu sprechen sei, stünde in den Sternen. Ihr Leben hinge an einem seidenen Faden.

Wolf überlegte, ob er sie gerne gesehen hätte. Er war unsicher. Seine Sehnsucht hatte ein festes Ziel gefunden, doch die Verbundenheit war geblieben.

Heiner saß eben noch über Anke Tatges Zeugnis und tat sich schwer. Rein fachlich konnte man nichts Schlechtes über sie sagen. Im Kollegenkreis schien sie aber wohl anders gewesen zu sein, als er gedacht hatte. Trotzdem wollte er fair sein. Sie war so lange Jahre in seiner Praxis beschäftigt gewesen. Das wischte man nicht so einfach weg. Es hinterließ Spuren in beider Leben. Warum war ihm nie aufgefallen, dass sie ihn anders sah? Dass sie ihn nicht nur als ihren Chef empfunden hatte? Sicher war über die Jahre eine Vertrautheit entstanden, die aber die Grenzen einer Freundschaft oder guten Bekanntschaft nie überschritten hatte. Wenigstens nicht bei ihm.

Er seufzte und schrieb weiter. Nein, er wollte fair sein. Sie hatte sich sonst nie etwas zu Schulden kommen lassen. Den Lohn würde er ihr weiterzahlen, aber er wollte sie nicht wiedersehen. Dass er sich so in ihr getäuscht hatte, hatte ihm einen tiefen Schock versetzt, von dem er sich nur langsam erholen würde.

Später würde er es den Kollegen mitteilen, beschloss er und nahm den Hörer ab. Sein Telefon hatte geklingelt.

„Ich hatte Ihnen doch gesagt, ich wolle nicht gestört werden, Frau West", grummelte er.

„Verzeihung Herr Doktor, die Kommissare möchten Sie sprechen. Es ist dringend."

„Sind sie hier oder am Telefon?"

„Direkt neben mir", antwortete Leslie West.

„Schicken Sie sie rein!", sagte er und legte auf.

Eine halbe Stunde später saß er immer noch wie vom Donner gerührt da.

Wolf Hetzer und Peter Kruse waren längst gegangen. Zwei Nachrichten hätten sie für ihn, hatten die Kommissare gesagt, eine fast gute und eine weniger gute.

Dann hatten sie ihm von Ankes Selbstmord und Marie-Sophies unglücklicher Rückkehr berichtet.

Heiner fühlte sich schuldig. Er hatte Anke den Dolchstoß versetzt und sie in den Tod getrieben.

Schwerfällig nahm er das Zeugnis und die Kündigung und ließ beides im Aktenvernichter verschwinden.

Auf die Frage der Kommissare hatte er nicht antworten wollen. Ob er sich vorstellen könne, dass Frau Tatge den Suizid als Ausweg aus ihrer Schuld gesehen habe, weil sie es gewesen sei, die Frau Schulze das Medikament eingegeben und sie verschleppt habe?

Er sagte nichts, weil ihm die Worte fehlten und schüttelte nur den Kopf. Dann fing es an, in ihm zu arbeiten.

Oh Gott! Daran hatte Heiner überhaupt noch nicht gedacht. Sicher traute er ihr das zu und wahrscheinlich hatte sie Marie genau jetzt freigelassen, weil sie sich hatte umbringen wollen. Vielleicht eine Läuterung im letzten Moment. Vielleicht hatte sie nicht noch den Tod ihrer Kollegin auf ihre Seele laden wollen.

Das Bild dieser Frau, die ihn jahrelang begleitet hatte, verdüsterte sich immer mehr. Er war fassungslos. Aber den Kommissaren hatte er dies nicht sagen können. Sie war tot. Es genügte, dass er an der Erkenntnis trug, es musste nicht öffentlich bekannt werden.

Wie in Trance behandelte er die letzten Patienten und fuhr nach Hause. In der Praxis hatte er nur ganz kurz die Tatsachen bekannt gegeben.

Frau Tatge sei verstorben, erkärte er seinen Mitarbeiterinnen und konnte kein großes Bedauern in deren Gesichtern feststellen, nur Erleichterung, die er darauf schob, dass sie erleichtert waren, dass wenigstens Frau Schulze lebend gefunden worden war.

Nachdem Wolf seinen Kollegen Peter nach Hause gefahren und sich entschuldigt hatte, dass er heute nicht für ihn kochen könne, wendete er und setzte seinen Weg in Richtung Minden fort.

Eine leise Unruhe war über Tag gewachsen und machte sich jetzt breit, als er allein war. In der Einsamkeit wuchsen die Schatten schneller.

Was, wenn das Ergebnis der Biopsie nicht gut ausfiel? Wie würden sie damit umgehen? Welche weiteren Schritte wären notwendig und wie wäre das Damoklesschwert der Diagnose Krebs zu ertragen, das dann über allem schweben würde?

Fragen, auf die er keine Antwort hatte und selbst, wenn er eine gehabt hätte, wäre es nicht ihre gemeinsame gewesen und nur auf die kam es an.

Er wischte die Gedanken fort und sah in den Abendhimmel, der schon eine rötliche Färbung annahm. Man spürte, dass die Tage kürzer wurden. Ein Gedicht von Rainer Maria Rilke fiel im ein. „Herbsttag" hieß es. Wolf war froh.

Er hatte sein Haus gebaut und war nicht mehr allein.

Es fühlte sich gut an, dass sie einander als das erkannt hatten, was sie waren. Freunde, die sich liebten. Dass sie es zugelassen hatten, trotz oder gerade wegen der Angst. Mit einem Mal fiel ihm ein, dass er die Blumen vergessen hatte. Nur die Zeilen hatte er dabei, die er geschrieben hatte, als Moni gestern auf seinem Sofa eingeschlafen war.

Begleiten
will ich dich,
nur sanft begleiten
in eine dunkle Stunde,
wo du
mein Licht
auf deinen Ängsten fühlst,
wie einen Hauch,
der dich umweht
und leise dir von
guten Mächten flüstert,
bis mit ihm
jede Furcht
vergeht.

Auf dem Weg vom Parkplatz zum Eingang des Klinikums pflückte er ein paar Blüten.

Der Schreck fuhr ihm in die Glieder, als er ihr leeres Krankenzimmer betrat. Doch als er sich auf die Suche nach der Schwester machen wollte, wurde ihr Bett in den Raum geschoben.

„Du siehst ja aus wie das blühende Leben!", freute er sich.

„Ich wusste gar nicht, dass du so schamlos lügen kannst", flachste sie zurück und er war beruhigt. Das war ein gutes Zeichen.

„Apropos blühen... Leider habe ich dir nur einen ganz kleinen Strauß geklauter Blüten mitgebracht und einen Zettel. Den darfst du aber erst lesen, wenn ich wieder weg bin", sagte er.

Sie nickte, als er ihre Hand nahm, mit dem Stuhl näher rückte und seinen Kopf neben sie legte. Dann schwiegen sie. Ihm war wohl dabei. Er fand, dass sie das genauso gut konnten wie Kruse und er.

Erst als sie eingeschlafen war, schlich er sich aus dem Zimmer. Morgen würde er sie nach Hause holen können, wenn alles gut ging.

Ein toller Vorwand war das, den er sich da ausgedacht hatte, fand Peter, als er Annas Nummer in sein Telefon eintippte.

„Ebeling."

„Hallo, hier Kruse, der lange Lulatsch von Kommissar, Sie wissen schon. Ich wollte nur mal fragen, ob alles klappt mit Aisha."

„Oh, danke. Ja, wir kommen ganz gut klar, wir zwei. Gleich wollen wir noch eine große Runde drehen. Wissen Sie, wie es Marie geht?"

„Sie liegt im künstlichen Koma. Man kann noch nichts sagen."

„Verstehe", antwortete Anna besorgt. „Kann man sie denn besuchen?"

„Das weiß ich nicht", sagte Peter Kruse. „Wir könnten ja mal nachfragen. Ich habe eine Idee. Wie wäre es, wenn man den Spaziergang mit einem Krankenbesuch verbindet? Im Harrl gibt es herrliche Wege, und er liegt direkt am Krankenhaus. Wir könnten mit Aisha gehen und sie hinterher im Wagen lassen. Dann müssen Sie nicht so allein durch die Dämmerung wandern."

Anna schmunzelte insgeheim.

„Ein Hundespaziergang unter Polizeischutz?“, fragte sie. „Mit oder ohne Waffe?“

„Die brauche ich nicht“, gab Peter zurück, „Räuber hauche ich einfach um, aber die trauen sich sowieso nicht an mich ran.“

„Dann bin ich beruhigt und nehme das Angebot gerne an“, lachte Anna.

„Gut, ich bin gleich da, so in zehn, fünfzehn Minuten, denke ich“, sagte er und legte schnell auf, bevor sie es sich anders überlegen konnte.

Das Essen war schon fertig, als Heiner durch die Tür trat. Auf der Fahrt hatte er sich halbwegs beruhigt. Der Duft tat sein Übriges. Er schnupperte in die Luft und sagte: „Köstlich, Kohlrabi…"

„Ja und Hackbraten mit Kartoffelschnee!", sagte sie fröhlich. „Wenn du magst, gibt es auch noch ein Glas Chardonnay dazu. Setz dich schnell und mach die Flasche auf. Sie steht schon auf dem Tisch."

Genüsslich ließ sich Heiner Wiebking nieder. Die dampfenden Schüsseln halfen ihm ein bisschen über den Albtraum des Tages hinweg. Marion würde Augen machen, wenn er ihr erzählen würde, was alles geschehen war. Er wartete, bis sie mit dem Essen fertig waren und prostete ihr dann zu.

„Zum Wohl, mein Schatz. Es gibt noch ein paar Neuigkeiten, die ich mit dir teilen möchte. Die Kündigung von Anke habe ich zerrissen!"

Marion blieb der Schluck im Hals stecken. Sie hustete.

Er klopfte auf ihren Rücken.

„Na, na, wer wird sich denn so verschlucken?", sagte er.

„Hast du es dir anders überlegt?", fragte sie, als sie ihre Fassung wiedergefunden hatte.

„Nein", antwortete er, „es war schlichtweg nicht mehr notwendig. Sie hat sich umgebracht."

Marion machte große Augen. Damit hatte sie nicht gerechnet.

„Wieso das denn? Weil du sie entlassen hast?“, überlegte sie laut.

„Oder weil sie sich schuldig gefühlt hat?“, warf Heiner ein. „Wer soll das wissen?“, gab Marion zurück.

„Möglicherweise war sie auch noch an Maries Verschwinden schuld“, erklärte er.

„Wieso das denn? Meinst du, sie hat sie umgebracht? Es ging das Gerede, sie sei nicht mehr am Leben.“

„Sie ist heute wieder aufgetaucht und liegt jetzt auf der Intensivstation. Keiner weiß, ob sie durchkommt.“

„Und was hat Anke damit zu tun?“

„Das habe ich mich auch gefragt. Es ist doch schon komisch, dass Marie genau an dem Tag wieder zurückfindet, an dem sich Anke umbringt, oder?“, fragte Heiner.

„Irgendwie schon. Und was macht die Polizei jetzt?“

„Keine Ahnung, ist bestimmt nicht einfach. Die, von der sie gedacht haben, sie sei tot, ist wieder da. Und die, von der sie dachten, sie sei vielleicht für den Tod oder wenigstens das Verschwinden verantwortlich, hat sich umgebracht.“

„Merkwürdig spiegelverkehrt die ganze Geschichte“, grübelte Marion. „Was, wenn Marie das alles inszeniert hat, um Anke so in Bedrängnis zu bringen, dass sie den Freitod vorzieht?“

„Na, du hast ja Gedanken. Auf so etwas kann auch nur eine Frau kommen. Es ist noch nicht einmal gesagt, dass Marie durchkommt. Wo wäre dann ihr Nutzen?“

„Vielleicht ist etwas schiefgegangen“, gab Marion zu bedenken.

„Das ist müßig, Marion, wir werden es nicht herausfinden. Für uns zählt nur, dass wir uns Gedanken machen müssen, wie wir die Stellen neu besetzen.“

In diesem Moment klingelte das Telefon. Heiner ging ins Arbeitszimmer und überließ Marion ihren Gedanken.

Ihr Plan war aufgegangen, dachte sie. Sie hatte Marie als Werkzeug gegen Anke benutzt, indem sie Informationen gestreut hatte, die unweigerlich zu Aktionen führen mussten. Sie schmunzelte. Was nun genau passiert war, wusste sie nicht. Die Geschichte hatte sich verselbstständigt und auch noch die zweite Nebenbuhlerin außer Gefecht gesetzt.

Niemand nahm ihr ihren Heiner weg. Weder jemand, der sich heimlich über zwei Jahrzehnte an ihn herangemacht hatte, noch jemand, der einfach schön und lieb war. Diese Frauen waren ihm immer näher gekommen, bis sie es nicht mehr ausgehalten hatte. Schöne Augen hatten sie ihm gemacht. Auf jeder Weihnachtsfeier und bei jedem Sommerfest musste sie diese Blicke ertragen, bis sie sich endlich gewehrt hatte.

Worte hatten Macht, wenn sie auf einen Boden gesät wurden, der fruchtbar war.

Zufrieden lehnte sie sich zurück, trank einen Schluck Wein und wartete darauf, dass Heiner zurückkam.

In einem ihrer letzten Augenblicke sah Marie das Gewehr. Sie erinnerte sich noch, dass sie es in einen Schraubstock gespannt hatte.

Im Keller des Nachbarn war das gewesen. Der Sportschütze hatte vergessen, seinen Waffenschrank zu verschließen. Da war sie auf die Idee gekommen.

Es dauerte, bis sie die Waffe so justiert hatte, dass sie im passenden Winkel zum Boden zeigte. Den Test hatte sie mit einem alten Schuh gemacht, in den sie einen Besenstiel gesteckt hatte. So konnte sie den Schuh festhalten und zur Seite treten, während sie an der Schnur zog, die sie um einen Pfeiler gelenkt hatte.

Der erste Schuss auf ihren Fuß ging trotzdem leicht daneben und streifte nur ihren Knöchel. Sie hielt die Luft an, verbiss sich den Schmerz und musste sich dann von Neuem überwinden. Ein kleines Stück weiter links stellte sie ihren Fuß. Dann zog sie wieder am Seil und betätigte den Abzug.

Peng! Das Geschoss durchschlug ihren Fuß, sie fiel zu Boden. Zum Glück blutete es weniger, als sie befürchtet hatte. Als der Schmerz nachgelassen hatte, sammelte sie die Hülsen auf und verwischte ihre Spuren. Dann fuhr sie in die Stadt zur Parkpalette.

Es hatte geregnet damals, wie heute. Nur dass der Regen diesmal in ihren Augen war und unbemerkt aufhörte, als die Nieren versagten.

Peter Kruse und Anna Ebeling hatten Aisha nach dem Spaziergang im Auto gelassen, in der Hoffnung, dass sie gleich schlafen würde.

Doch im Krankenhaus hatten sie kein Glück. Vor der Intensivstation sagte man ihnen, dass es nicht möglich sei, Marie zu besuchen. Ob sie eine nahe Angehörige sei, war die Frage, die Anna verneinen musste. Nur eine Freundin, hatte sie gesagt und blieb mit einem komischen Gefühl zurück.

„Etwas ist passiert!“, sagte sie zu Peter. „Ich spüre es. Aber ich weiß nicht was.“

„Kommen Sie, wir können hier nichts ausrichten“, antwortete Peter. Morgen sehen wir weiter. Ich bringe sie jetzt nach Hause.“

Peter brachte es nicht übers Herz, Anna allein zu lassen. Sie war ebenso unruhig wie Aisha und machte die Nacht zum Tag. Das bisschen Schlaf, das Peter vergönnt war, verbrachte er auf einem zu kurzen Sofa.

Auch Hetzer schlief in der Nacht nicht gut. Sie fehlte ihm. Er freute sich darauf, Moni am nächsten Morgen wieder abholen zu können. Doch es bedeutete für beide, weitere Tage auf heißen Kohlen zu sitzen, denn die Befunde der Biopsie wurden erst für Anfang der Woche erwartet.

Früh stand er auf, ging eine große Runde mit Lady Gaga und aß sein Frühstück mit wenig Appetit. Daran konnten auch die frisch gebrachten Brötchen und Croissants nichts ändern. Selbst die Zeitung interessierte ihn heute Morgen nicht.

Als es endlich zehn Uhr war, fuhr er los. Im Auto erreichte ihn die Nachricht, dass Marie-Sophie die Folgen der Amputation nicht überstanden hatte. Sie war an einer Sepsis gestorben. Wolf war traurig. Er rief Peter auf dem Handy an und informierte ihn.

„Wie geht es dir dabei?“, fragte Peter und zog sich ins Bad zurück. Er wollte nicht, dass Anna es auf diese Weise erfuhr.

„Nicht gut“, antwortete Wolf, „sie war irgendwie ein besonderer Mensch.“

„Du kanntest sie nicht.“

„Aber ich spürte es.“

„Wärst du jetzt mit ihr zusammen, wenn sie damals nicht verschwunden wäre?“

„Nein“, antwortete Wolf.

„Warum nicht?“, fragte Peter.

„Du stellst Fragen, die ich mir selbst nicht beantworten kann", sagte Hetzer.

„Sag es mir, wenn du es irgendwann kannst."

„Warum?"

„Weil ich wissen will, ob ich recht hatte", antwortete Peter.

Hetzer lachte kurz und wurde dann wieder ernst.

„Bringst du es Anna Ebeling bei?"

„Ja, kein Problem, ich bin eh noch dort", sagte Peter.

„Aha!", entgegnete Hetzer.

„Nix aha, aus reiner Freundschaft und Nächstenliebe."

„Kommt mir bekannt vor!", sagte Wolf und verabschiedete sich.

Heiner brachte Marion die frohe Botschaft von Marie-Sophies Ableben, ohne sich dessen bewusst zu sein. Ihm tat es leid, dass die Frau, die augenscheinlich so unter Anke Tatge gelitten und wahrscheinlich von ihr misshandelt worden war, nicht überlebt hatte.

Gemeinsam, jedoch jeder aus anderen Gründen, tranken sie an diesem Abend ein Glas zu viel.

Doch der nächste Morgen erforderte Nachdenken und Planen, wie die Versorgung der Patienten in der Praxis gewährleistet werden könnte. Man bat Leslie West aus dem Labor, den Platz von Anke einzunehmen und entschloss sich, beide Auszubildenden zu behalten.

Und so lief es nach einer kurzen Zeit der Eingewöhnung in den neuen Arbeitsbereich, als habe es Anke und Marie nie gegeben.

„Keine Widerrede!“, sagte Wolf und deckte Moni auf dem Sofa zu. „Sie haben dich nur heute schon entlassen, weil ich gesagt habe, dass du zu Hause gut umsorgt wirst. Daran müssen wir uns halten!“, lachte er. „Du bist also in meiner Hand.“

„Das bin ich nicht gewohnt“, sagte Moni und lächelte zurück.

„Wir werden uns noch an so manches gewöhnen wollen, hoffe ich“, antwortete Wolf und setzte sich zu ihr. „Ich habe übrigens beschlossen, heute auch nichts zu machen.“

„Ist denn euer Fall schon gelöst?“, fragte sie.

„Wie man's nimmt“, sagte Hetzer und erklärte ihr, was in den letzten Stunden geschehen war.

„Ein komischer Fall“, sagte sie. „Die Beteiligten sind tot und niemand weiß genau, was passiert ist.“

„Moment“, sagte er, „das Telefon klingelt. Ich gucke mal, ob ich abheben will.“

Doch Wolf entschied sich, das Gespräch anzunehmen, denn es war Peters Nummer.

„Wolf“, sagte er mit wichtiger Stimme, „setz dich mal.“ Im Hintergrund hörte er jemanden schluchzen. „Anna hat mir gerade ein paar wichtige Dinge erzählt, die du hören solltest. Wir wissen jetzt, wo sich Marie-Sophie die ganze Zeit über aufgehalten hat.“

„Und wo? Sag nicht, bei Anna?“

„Ja sicher. Sie hatte sie im Keller versteckt.“

„Das glaub ich jetzt nicht.“

„Doch, ich hab den Raum gesehen. Ein Verschlag, der vor hundert Jahren oder so mal als Kühlkeller in den Sandstein gehauen worden ist. Dort hatte sie ihr ein Zimmer eingerichtet. Aber das Tollste ist, sie hatte keine Ahnung, was wirklich gespielt wurde. Marie hatte ihr eine irre Geschichte erzählt."

„Ich höre", sagte Wolf.

„Angeblich hat die Frau dieses Arztes, Marion oder wie die heißt, der Schulze erzählt, dass Frau Tatge zehntausend Euro dafür geboten hat, dass Wiebking sie rausschmeißt."

„Krass!", entfuhr es Wolf. „Und weiter?"

„Daraufhin hat die Schulze Angst gekriegt. Ihr war schon mehrfach in der Praxis oder nach der Arbeit schlecht geworden. Sie vermutete, dass ihr was ins Essen oder Trinken gemischt worden war. Sie glaubte einfach, dass Anke Tatge das Geld jetzt anders einsetzen würde, um sie loszuwerden."

„Was mag der Grund gewesen sein?", fragte Wolf, „Konkurrenz, Angst um den Arbeitsplatz oder Eifersucht?"

„Keine Ahnung, aber die muss völlig durchgedreht sein, die Frau Schulze. Sie hatte dann Anna irgendwann gebeten, sie in der Nacht an der Bückeburger Straße abzuholen und für einige Zeit zu verstecken, um sicher zu sein vor ihrer Kollegin. Warum der Finger fehlte, hat sie ihr nie erklärt."

„Wenn wir nur wüssten, wer den dort vor die Tür der Bückeburger Wache gelegt hat, dann wären wir schon weiter", gab Wolf zu bedenken. „Vielleicht erkennt Anna Ebeling den Boten auf dem Video?"

„Das ist eine supergute Idee, Wolf", sagte Peter. „Ich fahr gleich mal mit ihr hin, wenn sie sich etwas beruhigt hat."

„Wie kam es denn nun, dass sie dir das alles erzählt hat?“

„Der Tod ihrer Freundin belastet sie. Sie fühlt sich schuldig. Dabei sei alles zuerst so gut verheilt, bis Marie-Sophie heimlich gebadet habe. Danach hatte sich die Wunde wohl entzündet. Sie war diejenige, die Marie ins Krankenhaus gebracht hat.“

„Abgründe tun sich da auf“, sagte Wolf und schüttelte den Kopf.

„Sag mir sofort Bescheid, wenn das mit dem Video was ergibt!“

„Klar, bis gleich dann“, antwortete Kruse.

Moni konnte es kaum glauben, als Wolf ihr vom dem Gespräch erzählte. Sie hatte sich nur bruchstückhaft etwas zusammenreimen können.

„Sag mal“, überlegte Moni laut, „da hat diese Arztfrau aber auch ganz schön was angerichtet, wenn das alles so stimmt. In was für eine Situation hat sie diese Marie-Sophie Schulze da gebracht? Stell dir mal vor, du müsstest mit einem Kollegen zusammenarbeiten, von dem du wüsstest, dass er Geld dafür geboten hätte, dich loszuwerden.“

„Das ist die eine Seite“, wandte Peter ein, „aber was ist das für ein Chef, der diesen Kollegen dann nicht entlässt und beide einfach weiter Seite an Seite zusammenarbeiten lässt?“

„Wer weiß, was diese Arztfrau der anderen erzählt hat, wie hieß sie noch gleich?“

„Anke Tatge. Ja, wer weiß? Vielleicht wollte sie Zwietracht säen? Aber zu welchem Zweck?“

„Wenn sie versucht haben sollte, beide gegeneinander auszuspielen, gibt es nur einen Grund: Eifersucht!“

„Moni, deine Theorie ist gut, aber sie würde sich niemals beweisen lassen. Und selbst wenn, Morde, die nur mit Worten begangen werden, interessieren die Staatsanwaltschaft nicht."

„Da hast du wohl recht", sagte Moni und kuschelte sich an ihn.

Als Peter später anrief, hatte er etwas Spannendes zu berichten.

„Wolf, du kommst nie drauf, wer den Finger bei uns vor die Tür gelegt hat."

„Sag nicht, Anna Ebeling hat ihn erkannt", sagte Hetzer.

„Doch, aber nicht ihn, sondern sie. Das war Frau Schulze. Mit Parka, Kapuze und Brille zwar, aber Anna hat sie eindeutig erkannt. Es war außerdem ihre eigene Brille."

„Mein Gott", warf Hetzer ein, „wenn sie den Finger gehabt hat, dann lässt das ja nur einen Schluss zu."

„Genau, sie hat ihn sich selber abgehackt oder gekniffen oder sonst was."

„Aber warum?", dachte Hetzer laut. „Sie verschwand, niemand wusste wohin, eine Blutlache blieb zurück – man sollte denken, dass ihr etwas Schlimmes passiert sei."

„Ja", gab Peter zurück, „und der Finger sollte beweisen, dass sie tot ist."

„Aber wie hat sie das gemacht?" Hetzer dachte nach. „Immerhin hat Nadja gesagt, der Finger sei von totem Gewebe abgeschnitten worden. Erinnerst du dich?"

„Klar, deswegen dachten wir doch, dass sie nicht mehr lebt. Die können das unterscheiden. Wenn du dir so einfach etwas abhackst, dann können die in der

Rechtsmedizin genau feststellen, dass du noch gelebt hast."

„Dann muss sie gewusst haben, dass das so ist. Und sie muss etwas gemacht haben, das diesen Befund mit dem toten Gewebe ergab", sagte Hetzer.

„Na, das ist doch einfach. Abhacken, hinlegen, trocknen lassen und ein Stück weiter oben abschneiden", schlug Peter vor.

„Entschuldige, dass ich nicht eine so morbide Phantasie habe wie du, aber du könntest recht haben. Bleibt nur die Frage, wem sie ihr vorgetäuschtes Ableben in die Schuhe schieben wollte", antwortete Wolf. „Das kann doch nur die Tatge gewesen sein." Er blinzelte Moni zu.

„Das denke ich auch, Wolf! Zumal diese mysteriöse Geschichte mit den zehntausend Euro im Raum steht, die Anna erzählt hat."

„Sag mal, wann kommst du eigentlich? Du wolltest doch heute mal für uns kochen, Peter?", fragte Hetzer und hielt den Hörer dichter ans Ohr.

„Bist du bescheuert? Das habe ich nie gesagt!", meckerte Peter.

„Gut, dann also bis gleich und denk daran, dass Moni kein Fleisch isst. Wir haben noch eine interessante Idee für dich, was den Fall betrifft, aber die wird erst später verraten."

„Hetzer, du bist ein Aas. Du weißt, wie neugierig ich bin. Ich bringe Pizza mit. Zu mehr bin ich nicht in der Lage. Weißt du, wie müde ich bin?"

„Nach einer Nacht mit zwei Frauen?", fragte Hetzer süffisant.

„Ach, leck mich doch!", zischte Peter und legte auf.

Als Peter später klingelte, hatte er vier Pizzakartons in der Hand und funkelte Wolf böse an.

„Mit mir kannst du es ja machen."

„Wieso", sagte Hetzer, „ist doch schön, zusammen zu essen."

„Wie man's nimmt", sagte er, konnte aber das Grinsen kaum zurückhalten.

Wolf hatte den Tisch schon gedeckt und Wein eingeschenkt.

„Ich dachte, ein El Coto wäre jetzt das Richtige", sagte er. „Der passt auch hervorragend zur Pizza."

„Danke, Peter, lecker Mozzarella mit Tomate, meine Lieblingspizza", freute sich Moni.

„Ich meinte, mich daran erinnern zu können", zwinkerte Peter ihr zu. „Jetzt mal raus mit eurer Theorie."

„Es ist Monis, aber sehr interessant", sagte Wolf.

„Ich bin der Meinung, dass Marion Wiebking, die Frau des Arztes, hinter allem steckt."

„Ach ja? Wie kommst du denn darauf?"

„Klarer Fall von Eifersucht. Sie erzählt Unglaubliches, das die Frauen gegeneinander aufbringt. Dann kommt ein Mechanismus in Gang, aus Angst, Neid, Missgunst und so weiter. In unserem Fall ein Selbstläufer. Sie schalten sich selbst oder gegenseitig aus. Wie das passiert, ist letztendlich egal, Hauptsache es funktioniert und die Verursacherin ist beide Kontrahentinnen los."

„Interessant, aber nicht zu beweisen!", wandte Peter ein.

„Wissen wir, es ändert auch nichts mehr, aber es ist schade, dass solche Intrigen im Grunde nicht bestraft werden“, stellte Wolf fest und Moni nickte.

„Das eigentliche Böse geschieht immer schon vor der Tat“, sagte sie. „Dass es in Mord oder Totschlag ausartet, ist nur die logische Konsequenz.“

„Ein schönes Schlusswort, Moni!“, sagte Peter, der zwei dick belegte Pizzen intus hatte. „Ihr entschuldigt mich doch jetzt, oder? Ich muss dringend schlafen.“

Nachdem Peter sich verabschiedet hatte, ging Wolf noch eine kleine Runde mit Lady Gaga. Die frische Luft tat ihm gut. Es regnete ausnahmsweise auch mal nicht in diesem Sommer.

Moni hatte sich wieder aufs Sofa gelegt, wo inzwischen die Kater ihren angestammten Platz eingenommen hatten. Sie kraulte Max und Moritz, die an ihrer Seite lagen und sogar ein bisschen zusammenrückten.

„Sollen wir hochgehen, oder noch ein bisschen auf dem Sofa kuscheln?“, fragte Wolf, als er zurückkam.

„Auf dem Sofa hat doch eigentlich alles begonnen, lass uns noch ein bisschen hierbleiben“, bat sie. „Ich genieße das mit den Tieren und dir.“

„Wie geht es dir denn?“, fragte er.

„Körperlich ganz gut“, sagte Moni, „und die Angst ist auch schon kleiner geworden.“ Sie nahm einen Zettel aus der Hosentasche und schwenkte ihn. „Danke! So etwas hat noch nie jemand für mich getan. Es sind nicht die Worte. Es ist das Gefühl darin.“

Wolf lächelte. Sie war ein Mensch, der zwischen den Zeilen spüren konnte.

Es konnte jetzt ruhig Herbst werden unter der Frankenburg.

Mein besonderer Dank gilt meinen lieben Freunden, dem polizeilichen Fallanalytiker des LKA Niedersachsen Carsten Schütte und Sabine Semrau, die in SchattenGift mitgelitten und es für lesenswert befunden haben sowie Claudia Junger, die mir späte Zweifel nahm.

Ein herzliches Dankeschön möchte ich auch dem Team vom Verlag CW Niemeyer, Hameln, sagen. Carsten Riethmüller hat erneut ein atemberaubendes Cover gestaltet.

Verlagsleiter Carsten Holzendorff danke ich für die fortwährende Unterstützung meiner schriftstellerischen Arbeit. Ich freue mich auf die weitere gemeinsame Zeit.

Von Herzen danke ich außerdem den Menschen an meiner Seite für ihre Nähe und die Zeit, die sie mit mir verbringen. Hier möchte ich vor allem meine Familie nennen.

Ohne die kreativen Ideen von Claudio di Facere (Musik, Komposition und Produktion) wären die SchattenKrimis ihres akustischen Zaubers beraubt. Ich freue mich auf weitere Auftritte mit dem Ensemble Zweins, das die inszenierten Lesungen rund um „SchattenHaut", „SchattenWolf" und „SchattenGift" präsentieren wird. „SchattenGift" erscheint jetzt auch als Hörbuch.

Olga Meier und Constanze Leonhard, die uns mit ihren Stimmen bei Auftritten unterstützen, sage ich an dieser Stelle meinen herzlichen Dank. Es ist ein Geschenk, so ein tolles Team zu haben!

Bei allen lieben und nahen Freunden möchte ich mich bedanken, die meine SchattenKrimis gelesen und mich zum Weiterschreiben ermuntert haben. Es sind zu viele, um sie alle nennen zu können.

Zuletzt danke ich den wunderbaren Fans deutschlandweit in den Buchhandlungen, Krimiforen und sozialen Netzwerken, die mich täglich unterstützen und meine Bücher weiterempfehlen!

Was wären die SchattenKrimis ohne euch…?